Charlotte Seager

MEIN (geheimes) YouTube-LEBEN

Aus dem Englischen von
Bettina Spangler

Schneiderbuch
EGMONT

1. Auflage © 2019 Schneiderbuch,
verlegt durch Egmont Verlagsgesellschaften mbH,
Alte Jakobstraße 83, 10179 Berlin

Die englische Originalausgabe erschien 2018 unter dem Titel
„My Secret YouTube Life“ bei Macmillan Children's Book, a division of
Macmillan Publishers Limited
20 New Wharf Road, London N1 9 RR
Basingstoke and Oxford
Associated companies throughout the world
www.panmacmillan.com

Aus dem Englischen von Bettina Spangler
Umschlaggestaltung: Lisa Schaub / Anke Koopmann
Satz: Datagrafix, Berlin
Printed in the EU
ISBN 978-3-505-14292-5

Dieses Buch ist auch als E-Book erhältlich:
ISBN 978-3-505-14297-0

www.schneiderbuch.de

Für Mum

Ich möchte nur, dass du weißt, dass ich das alles nicht gewollt habe.

Ich wollte dir nicht dein Leben ruinieren.

Ich möchte, dass du weißt, dass das, was gleich geschehen wird, nicht meine Schuld ist. Wenn du nämlich nicht getan hättest, was du getan hast, wäre da gar nichts, was man ruinieren könnte. Wenn du uns nicht belogen hättest – jeden Einzelnen von uns. Und im Augenblick sind wir 3.054.263.

Ich habe dir voll und ganz vertraut. Ich habe jedes deiner Worte für bare Münze genommen, habe alles geglaubt, was du uns erzählt hast. Wie konnte ich nur so dämlich sein?

Du hast das, was gleich passiert, zu hundert Prozent verdient. Aber es tut auch weh, wenn ich daran denke, was du alles wirst durchmachen müssen – die Paparazzi, die Beschimpfungen, die Trolle.

Du sollst wissen, dass ich mich dabei richtig mies fühle, auch wenn du an allem selbst schuld bist. Ich bin keineswegs scharf darauf, dir wehzutun, aber die Leute müssen die Wahrheit erfahren – vor allem ein ganz bestimmter Mensch. Du bist zwar nicht das, wofür ich dich gehalten habe, aber sicher wirst du verstehen, dass mir gar keine andere Wahl bleibt. Ich habe in meinem Leben noch nie etwas so Wichtiges getan.

In wenigen Sekunden werde ich das hier veröffentlichen. Und dann werden alle die Wahrheit kennen. Alle werden wissen, dass du uns nach Strich und Faden belogen hast.

Aber vorher wollte ich dir noch sagen, wie leid es mir tut.

Issa x.

EINEN MONAT
VORHER

KAPITEL 1

Lily

Ich kann mir drei Millionen Menschen noch nicht mal vorstellen.

Mir fällt es schon schwer, mir zehn Leute vorzustellen, die in einer Schlange stehen. Geschweige denn hundert. Bei Bryans Auftritten sind manchmal mehrere Hundert Nasen da. Wie viele Menschen passen wohl in das größte Stadion der Welt? Fünfzigtausend? Oder sogar hunderttausend?

Ich versuche mir Reihen um Reihen von Zuschauern vorzustellen. Jedes einzelne Gesicht ein Leben voller Erfahrungen, jeder Einzelne mit eigener Familie und Freunden. Nein, da muss ich passen. Ich schaffe es einfach nicht. Selbst hunderttausend kriege ich nicht hin.

3.003.031.

Eine Woge der Panik schwappt über mich hinweg.

Ich überlege mir nicht jeden Tag, wie viele Leute mir zugucken. Aber wenn ich es doch tue, hat die Zahl für mich keinerlei Bezug zur Realität. Mein Magen krampft sich zusammen. Ich finde es unbegreiflich, dass ich wirklich bei drei Millionen Followern angekommen sein soll. Das ist gigantisch. Und völlig verrückt.

Instinktiv greife ich nach meiner Kamera. Was Bryan wohl sagen wird? Seit Monaten reden wir davon, dass wir bald die Drei-Millionen-Marke geknackt haben. Die Abonnentenzahl war höher und immer höher geklettert. Ich kann es kaum erwarten, es ihm zu erzählen!

Ich beuge mich zum Spiegel und überprüfe mein Make-up. Mist, ich sehe schrecklich aus. Den ganzen Tag habe ich kein einziges Mal daran gedacht, ein Video zu drehen. Ich streiche meine Haare mit den Händen glatt, lege ein wenig Lipgloss auf und ziehe eine Grimasse – ach, ist doch egal. Ich sah schon schlimmer aus. Dann schalte ich die Kamera ein. Der Sucher fokussiert, bis mein Gesicht scharf ist, und … Aufnahme.

„Bryan! Ich habe drei Millionen Abonnenten!"

Es fühlt sich seltsam an, die Zahl laut auszusprechen. Drei Millionen Menschen sehen sich unsere Videos an. Drei Millionen Menschen, die wissen, wer wir sind. Drei Millionen!

Keine Reaktion.

„Bryan! Ich habe die drei Millionen geknackt!", versuche ich es erneut.

Hm, wo steckt der denn? Im Flur ist alles still, aber vom Zimmer ganz am Ende ist ein elektrisches Surren zu hören. Die Kamera in der Hand, stürme ich los, reiße die Tür auf und sehe ihn über seine E-Gitarre gebeugt dasitzen, sein Handy auf dem Schoß. Grinsend guckt er aufs Display.

Okay, dann werde ich ihm mal einen gehörigen Schrecken einjagen. Das wird sagenhaft. Ich lege den Zeigefinger an die Lippen und schicke ein lautloses „Psst" in Richtung Kamera. Dann richte ich sie auf meine Füße und schleiche mich betont leise auf Zehenspitzen an ihn ran.

„WIR HABEN DIE DREI MILLIONEN GEKNACKT!", brülle ich ihm ins Ohr, als ich direkt hinter ihm stehe.

Erschrocken reißt Bryan den Kopf hoch und dreht gleichzeitig den Laptop von mir weg. Dann zieht er mit wütender Miene seine Kopfhörer herunter.

„Scheiße, Lily, was soll das?!"

Seine offene Kapuzenjacke ist ihm von den Schultern gerutscht, jetzt sitzt er in einem langen grauen Tanktop da, unter dem seine Tätowierung hervorblitzt, ein schwarzer Rabe. An den vom Gitarrespielen schwieligen Fingern klappern Ringe, als er nach seinem Telefon greift und es mit einem lauten Poltern auf den Schreibtisch wirft.

Abwartend starre ich ihn an und sehe, wie seine geweiteten Pupillen zwischen mir und der Kameralinse hin und her huschen. Endlich scheint die Botschaft bei ihm angekommen zu sein, man sieht förmlich, wie es in ihm arbeitet.

„Äh … du hast die drei Millionen geschafft? Ist nicht wahr – Glückwunsch!"

Er steht auf und zieht mich in seine Arme. Im ersten Moment bin ich leicht irritiert und versteife mich unwillkürlich. Doch dann drückt er mich so fest, dass ich mich entspanne und mich an seine schmale Brust schmiege. Ich spüre sein kratziges Kinn an meiner Stirn. Gleichzeitig hebe ich den Arm so, dass ich uns beide gut im Bild habe.

Mein Herz schlägt wie wild, wenn ich an die vielen Abonnenten denke – vor meinem inneren Auge ziehen unzählige Gesichter vorüber. Mir fällt es schwer, das zu verarbeiten, es sind einfach zu viele. Wie soll ich all diese Leute zufriedenstellen? Das ist so krass!

„I-ich kann es selbst immer noch nicht fassen", murmle ich mit belegter Stimme und merke, wie meine Augen zu schwimmen beginnen.

Bryan flüstert in mein Haar, vom Mikro abgewandt. „Wow, das sind ganz schön viele präpubertäre Stalker."

Doch als er meine warnende Miene sieht, bügelt er seinen Fauxpas schnell wieder aus.

„Weißt du was? Zur Feier des Tages gehen wir brunchen", sagt er laut und deutlich, verzieht die Lippen zu einem breiten Lächeln und grinst dämlich in die Kamera.

Ich muss schmunzeln. Weil ich schon wieder überlege, wie ich das zu einem Videoblogbeitrag zusammenschneide. Wir werden noch ein paar Aufnahmen von uns beim Brunchen brauchen, vielleicht bekomme ich ein paar gute Schnappschüsse vom Essen für einen Instagram-Post hin … und dann drehen wir noch eine Sequenz, in der wir den Abonnenten danken. Vielleicht bei einem Spaziergang im Park, das käme bestimmt gut an. Oder hatten wir so eine Parkszene schon letzte Woche? Zum Schluss könnte ich mir einen Monolog vor laufender Kamera vorstellen, in dem ich mich bei meinen Fans bedanke.

Mein Brustkorb ist wie zugeschnürt. Ich muss heute unbedingt noch zwei gesponserte Videos fertigstellen, und ich bin erst zur Hälfte durch die E-Mails durch, die meine Assistentin Sam mir weitergeleitet hat. Außerdem muss ich dringend einen neuen Instagram-Post veröffentlichen. Diese letzte Einstellung für den Blogbeitrag ist kein Problem, das habe ich schnell im Kasten. Und wenn ich beim Brunch genügend Material zusammenbekomme, kann ich das Video später fertig machen, sobald ich alles andere erledigt habe. Ich muss zwar noch alles zusammenschneiden, aber das kriege ich hin. Mir schwirrt der Kopf, wenn ich an die viele Arbeit denke, die ich noch vor mir habe. Nervös lege ich eine Hand an meinen Hals und spüre das Blut unter den Fingerkuppen pulsieren.

Ich muss unbedingt einen Blogbeitrag hochladen, daran führt kein Weg vorbei. Immerhin habe ich die Drei-Millionen-Marke geknackt, das muss gefeiert werden. Wenn ich morgen gleich in aller Früh aufstehe, kriege ich das mit dem Bearbeiten und Schneiden auch noch hin. Es wird schon nicht allzu viel Zeit in Anspruch nehmen. Das Video muss ja nicht lang sein, knapp unter zehn Minuten reichen.

Autsch. Ich zucke vor Schmerz zusammen und stelle fest, dass ich mir so fest auf die Unterlippe gebissen habe, dass ich blute. Scheiße. Das muss ich jetzt auch noch wegretuschieren. Endlich sehe ich zu Bryan auf.

„Das ist eine wunderbare Idee!“ Ich strahle in die Kamera und schiebe den Arm an Bryan vorbei, um sie auf dem Schreibtisch abzulegen.

Im selben Moment fängt Bryans Telefon an zu summen, und er streckt die Hand über meinen Kopf hinweg danach aus. Als sein Blick auf das Display fällt, verziehen sich seine Mundwinkel zu einem Grinsen. „Ich, äh, muss hier weitermachen, hab noch einen Song zu Ende zu bringen.“ Er deutet mit dem Kinn Richtung Tür. „Sieh zu, dass du um zehn fertig bist.“

KAPITEL 2

Melissa

Ich wünschte, ich wäre so hübsch wie Lily. Soeben hat sie auf Instagram ein Selfie gepostet, weil sie jetzt drei Millionen Abonnenten hat – und sie sieht einfach umwerfend aus. Sie hat riesengroße Augen, dick umrandet mit schwarzem Eyeliner, die Wimpern lang und dicht. Ihre Haare sind natürlich perfekt. Sie trägt einen lässig gestylten kurzen Pixie-Cut, zwei blonde Strähnen fallen ihr locker ins Gesicht.

Mir würden kurze Haare nicht stehen, dafür ist mein Gesicht viel zu rund. Und von meiner Mutter habe ich das langweilige Mausbraun geerbt. Ich würde garantiert aussehen wie ein Junge. Und zwar nicht wie einer von diesen süßen Typen mit mädchenhaften Zügen. Sondern wie ein richtiger Junge. Die Leute in der Schule würden mich bestimmt damit aufziehen: „Hey, wer ist denn der Neue?“ Und wenn ich mich dann zu Suze setzen würde, würde sie vermutlich knallrot anlaufen und sich weigern, mit mir zu reden.

Wenn es um Jungs geht, ist sie nämlich ziemlich eigen.

Mit einem Doppelklick öffne ich Lilys letzten Blogpost – „Ein kleines London-Abenteuer“ – und scrolle durch die Bilder. Auf einem steht sie vor einem Marktstand und hält ein Schälchen herrlich roter Erdbeeren in der Hand, an den Fingern Ringe mit ungeschliffenem Amethyst und Topas. *Ich war mit einer Freundin auf Entdeckungsreise durch London und hatte einen wundervollen Tag – ich hoffe, ihr hattet ebenfalls ein fabelhaftes Wochenende! Alles Liebe, Lily xoxox*

Ich liebe Lilys Blog. Sie besucht immer die tollsten Orte; wenn man sich ihre Fotos ansieht, will man da sofort hin. Oder wenn sie auf Instagram ein Bild von ihrem Frühstück postet, möchte ich am liebsten durch den Bildschirm greifen und davon naschen, so verlockend sieht das immer aus.

Ich kann von Glück sagen, dass das nicht geht. Meine Oberschenkel sind ohnehin viel zu dick. Wenn ich essen würde wie Lily, müsste ich mich vermutlich mit dem Kran ins Schulgebäude befördern lassen. Es gibt ein Foto von ihr, auf dem sie in Leggings auf einem Sitzsack liegt, mit langen silbernen Ketten um den Hals. So dünn werden meine Beine nie aussehen.

Vor einigen Wochen habe ich versucht, dieses Foto nachzustellen, mit meinen billigen Silberketten von H&M. Leider habe ich sie schon so oft getragen, dass das Silber völlig abgewetzt ist, und jetzt sieht man, dass sie aus Plastik sind. Deshalb wollte ich mir heimlich ein paar von Mums goldenen Halsketten borgen. Aber als sie mitbekommen hat, dass ich Fotos mache, ist sie ausgeflippt. Sie hat doch keine Ahnung!

„Was treibst du da? Wieso machst du Fotos von dir? Sind das meine Halsketten? Du hast doch nicht etwa vor, die Bilder ins Internet zu stellen? Melissa, bitte sag, dass du das nicht im Internet postest!"

Sie sagt I-N-T-E-R-N-E-T, als handele es sich um einen schrecklichen Ort, an dem Pädophile Kindern auflauern. Ich wette, sie hat keine Vorstellung, mit was für Tricks die Mädchen an meiner Schule arbeiten. Sie legen Jungs rein, indem sie sie dazu bringen, im Messenger zuzugeben, dass sie auf sie stehen, und dann machen sie davon einen Screenshot und schicken das an den kompletten Klassenverteiler. Was soll ich ihr da groß erklären, worum es beim Videobloggen geht? Sie versteht das ja ohnehin nicht.

Aber das spielt so oder so keine Rolle mehr – mein Selfie sah schrecklich aus. Ich habe einfach nicht den richtigen Knochenbau für solche Posen.

Während ich durch Lilys Feed scrolle, öffne ich einen zweiten Tab und gelange auf Bryans YouTube-Kanal. Leider finde ich den nicht halb so witzig wie ihren, er erzählt meistens was von schräger Musik, die kein Mensch kennt. Dann klicke ich weiter zu seiner Instagram-Seite. Die Fotos von seinem Bandkollegen Jerry sehe ich mir gerne an, er ist total süß, aber am liebsten sind mir die von Bryan und Lily.

Es dauert nicht lange, bis ich fündig werde – da ist ein neues Selfie von Bryan und Lily, eng aneinandergekuschelt auf dem Sofa, zwischen ihnen Polar, der kleine weiße Welpe, der eigentlich Bryans Eltern gehört. Bryan macht zum Spaß ein tierisch ernstes Gesicht, weil Polar seine Pfoten in seinem Bart vergraben hat. Lily hat lachend den Kopf in den Nacken gelegt.

Sie wirken so glücklich. Als Nächstes klicke ich mich durch Lilys Vlog-Kanal, LilyLives, und öffne ein Video, in dem sie zusammen London unsicher machen. An solchen Filmen habe ich die größte Freude. Bryan läuft voraus und springt lachend auf ein Geländer, während Lily ihn tunlichst ignoriert und augenrollend in die Kamera schaut.

„Jetzt mal im Ernst, Lily, welches Jahr haben wir? 2005? Bestellen wir doch online“, jammert er, als sie ihn in einen Supermarkt zerren will. Lily schiebt die Unterlippe vor und schmollt, was ihn wiederum zum Lachen bringt, und schon wirbelt er herum und folgt ihr in den Laden.

Ich verschwende gut eine Stunde damit, mir Video um Video anzusehen. Es ist bald Mittag, ich habe gar nicht mitbekommen, wie rasend schnell die Zeit vergangen ist. Um Himmels willen. Mum, Dad und mein Bruder Aidy werden bald aus dem Schwimmbad zurück sein. Widerstrebend eise ich mich vom Bildschirm los und sehe mich mit einem prüfenden Blick um. Mum wird ausrasten. Überall liegen Klamotten, Haarbürsten und irgendwelche Make-up-Utensilien herum. Im Vergleich zu Lilys ist mein Leben echt bescheiden. Ich wünschte, ich hätte auch so ein wunderschönes Zuhause und einen Freund wie sie.

Nicht dass Bryan mein Typ wäre – es gibt einige Jungs in der Zwölften, die besser aussehen als er. Bryan ist extrem dürr, und seine Augen stehen für meinen Geschmack viel zu dicht beieinander. Andererseits spielt er in dieser Band, das macht ihn doch wieder attraktiv. Abgesehen davon scheint er Lily aufrichtig zu lieben.

Nachdenklich kaue ich auf den Nägeln herum und überlege, wie es wäre, wenn ich einen Freund hätte. Schon male ich mir aus, wie ich und ein hochgewachsener dunkelhaariger, irre gut aussehender Typ auf Streifzug durch London gehen, Fotos auf meinem Blog posten, ausgefallene Restaurants besuchen und dann zu mir nach Hause in meine eigene Wohnung gehen, um uns gemeinsam was zu essen zu machen. Sein Lachen, während er mir seine Kochtricks zeigt. Vielleicht wären wir aber auch beide ganz miese Köche, und deshalb lassen wir uns was liefern, machen es uns auf dem Sofa gemütlich und küssen uns gegenseitig die Tomatensoße von der Pizza von den Lippen …

Ich zwinge mich aus meinem Tagtraum zurück in die Realität und gehe erneut auf Lilys Blog. Echt schade, dass ich keinen Freund habe. Ich habe noch nicht mal einen Jungen geküsst. Okay, nicht richtig. Vor ein paar Jahren kam es zu mehreren unbeholfenen Knutschversuchen mit meinem Freund Josef, aber wir waren noch Kinder – das war keine richtige Beziehung. Zum Ende der neunten Klasse musste er die Schule wechseln, und das war's dann: Ich habe mit ihm Schluss gemacht. Die große Liebe war es jedenfalls nicht.

Jetzt bin ich sechzehn Jahre alt und hatte noch nie einen richtigen Freund. Das ist so typisch für mein Leben.

Als Nächstes öffne ich meinen eigenen Blog und schiebe das Fenster neben Lilys Blog. Ich habe bislang fast ausschließlich über Make-up geschrieben, aber mittlerweile ist in meiner Kosmetiktasche nichts mehr übrig, das ich noch bewerten könnte. Die Zahl meiner Abonnenten bleibt konstant bei einundfünfzig. Langsam gehen mir die Ideen aus.

Gelangweilt klicke ich mich durch einige Beauty-Blogs, allesamt von Mädchen, die in London leben. Ein Street-Art-Foto lässt mich innehalten. Es wurde in Shoreditch aufgenommen. Eine typische Aufnahme, wie man sie auf Flickr häufig findet.

Hmm, ich frage mich …

Hastig wechsle ich zur Seite von Flickr und tippe „Shoreditch Street-Art" im Suchfeld ein. Eine riesige Auswahl an Aufnahmen aus dem Londoner Eastend erscheint auf dem Bildschirm. Die meisten sehen echt cool aus. Wenn ich nur selbst schon mal da gewesen wäre. Dann hätte ich bestimmt auch so ein tolles Foto gemacht. Damit würde mein Blog richtig was hermachen.

Ich klicke auf eines der Bilder und bemerke einen kleinen Kreis mit einem winzigen durchgestrichenen „C", darunter steht „nicht geschütztes Material". Augenblick, bedeutet das etwa, dass ich die Aufnahme für meinen Blog verwenden könnte?

Aufgeregt lese ich das Kleingedruckte. Soweit ich das überblicken kann … ja, sieht ganz so aus, als ginge das.

Wenig später habe ich mir ein ganzes Archiv an gemeinfreien Fotos von London angelegt – Marktstände mit Essen, Street-Art, sogar ein paar Bilder vom Buckingham-Palast. Die haben wahrscheinlich irgendwelche Touris gemacht.

Mit zitternden Händen lade ich sie für einen neuen Post auf meinen Blog hoch. Dann fange ich an zu tippen, Lilys Blogseite immer noch neben dem Fenster mit meiner geöffnet:

Ich hatte einen wundervollen Tag in London zusammen mit meinen besten Freundinnen! Ihr müsst unbedingt dieses Obst probieren, das die hier anbauen – einfach köstlich, nahezu göttlich. Ich habe extra ein Foto für euch gemacht, das wollte ich euch nicht vorenthalten. Küsschen, Issa Adores xoxox

Anschließend verpasse ich dem Ganzen noch den Titel „Issas Londoner Eskapaden". Sieht wirklich nach einem tollen Tag aus. Unsicher verharrt mein Finger über der Taste. Wenn ich sie drücke, geht das online. Aber irgendwie werde ich das Gefühl nicht los, dass ich damit eine unsichtbare Grenze überschreite.

Ach, was soll's. Ich hätte genauso gut hinfahren und diese Fotos selbst schießen können. Es ist doch nichts dabei – vielleicht besuche ich diese Orte eines Tages ja wirklich und schaue mir das alles in echt an. Dann kann ich die Fotos ja durch eigene ersetzen. Im Grunde sind das doch nur Platzhalter.

Entschlossen drücke ich die Taste, und sofort durchströmt mich ein freudiges Gefühl. Mein Blog macht sofort einen viel cooleren Eindruck – er sieht schon fast ein bisschen aus wie der von Lily. Ich warte ein paar Minuten ab, dann gehe ich auf „Aktualisieren". Wow. Die Zahl meiner Abonnenten ist bereits hochgegangen auf dreiundfünfzig.

KAPITEL 3

Lily

Bryan ist schuld daran, dass wir wieder einmal zu spät kommen.

Ich stehe schon eine ganze Weile unten im Flur und warte auf ihn, als mein Blick auf sein Telefon fällt, das auf dem kleinen Beistelltischchen liegt. Das Display leuchtet auf. Eine neue Snapchat-Nachricht.

„Bryan!“, rufe ich ungeduldig. „Dein Handy!“

Ich höre ihn im Badezimmer etwas Unverständliches nuscheln und dabei ordentlich Krach machen.

Ich weiß genau, womit er so lange beschäftigt ist. Er stutzt seinen Bart penibel auf die richtige Länge zurück und stylt seine Haare so, dass sie möglichst lässig und zerzaust aussehen.

Wenn er sich doch endlich beeilen würde. Wobei, ich habe ja vor zu filmen, da ist es natürlich besser, er gibt sich Mühe mit seinem Äußeren.

Erneut leuchtet das Handy auf, das Snapchat-Symbol blinkt, und ich wische über das Display.

„Darf ich dein Snapchat öffnen?“, rufe ich.

Wieder ein unüberhörbares Scheppern. Er flucht lautstark.

„Bryan, bitte! Wir kommen zu spät!"

Ich ziehe mir die Ärmel meines Pullis über die Finger und beiße die Zähne fest aufeinander, weil sie mir vor Kälte klappern. Ich habe heute bereits ein Skype-Telefonat mit meiner Managerin Mindy abgesagt – und wenn wir nicht bis drei Uhr zurück sind, schaffe ich es auch nicht zu dem Meeting mit BeautyCult, das sie arrangiert hat. Meine Hände zittern kaum merklich, deshalb balle ich sie zu Fäusten und presse sie mir gegen die Wangen. Als Nächstes halte ich sie vor die Augen. Fast reflexartig presse ich sie mir auf die Augenhöhlen, bis ich schwarze Sternchen sehe.

Abermals fängt das Smartphone an zu leuchten und brummt wütend, sodass es mich jäh zurück in der Realität holt.

„Echt jetzt, Bryan! Beeil dich! Wenn du nicht bald kommst, öffne ich dein Snapchat!", rufe ich die Treppe hoch. Allerdings bin ich mir nicht sicher, ob er mich hören kann, weil er offenbar in seinem Zimmer ganz am Ende des Flurs verschwunden ist.

Ach, was soll's. Ich schau mir das jetzt an. Mit irgendwas muss ich mir schließlich die Zeit vertreiben, während ich warte.

Beiläufig wische ich über das Display und öffne die App, gucke aber gar nicht richtig hin. Wird wohl ein Foto von seinem Bandkollegen Jerry sein, der hat sich ein neues Tattoo stechen lassen. Oder er testet wieder mal eine neue Kaffeesorte, Bioqualität, versteht sich.

Ich brauche also eine Weile, um zu realisieren, dass das, was ich da sehe, ein Selfie von einem Mädchen ist. Von einem hübschen dunkelhaarigen Mädchen, das seinen hellgrauen Pullover nach unten gezogen hat, damit man einen guten Blick auf ihr Dekolleté hat.

Häh? Was soll das denn!

Neugierig tippe ich auf das Display, um mir das näher anzusehen, aber schon ist das Foto wieder verschwunden. Mist. Wie krieg ich das jetzt noch mal auf den Bildschirm?

Mist. Die Replay-Funktion scheint nicht aktiviert zu sein.

Der Snap kam von einer gewissen Nina MacGill, das konnte ich sehen. Wir kennen doch gar keine Nina … Aber sie taucht unter seinen Kontakten auf, also muss er sie kennen.

Wer ist dieses Mädchen?

„Okay, ich bin so weit", tönt es von oben. Bryan kommt die Treppe heruntergesprungen.

Jetzt weiß ich, warum er so lange gebraucht hat, es ist nicht zu übersehen. Er trägt eine nagelneue, tief sitzende Jeans, ein langes T-Shirt, das ihm fast bis zu den Knien reicht, dazu mehrere Halsketten mit Dreiecksanhängern auf der dürren Brust und fast an jedem Finger einen Ring. Er fängt meinen Blick ein, sein Gesicht ist auffallend bleich im Kontrast zu seinen dunklen Augen.

„Hey! Siehst du? Ich hab dir doch gesagt, dass ich nicht lange brauche." Sein schwarzer Bart verdeckt seine Zähne, als er mich angrinst.

Dann scheint er zu merken, dass etwas nicht stimmt, offenbar hat mich mein Gesichtsausdruck verraten.

„Was ist los? Warum siehst du mich so an?"

KAPITEL 4
Melissa

Das Foto, das ich gestern Abend gepostet habe, sieht richtig toll aus. Darauf stehe ich am Strand, im Hintergrund der Brighton Pier, in weißer Shorts, einem blassrosa T-Shirt und einer auffallenden Goldkette, wie Lily sie in einem ihrer Videos trägt. Gelangweilt tippe ich auf meinem Handy herum, das ich gegen mein Geschichtsbuch gelehnt habe.

Mr Packham scheint nicht zu bemerken, dass die halbe Klasse mit ihren Smartphones beschäftigt ist. Er ist total altmodisch und lebt in seiner eigenen Welt. In seiner schlecht sitzenden Cordhose wetzt er hinter seinem Pult hin und her und nuschelt in seine Krawatte hinein, irgendwas von früheren Zeiten. Wenn man ganz hinten sitzt, versteht man kein Wort von dem, was er sagt, ich hab nur mitgekriegt, dass er in dieser Stunde schon öfter was von „Kolonialismus" gemurmelt hat. Seine dicken Backen beben, als er mit dem Finger energisch an die Tafel tippt. Oh Mann. Ich werde meine Freundin Suze bitten, mir sofort den Gnadenschuss zu geben, falls ich jemals so langweilig werden sollte wie er.

Suze sitzt auf dem Platz neben mir, kaut abwesend auf einer Haarsträhne herum und linst zu mir herüber. Der Titel meines Posts lautet „Kurztrip nach Brighton".

„Wann warst du denn in Brighton?", fragt sie erstaunt und zieht die Nase kraus.

Schlagartig werde ich rot.

„Das war letztes Wochenende."

„Wie kann das denn sein?", lässt sie nicht locker. „Letztes Wochenende warst du doch auf dieser Taufe? Deine Mum hat sich mit meiner darüber unterhalten, wie Aidy …"

„Warte mal, ich glaube, das ist doch schon länger her."

Suze öffnet den Mund, als wollte sie noch was sagen, doch dann kaut sie nur wieder auf ihrer Haarsträhne herum.

Ich schließe die Blogseite und lasse mein Handy auf meinem Schoß verschwinden. Das ist das Problem, wenn die beste Freundin einen schon kennt, seit man vier war – immer durchschaut sie mich sofort, es ist, als könnte sie meine Gedanken lesen.

Wir haben uns an unserem ersten Schultag kennengelernt. Ich war die totale Tiernärrin und habe die ganze Zeit was von „Löwe" gebrüllt, als ich ihre üppige blonde Strubbelmähne sah. Doch statt wegzulaufen wie die meisten Kinder, zahlte sie es mir sofort heim und schrie „Maulwurf", weil ich damals noch diese überdimensionale Brille trug.

Mittlerweile habe ich natürlich Kontaktlinsen, aber Suzes Frisur ist immer noch die gleiche wie damals. Sie hat auch nicht vor, daran etwas zu ändern.

Die Jungs in der Reihe hinter uns filmen sich gegenseitig dabei, wie sie Mr Packhams Jackett mit spuckefeuchten Papierkügelchen bewerfen. Eins der Kügelchen segelt zwischen uns hindurch und landet vor Suze auf dem Tisch. Sie ist wie erstarrt.

Auch in meinen Haaren klebt ein nasser Papierklumpen. Langsam drehe ich mich um und werfe ihnen einen vernichtenden Blick zu. Ben, der direkt hinter mir sitzt, hat ein Papierröllchen in der Hand und grinst verlegen.

Ich wische mir die Haare mit dem Spuckekügelchen darin von der Schulter und rolle mit den Augen. Oh Mann, die sind ja so was von kindisch.

Zur Ablenkung öffne ich auf meinem Handy eine Snapchat-Story von LilyLoves. Es ist ein animiertes Foto von ihr, auf dem sie an ihrem Schminktisch sitzt und einen wunderschönen Lippenstift im Nude-Look hochhält. Der stammt aus ihrer aktuellen Kollektion.

Macht süchtig!, steht quer über das bewegte Bild geschrieben, dazu der Hashtag *#makeupinspiration.*

Das Bild zaubert mir ein verzücktes Lächeln auf die Lippen. Ihre neue Produktlinie ist einfach toll. Ich habe mir sogar extra Tickets für ihre Launch-Party in London besorgt. Die findet Ende des Monats statt, und ich werde Suze mit hinschleifen. Zum ersten Mal werde ich Lily in echt sehen. Ich kann es kaum erwarten.

Ein weiteres Papierkügelchen mit Spucke fliegt knapp an mir vorbei und landet vor mir auf dem Tisch. Das nächste bleibt in Chloe MacNeils glänzenden Locken kleben. Sofort reißt sie den Kopf herum und sieht mich finster an.

Das bringt die Jungs zum Kichern. Sie verstummen aber sofort wieder, als Chloe ihre Augen auf sie richtet. Im nächsten Moment fällt ihr Blick auf mein Handy, woraufhin sie ihre perfekt gezupften Augenbrauen wölbt.

„War das LilyLoves?“, will sie wissen.

Ich nicke. Suze wirft mir einen fragenden Seitenblick zu.

„Ja, eine neue Snapchat-Story.“

Ich gehe auf Wiederholen und halte Chloe das Display hin. Während sie auf den Bildschirm starrt, presst sie ihre üppigen

Brüste gegen unsere Tischplatte. Chloe ist echt umwerfend. Sie ist eins von diesen Mädchen, die einfach in jeder Lebenslage klasse aussehen – sogar in der sackartigen schwarzen Hose und dem weiten Schulpullover macht sie eine gute Figur.

Trotz des schummrigen Lichts hier im Klassenzimmer zaubert der Highlighter ein Strahlen auf ihre Wangen. Mit einem Lächeln auf den Lippen lässt sie die Wimpern flattern. Ich könnte niemals aussehen wie sie, da hilft alles Make-up der Welt nichts.

Mir ist zu Ohren gekommen, dass sie mit Tom Taylor zusammen sein soll, aus der Zwölften. Natürlich weiß ich, wer er ist. Er hängt in der Mittagspause immer mit seiner Clique vor dem Kollegstufenraum herum. Er ist groß und breitschultrig mit sandfarbenen Haaren, die ihm lässig in die Stirn hängen und seine Augen verdecken. Jemanden wie ihn hätte ich gern als Freund. Er ist noch eine Klasse besser als Bryan.

Schon fange ich an, mir einen Blogpost auszumalen, in dem Tom und ich am Meer entlangspazieren und glücklich in die Kamera strahlen. Dabei schaut er bewundernd auf mich herunter. So etwas würde meine Abonnentenzahlen garantiert nach oben treiben.

„Ich brauche unbedingt diesen Lippenstift", verkündet Chloe und reicht mir mein Handy zurück.

„Oh, äh, den hab ich", sage ich.

Chloe legt den Kopf schief. „Im Ernst?"

Ihre Freundin Louise hat sich jetzt ebenfalls zu uns umgedreht und mustert mich mit einem verkniffenen Gesichtsausdruck. Louise sieht aus wie ein Model, neben ihr fühlt sich jedes Mädchen total unscheinbar. Alles an ihr ist lang und schlank, und sie hat glatte blonde Haare. Ihre Augen stehen so dicht beisammen, dass man ständig den Eindruck hat, sie würde einen spöttisch ansehen.

Ich bücke mich, krame in meinem Rucksack und hole mein Kosmetiktäschchen heraus. Sofort schnappt Chloe es sich und öffnet den Reißverschluss.

„Oh mein Gott, du hast ja das limitierte Fire Red! Wie bist du denn an den gekommen?"

Verlegen lächelnd nehme ich ihr das Täschchen ab und fische eine Tube Lipgloss heraus. „Der ist ganz gut, trocknet die Lippen aber ziemlich aus. Hast du den hier schon probiert? Er ist aus der Lip-Luxe-Linie. Ohne den könnte ich nicht mehr leben."

Chloe schiebt die Sachen, die ich nach und nach vor ihr auf den Tisch gelegt habe, in meine Richtung.

„Ich brauche Make-up von dir."

„Du kannst dir gern was borgen", sage ich schulterzuckend.

Chloe wendet sich Louise zu. „Ach, ist sie nicht süß? Warum nehmen wir sie heute Abend nicht einfach mit?"

Ein warmes Gefühl steigt in mir hoch. Doch dann bemerke ich Louises Miene.

„Tut mir leid, Issa, aber das geht nicht", verkündet Louise mit einem gezwungenen Lächeln. „Wir gehen mit Tom und den Jungs ins Playshack. Deshalb treffen wir uns direkt nach der Schule bei Chloe, um uns zurechtzumachen ..."

Enttäuscht lasse ich die Schultern hängen.

Da fällt Chloe ihr ins Wort. „Quatsch, wir kriegen dich schon irgendwie unter. Sie ist so süß, lass sie uns mitnehmen. Wir können uns doch alle gemeinsam hübsch machen. Was sagst du, Issa, hast du Zeit?"

Ich habe immer Zeit, denke ich, spreche es aber nicht laut aus.

„Ich könnte dir die Haare frisieren, wenn du möchtest", fügt sie hinzu, den Blick auf den schief auf meinem Hinterkopf sitzenden Haarknoten gerichtet. Dafür habe ich heute Morgen gerade mal fünf Sekunden gebraucht, und um ehrlich zu sein, sieht die Frisur katastrophal aus.

Bewundernd betrachte ich Chloes fließende Locken und verspüre einen Anflug von Vorfreude und Nervosität. Ich war schon immer neidisch auf ihre Haare.

„Klar, ich hab Zeit." Grinsend zucke ich mit den Schultern.

Chloe holt ihr Smartphone heraus und lässt sich meine Nummer diktieren.

„Cool, dann treffen wir uns doch nach der Schule bei den Schließfächern. Hast du was dagegen, wenn ich mir den ausleihe?" Sie greift nach dem Lipgloss.

Ich kann unmöglich Nein sagen.

Wir tun wieder so, als würden wir Mr Packhams Vortrag folgen, doch gedanklich bin ich schon bei heute Abend.

Ich kann kaum glauben, dass ich tatsächlich was mit Tom und seinen Freunden unternehmen werde. Was, wenn ich einen Jungen kennenlerne? Einen Jungen, der ganz anders ist als die mit Papierkügelchen schießenden Kindsköpfe in meiner Klasse? Einen richtigen Mann, groß und breitschultrig, mit einer tiefen, sexy Stimme?

Ich muss an ein Video von Lily und Bryan denken, das ich mir angeschaut habe. Darin laufen sie Seite an Seite durch den Greenwich Park, wobei er sie zum Spaß kitzelt und sie total süß kichert, bevor sie sich lachend zusammen ins Gras fallen lassen. Das könnte meine Chance sein, jemanden zu treffen, der ähnlich perfekt zu mir passt.

Die Schulglocke reißt mich jäh aus meinen Tagträumen, und Mr Packham stammelt: „S-s-sitzen bleiben. Ich beende den Unterricht, nicht der Gong." Doch niemand beachtet ihn.

Wie alle anderen stehe ich auf und sehe, wie Suze sich auf die Unterlippe beißt.

„Willst du heute Abend wirklich was mit Chloe machen?", fragt sie zweifelnd.

Ich schwinge mir den Rucksack über die Schulter und runzle die Stirn. „Klar, warum nicht. Komm doch einfach mit!"

Entschieden schüttelt sie den Kopf. „Nein, das geht nicht. Weißt du denn nicht mehr? Du wolltest heute Abend kommen und bei der Probe meiner Swing-Band zuhören."

Oh Gott. Das hatte ich komplett vergessen. Suze spielt jeden Freitag nach der Schule in dieser Swing-Band, und ich hatte ihr versprochen, sie zu begleiten. Die Musik interessiert mich kein bisschen, aber sie steht neuerdings total drauf. Außerdem meinte sie noch, es gäbe da etwas, worüber sie nach der Probe mit mir sprechen wolle.

Ich kaue seitlich auf meiner Unterlippe.

Andererseits, wann bekomme ich je wieder die Chance, mit Chloe, Louise und Tom und seiner Clique auszugehen?

Das könnte meine große Chance sein, endlich jemanden kennenzulernen. Ich muss an Lily und Bryan und ihr Leben in ihrer schicken Londoner Wohnung denken. Wenn ich heute Abend da hingehe, könnte sich in meinem Leben ernsthaft etwas verändern. Ich könnte Fotos posten, wie wir es uns zusammen gemütlich machen, könnte Videos drehen, in denen wir zusammen kochen, und ich könnte auf Instagram Bilder von leckerem Essen in Restaurants einstellen. Die Zahl meiner Abonnenten würde im Nu durch die Decke gehen.

Suze mustert mich eindringlich.

„Ist schon gut." Sie seufzt. „Komm einfach nächste Woche mit."

KAPITEL 5

Lily

Der heutige Tag fängt nicht gut an. Ich sitze im Schneidersitz auf dem Boden, kaue auf einem Doppeldecker-Schokoriegel herum, weil ich keine Zeit zum Frühstücken hatte, und signiere lustlos einen Stapel Fotos, auf denen ich freudestrahlend einen Lippenstift hochhalte. Den ganzen gestrigen Tag habe ich mit Telefonaten und Meetings verbracht, um die Party anlässlich der Markteinführung meiner neuen Lippenstift-Kollektion Ende des Monats zu organisieren.

Das ist alles so was von ermüdend. Versteht mich nicht falsch, natürlich bin ich wahnsinnig aufgeregt und freue mich riesig, meine eigene Lippenstift-Linie auf den Markt zu bringen. Als die Leute von BeautyCult vor ungefähr anderthalb Jahren an mich herangetreten sind, um mich zu fragen, ob ich eine Kollektion entwerfen wolle, kam es mir vor, als würde ein lang ersehnter Traum in Erfüllung gehen. Aber jetzt, wo der Termin unmittelbar bevorsteht, dröhnt mir der Kopf, und jeder einzelne Muskel am Leib tut mir weh. Gestern habe ich bis Mitternacht E-Mails an Zulieferer geschrieben und bin dann um vier Uhr morgens wieder aufgestanden, um die gesponserten Videos für nächste Woche abzusegnen. Siobhan, meine Kreativchefin, hat sie für mich bearbeitet. Jedes Mal, wenn ich meine Initialen auf ein weiteres Foto kritzle, spüre ich diese Beklommenheit in der Brust.

Mein Gehirn ist wie vernebelt. Nebenbei sehe ich mir im Fernsehen einige Beiträge von meinen liebsten YouTube-Bloggern an, doch ihre Stimmen scheinen zu einer einzigen zu verschmelzen, und ich kriege gar nicht richtig mit, was sie sagen.

Ich beiße in meinen zweiten Schokoriegel heute und versuche angestrengt, mich auf das Signieren der Fotos zu konzentrieren. Eigentlich eine einfache Sache, das mache ich normalerweise zwischendurch, wenn ich mal Pause habe, doch mein Blick schweift immer wieder hoch zur Facebook-App auf meinem Handy.

Ich weiß, es ist verrückt, aber ich muss die ganze Zeit an dieses Mädchen denken, das den Snap an Bryan geschickt hat. Nina MacGill. Ich verstehe einfach nicht, warum ich noch nie von ihr gehört habe. Bryan und ich, wir wohnen zusammen, deshalb weiß ich genau, mit wem er sich so abgibt. Warum hat er sie nie auch nur mit einem Wort erwähnt? Sie gehört nicht zu seinen Freunden von der Uni; und sie ist auch kein Fan seiner Band.

Wer ist sie?

Es kostet mich große Selbstbeherrschung, nicht auf das App-Symbol zu tippen. *Tu es nicht. Es wäre dumm. Warum willst du es unbedingt wissen?* Ich greife nach dem nächsten Foto. Als ich die Spitze des Stifts aufsetze und meine Initialen schreiben will, reißt das Papier entzwei.

Verdammt.

Reflexartig schnappe ich mir mein Handy, öffne die App und suche nach Nina MacGill. Ihr Facebook-Profil ist im Nu gefunden: *1 gemeinsamer Freund. Bryan Merton.*

Da sind nur ein paar wenige Fotos, die für die Öffentlichkeit einsehbar sind. Auf einem hält sie eine Tasse Kaffee in der Hand, den Blick nach unten gerichtet, in einem blau-weiß gestreiften Top, im Hintergrund hängende Kakteen und bunte Graffitis. Das nächste Foto zeigt sie in einem recht exotisch aussehenden Café, wie sie sich über einen Tisch beugt und an einer Shisha-Pfeife zieht. Das letzte aber ist das deprimierendste: Darauf sieht man ihren nackten Rücken, nur mit einem Bikini bekleidet. Sie steht an einem wunderschönen Strand, vermutlich irgendwo in Thailand, die Arme weit nach vorn ausgestreckt, als wolle sie den Sonnenuntergang umarmen. Ihre Haare glänzen in den letzten Sonnenstrahlen. Sie ist so dünn, dass an ihrem Rücken kleine Grübchen zu sehen sind.

Es ist wie ein Schlag in die Magengrube.

Was mache ich hier?

Das ist doch reine Selbstquälerei. Dieses Mädchen kennt meinen Freund. Na und? Wahrscheinlich hat sie dieses Selfie an alle ihre Kontakte geschickt.

Ich brauche einfach nur dringend Schlaf. Das ist alles.

Der Stapel noch zu signierender Fotos muss jetzt warten, ich gehe auf Bryans Instagram-Seite und scrolle willkürlich durch die Kommentare neben seinen Fotos. Hunderte verschiedener Mädchen haben etwas zu seinen Selfies zu sagen:

Lecker, siehst gut aus ☺

Cool!

Hab das Foto meiner Oma gezeigt und ihr gesagt, dass du mein Traumtyp bist. Darauf sie so: „Gute Wahl, er sieht wirklich sehr nett aus."

Seufzend klicke ich auf meine eigene Instagram-Seite. Es ist ja nicht so, als hätte Bryan sich nicht schon des Öfteren mit dem gleichen Problem herumschlagen müssen wie ich. Er musste genauso mit verliebten Teenies klarkommen, mit Stalkern und sogar mit Todesdrohungen. Wieso mache ich mir jetzt wegen eines einzigen bescheuerten Selfies Gedanken?

So gut wie jeden Tag kreuzt jemand draußen vor unserem Haus auf und späht in unsere Einfahrt oder lungert auf dem Gehweg oder am Ende der Straße herum. Bryan lässt sich von solchen Leuten nicht aus der Ruhe bringen, nicht einmal dann, wenn uns eine ganze Meute Fans auf der Straße auflauert und uns umzingelt. Er zuckt mit keiner Wimper.

Ich kaue auf meiner Unterlippe herum und beiße geistesabwesend einen vertrockneten Hautfetzen ab. Autsch. Ich nehme den metallischen Geschmack von Blut wahr.

Andererseits war Bryan nie derjenige, der gestalkt wurde. Vielleicht ist das der große Unterschied. Er wurde nie von jemandem bis nach Hause verfolgt, nie hat jemand seinetwegen bei uns am Zaun gestanden und drei geschlagene Stunden seinen Namen gebrüllt. Nie hat ihm ein wildfremder Mensch vorgeworfen, ihm seine Identität geklaut zu haben. Er hat keine Ahnung, wie es ist, wenn man sich ins Bett legt, an die Wand starrt und angestrengt auf jedes noch so leise Knarzen auf der Treppe lauscht, auf jedes Klopfen von nebenan. Und er musste sich nie vor Angst wie gelähmt fragen, ob unten wohl jemand ist.

Ungefähr vor einem Jahr fing es an, dass eine Frau im Internet behauptete, ich wäre nicht die echte Lily Henshaw. Sie hat sogar die Polizei eingeschaltet und wollte mich wegen Identitätsklau anzeigen. Sie behauptete, sie sei die echte Lily: eine Zahnärztin aus Colorado, die in ihrer Freizeit Videos dreht.

HALLO ZUSAMMEN, DU BIST NICHT DIE ECHTE LILYLOVES, LILY IST IN WIRKLICHKEIT ZAHNÄRZTIN.

Anfangs fielen mir ihre Kommentare gar nicht auf. Unzählige Leute schreiben etwas zu meinen Posts, ich kann das gar nicht alles lesen. Aber irgendwie ist es ihr dann gelungen, mein privates E-Mail-Konto zu hacken, und sie fing an, an meinen Fotos herumzubasteln.

HÜBSCHES HAUS, ABER WANN SAGST DU DEN LEUTEN ENDLICH, DASS DU IN WAHRHEIT ZAHNÄRZTIN BIST? DU BELÜGST UNS ALLE. DU RUINIERST MEIN LEBEN. HÖR AUF DAMIT, SONST ZAHLE ICH DIR DAS HEIM. XX

Irgendwann postete sie alle meine Selfies, Instagram-Fotos und diverse Screenshots aus meinen Videos auf meiner Facebook-Seite – nur mit minimalen Veränderungen: Blut am Hals, geschwärzte Augen oder tiefe Schnittwunden in den Armen.

ICH WEISS, WO DU WOHNST. HÖR AUF, DICH FÜR MICH AUSZUGEBEN, SONST KOMME ICH UND SETZE DEM EIN ENDE. DU ZERSTÖRST MEIN LEBEN. XX

Mittlerweile hatte ich einen von Bryans Freunden, der als Softwareentwickler arbeitet, gebeten, ihre Nachrichten zu blockieren, woraufhin sie ihre IP-Adresse verbarg und mir unter verschiedenen anderen Namen schrieb.

ICH HAB GENUG VON DIR UND DAVON, DASS DU DICH FÜR MICH AUSGIBST. ICH BIN DIE ECHTE LILYLOVES, ICH ARBEITE ALS ZAHNÄRZTIN. WARUM LÜGST DU? HÖR AUF DAMIT. XX

DAS IST DEINE LETZTE CHANCE. WENN DU NICHT AUFHÖRST, WERDE ICH DICH FINDEN, LILY, UND DANN MACHE ICH DIESEM SPIEL EIN ENDE. ICH WERDE DICH FESSELN UND AUFSCHLITZEN. XX

Ein Schauder rieselt über meinen Rücken, wenn ich daran zurückdenke. Dabei war sie noch nicht mal die Schlimmste von allen.

Wenige Monate später stand plötzlich ein Mann draußen vor unserer Tür. Keine Ahnung, woher er unsere Adresse hatte. Er muss uns mithilfe unserer Videos gestalkt und sich genau überlegt haben, durch welche Straßen wir gekommen sind, in welche Richtung wir nach Hause gegangen sind, oder er hat sich aus meinen Instagram-Posts die jeweiligen Standorte zusammengesucht und hat es so herausgefunden. Mittlerweile verberge ich meine Position immer. Vielleicht hat er aber auch unsere Nachbarn gefragt?

Jedenfalls hat er uns irgendwie ausfindig gemacht. Eines Nachmittags saß ich gerade am Laptop, um Fotos zu bearbeiten, als es plötzlich laut an der Tür klopfte. Erst hörte ich es gar nicht, weil ich meine Kopfhörer aufhatte, und Bryan war oben, um ein neues Gitarrenriff aufzunehmen.

Ich war also wie vom Donner gerührt, als ich plötzlich dieses bleiche, ausgezehrte Gesicht am Wohnzimmerfenster sah. Der wilde Ausdruck in seinen Augen verriet mir, dass mit ihm etwas ganz und gar nicht stimmte. Kaum hatte er mich entdeckt, fing er an, mit den Fäusten gegen die Terrassentür zu trommeln. Ich rannte nach oben und holte Bryan. Das Hämmern wurde lauter, bis die Schläge sogar den Türrahmen zum Erbeben brachten.

Schließlich ging Bryan nach draußen und forderte ihn auf zu verschwinden, doch der Typ wollte nicht lockerlassen. Er verschaffte sich Zugang zu unserer Wohnung und fing an, mich mit zusammengeknüllten Blättern zu bewerfen.

„Verlass ihn, Lily!“, schrie er völlig außer sich, während Bryan versuchte ihn zurückzuhalten. „Wir gehören zusammen! Das wirst du schon noch merken, wenn du mich erst mal kennenlernst … Es ist Schicksal, wir sind füreinander bestimmt!“

Ich erinnere mich noch gut an den irren Ausdruck in seinen blauen Augen – Schweiß rann ihm in Strömen über die Stirn, und er krallte seine schmutzigen Fingernägel in die Wand.

Mit einem letzten erstickten Schrei beförderte Bryan ihn schließlich nach draußen vor die Tür. Sofort verriegelten wir die Haustür doppelt, doch das Hämmern ging unverzüglich weiter. Uns blieb nichts anderes übrig, als die Polizei zu rufen.

Wochen später fand ich ein winziges Papierknäuel ganz unten in der Tasche meines Mantels. Der hatte die ganze Zeit im Flur gehangen. Ich öffnete die Kugel und strich das Papier glatt, bis ich die verschnörkelte rote Schrift darauf lesen konnte. Da stand: „Unsere Liebe ist alles für mich …"

Wütend zerriss ich den Zettel, ohne weiterzulesen.

Wenn ich heute nur an Lily, die verrückte Zahnärztin, oder diesen kranken Typen denke, wird mir kotzübel. Die Gmail-Adresse, die mit meinem YouTube-Konto verlinkt ist, benutze ich schon lange nicht mehr, meine Agentur managt sie, stattdessen verwende ich eine private Mailadresse, die nur meine engsten Geschäftspartner kennen. Leute wie diese beiden haben also gar keine Möglichkeit mehr, mich direkt zu kontaktieren.

Natürlich kriegt man solche Ereignisse nicht so schnell aus dem Kopf, ich denke oft an sie: an die Zahnärztin, den liebeskranken Mann – und die vielen Tausend weiteren Verrückten. Aus meinem Leben mögen sie verschwunden sein, aber richtig weg sind sie deshalb noch lange nicht. Sie existieren nach wie vor. Irgendwo da draußen sitzen sie vor ihren Bildschirmen und beobachten mich.

Ich fahre mir mit der Hand durch die Haare und reibe mir die müden Augen. Das Witzige ist ja, dass mir diese Cyber-Stalker zwar Angst machen, ich aber trotzdem hier sitze und auf Facebook das Gleiche mit dieser Nina mache.

Was bin ich nur für ein scheinheiliger Mensch?

Wie würde sie es finden, wenn sie wüsste, dass Bryans Freundin sich ihre Fotos ansieht? Wenn sie wüsste, dass ich genau weiß, wo sie ihre letzten beiden Urlaube verbracht und welche Farbe ihr Bikini hat?

Ich schließe Ninas Facebook-Seite und widme mich wieder dem Stapel Fotos, den ich signieren soll.

Will die überhaupt irgendein Mensch? Sie sind als Geschenk für die ersten 1000 Leute gedacht, die meine komplette Lippenstift-Kollektion, bestehend aus zehn verschiedenen Farbnuancen, vorbestellen. Das wären 149,90 Pfund pro Nase nur für die Chance auf ein handsigniertes Foto von mir. Ich glaube nicht, dass es das wert ist.

Mein strahlend weißes Lippenstift-Lächeln auf dem Bild wirkt derart übertrieben, dass es beinahe komisch ist. Ich kneife die Augen leicht zusammen. Mein strahlendes Gesicht verschmilzt mit der goldenen Lippenstifthülse, bis alles nur noch ein glänzender verwischter Fleck auf dem Papier ist.

Ich muss hier raus. Das ist das Problem, wenn man von zu Hause aus arbeitet: Nach kürzester Zeit fällt einem die Decke auf den Kopf, und dann fängt man an, plemplem zu werden.

Instinktiv greife ich nach der Videokamera. Ich habe nichts mehr für LilyLives gefilmt, seit ich die Drei-Millionen-Marke geknackt habe. Die Zeit für die Bearbeitung zu finden ist nicht das größte Problem, sondern wie ich mein Leben möglichst interessant aussehen lasse. Keiner will einem dabei zusehen, wie man vor dem Computer sitzt und wie ein Zombie E-Mails beantwortet.

Ich könnte shoppen gehen und das filmen. Einfach nur ein ganz entspanntes Video drehen, in dem ich irgendwelche belanglosen Dinge erzähle. Bryan wird bald von der Bandprobe zurück sein, ich könnte uns also beim Vorbereiten des Abendessens filmen, und am Ende könnten er und Jerry ein bisschen Musik machen.

Ich aktiviere den Sucher und schaue blinzelnd auf den Bildschirm. Wenn ich ehrlich bin, ist das einzige Problem mein Gesicht. Normalerweise drehe ich die Videos möglichst natürlich geschminkt, aber weil ich in letzter Zeit viel zu wenig Schlaf abbekomme, ist meine Haut rot gefleckt, und ich habe dunkle Ringe unter den Augen. Mist.

Ich ziehe die Schreibtischschublade auf. Sie ist fast randvoll mit ungeöffneten Produktproben. Auf gut Glück klaube ich irgendein Make-up heraus. Diese Schublade ist im Übrigen nichts im Vergleich zu unserem Schlafzimmer, der Abstellkammer oder dem Büro; die sind bis in die letzte Ecke vollgestopft mit ungeöffneten Paketen. Mein Management sortiert die Sachen, die man mir unaufgefordert zuschickt, zwar vor und spendet den Großteil an wohltätige Organisationen, aber trotzdem erreichen mich alle paar Tage ganze Postsäcke voll mit Zeug, das mein Team für mich ausgesucht hat.

Manchmal wird mir richtig schlecht bei dem Gedanken, wie viele Kosmetika ich besitze. Seufzend drücke ich einen Klecks Foundation aus dem Pumpspender auf meinen Handrücken und schaue in den Sucher.

Eine Stunde später sitze ich lächelnd vor der Kamera, mit makellosen Wangen, auf denen ein zarter rosa Schimmer liegt, auf den Augenlidern ein Hauch goldener Eyeshadow, umrahmt von dichten dunklen Wimpern.

„Hallo-o zusammen! Na, wie geht's euch heute? Nicht zu fassen, was für ein herrlicher Tag das ist …" Mit einem gut gelaunten Lachen richte ich die Kamera zum Himmel. „Das macht mich total glücklich. Ich kann es gar nicht erwarten, endlich rauszugehen!"

KAPITEL 6

Melissa

Ein schwaches elektrisches Surren ist zu hören, in der Luft liegt ein moschusartiger Geruch. Mit schweißnassem Rücken sitze ich dicht vor dem Bildschirm. Es ist die letzte Stunde, gerade bin ich aus dem Kunstunterricht geflitzt, um an einem der vorsintflutlichen Computer im IT-Raum die Zeichnung eines weiblichen Körpers auszudrucken, weil ich es selbst nicht richtig hingekriegt habe. Ich brauche dringend eine Vorlage.

Der Bildschirm friert schlagartig ein.

Oh Mann, das ist ja wieder mal typisch. Der Monitor ist eine riesige eckige Kiste in einem schmutzigen Beigeton, wahrscheinlich wird so was schon seit den Nullerjahren nicht mehr benutzt.

Ich betätige die Taste für den Druck. Nichts. Dann drücke ich auf Escape. Wieder nichts.

Nervös wippe ich mit dem Fuß und spähe zur Tür hinaus in Richtung Kunstraum. Im Flur sind Lärm und aufgeregtes Geschwätz zu hören. Vielleicht sollte ich besser wieder zurückgehen und den Rest der Stunde so tun, als würde ich an meiner Zeichnung arbeiten, auch wenn das Ergebnis katastrophal ist.

Wieder muss ich an den heutigen Abend denken, und sofort schnellt mein Puls vor Aufregung in die Höhe.

Was soll ich bloß anziehen? Chloe meinte, ich könne mir von ihr etwas borgen, sie hat echt tolle Klamotten. Auf ihrem Instagram-Konto sieht man sie in Jumpsuits, Schürzenkleidern, Jeansröcken und süßen kurzen Latzhosen.

Was ich mir wohl ausleihen darf?

Als ich jetzt auf das Internet-Icon klicke, tut sich tatsächlich was, der Computer scheint zu arbeiten. Ein surrendes Geräusch ist zu hören, es klingt, als würde das Ding husten, dann baut sich die Google-Seite vor mir auf. Mit einem letzten vorsichtigen Blick über die Schulter logge ich mich bei Instagram ein und scrolle durch meinen Feed.

Dabei stoße ich auf ein Foto von LilyLoves, auf dem sie schlafend an Bryans Schulter gekuschelt ist, während er mit hochgezogener Braue ratlos in die Kamera schaut. Einfach süß. Sofort herze ich das Bild und scrolle durch die Seiten von einigen anderen Bloggern, bis mein Blick an diesem unglaublichen Foto von einem Victoria's-Secret-Model hängen bleibt.

Sie trägt ein kurzes schwarzes Kleid mit tiefem Ausschnitt und einem Gürtel um die Taille. Es ist nur ihr Spiegelbild zu sehen, das Handy verdeckt ihr Gesicht. Aber sie sieht auch so umwerfend aus. Ihr Körper ist nahezu perfekt. Ich wünschte, ich könnte so aussehen wie sie.

Ich zoome näher heran. Hm, das ist witzig – sie hat die gleichen schulterlangen braunen Haare und die gleiche blasse Haut wie ich, nur dass an ihr alles glänzt und schimmert. Sie ist wie ich, nur in einer Hochglanzversion. Die Art von Mensch, der ich gerne wäre.

Gott, man stelle sich vor, wie toll mein Leben wäre, wenn ich so aussehen könnte.

Hmm. Ihre Haare haben wirklich so ziemlich die gleiche Länge wie meine. Und das Gesicht kann man überhaupt nicht erkennen. Ob ich wohl …

Mit wenigen Klicks, für die ich eine halbe Ewigkeit brauche, erstelle ich einen Screenshot von dem Foto und mache mich daran, es auf meinen Blog hochzuladen. Mein Herz rast wie verrückt, panisch schaue ich mich in Richtung Flur um, aber da ist zum Glück niemand.

„Ich liebe mein neues Kleid!", tippe ich mit leicht zittrigen Fingern.

Als ich die üblichen Mode-Hashtags hinzufüge, schweift mein Blick erneut hinaus auf den Gang. Soll ich das hier wirklich machen? Würde irgendjemand was merken? Dieses Model hat ziemlich viele Follower, aber das Foto hat nur 50.000 Likes.

Nein, das würde keiner mitkriegen, warum auch. Wie groß ist die Wahrscheinlichkeit, dass jemand gleichzeitig ihrem Instagram-Account und meinem Blog folgt? Sie ist nicht allzu bekannt. Und ich selbst habe nur dreiundfünfzig Abonnenten. Überhaupt, ich bin gerade auf Diät. Das Bild ist so was wie meine Thinspiration. Eine Zielvorgabe. Sobald ich die ersten fünf Kilo runter habe, sehe ich wahrscheinlich ohnehin so aus. Und so ein Kleid kann ich mir jederzeit besorgen, und dann lade ich eben nachträglich ein echtes Foto von mir hoch.

Ich blicke an mir herab und betrachte meine Figur in der sackartigen Schuluniform. Okay, zugegeben, dieses Mädchen ist schon ein ganzes Stück dünner als ich, aber ich trage ja auch jeden Tag denselben Schlabberpulli. Woher sollen die Leute denn wissen, wie mein Körper in Wirklichkeit aussieht? Aus den nahen Klassenzimmern ist Stühlerücken zu hören, weshalb ich panisch auf „Veröffentlichen" gehe und sämtliche offenen Tabs schließe. Der Drucker scheint jetzt auch endlich aktiv zu werden, aber ich schließe auch das entsprechende Fenster, springe hastig auf und schiebe meinen Stuhl zurück.

Als ich den Kunstraum betrete, vibriert mein Handy. Eine neue Nachricht. Es ist ein neuer Kommentar von einem meiner Follower.

Ich öffne den Blogpost.

OMG, dieses Kleid, Issa – du siehst einfach umwerfend aus!

Mit klopfendem Herzen lasse ich mein Smartphone in der Rocktasche verschwinden und spüre ein freudiges Prickeln über meinen Rücken rieseln, das sich bis hinauf in den Nacken zieht.

KAPITEL 7

Lily

Ich brauche nur noch fünfzehn Minuten Material, dann habe ich für heute ausreichend beisammen. Mir bleibt gerade noch genügend Zeit, um so lange zu filmen – um zwölf soll ich an einer gesponserten Telefonkonferenz zum Thema „Berufe der Zukunft" teilnehmen, dann muss ich die Bearbeitung von einer Reihe von Pressefotos absegnen. Außerdem wären da noch Siobhans vorbereitete Posts für meinen LilyLipstick-Instagram-Account, die ich mir ansehen muss, und zwei Skype-Meetings mit Sponsoren heute Nachmittag.

Langsam atme ich aus. Heute Abend breche ich wahrscheinlich vor Erschöpfung auf dem Sofa zusammen und schlafe sofort ein, deshalb kann ich das Filmen nicht auf später verschieben. Während ich mir den verspannten Nacken reibe, merke ich, wie mein Puls sich beschleunigt. Okay, dann mal los. Entschlossen greife ich nach der Kamera.

„Hallo Leute, ich hatte einen fantastischen Tag in der Sonne!" Ein strahlendes Lächeln. „Es ist richtig warm draußen für diese Jahreszeit. Tja, also … Ich stehe gerade vor dem Supermarkt, wo ich alles Nötige fürs Abendessen besorgt habe. Ich freue mich schon riesig – Bryan und ich wollen Ramen kochen. Ich habe Nudeln, Sojasoße und ... Zwiebeln? Zwiebeln?! Du liebes bisschen. Eigentlich wollte ich doch Knoblauch kaufen!"

Ich öffne meine LilyLoves-Tragetasche und schaue hinein. Meine Schläfen pochen. Verdammt, wir hätten für dieses Gericht echt Knoblauch gebraucht. In unserem Kühlschrank herrscht gähnende Leere, und ich habe keine Zeit mehr, noch mal da reinzugehen. Ich lasse die Kamera sinken und klatsche mir die Hand an die Stirn.

Wie dämlich!

Plötzlich streift ein kühler Luftzug meine Schulter. Etwas Weiches landet neben mir auf dem Boden. Ich nehme meine Hand von der Stirn. Ein weiterer Windhauch kitzelt mich im Nacken. Ein Stück Stoff segelt an mir vorüber und landet in einem faltigen Haufen auf dem winzigen Fleckchen Rasen neben mir.

Was war denn das?

Instinktiv schließen sich meine Finger um die Kamera, die ich auf das Stoffknäuel richte. Bei näherem Hinsehen handelt es sich um Kleidungsstücke – Männerklamotten, um genau zu sein. Sie liegen über den Gehweg verteilt. Getragene T-Shirts, abgenutzte Jacketts, und sogar ein Gürtel ist dabei.

Ich hebe den Blick nach oben, kann aber nicht erkennen, woher die Sachen kommen. Zu meiner Linken befindet sich ein Apartmentblock, bei mehreren Wohnungen sind die Fenster geöffnet, aber ich sehe niemanden, der die Kleidungsstücke heruntergeworfen haben könnte.

Vorsichtig stupse ich ein T-Shirt mit der Schuhspitze an. Soll ich die Klamotten einfach liegen lassen? Warum filme ich den Haufen überhaupt? Es geht mich nichts an. Am besten, ich gehe einfach weiter.

Da fällt mein Blick auf eins der T-Shirts. Es ist grau mit winzigen Mäuseohren und einem Blitz als Logo.

Moment mal, das kenne ich doch! Ich habe es schon Hunderte Male gesehen. Es gehört zu *Mortal Mouse*, dieser Zeichentrickserie, die vor bald zwanzig Jahren zum ersten Mal im Fernsehen lief. In der Schule sind alle verrückt danach. Mortal ist eine Feldmaus, die von einem Blitz getroffen wird und deshalb über Superkräfte verfügt. In jeder Episode versucht sie, die eigene kleine Welt vor dem Großen Bösen Hund zu retten.

Verdutzt betrachte ich das Logo. Hmm ... einige meiner Follower waren vielleicht damals schon auf der Welt und erinnern sich an *Mortal Mouse*. Das wird die perfekte Einstellung. Ich drücke auf den Aufnahmeknopf.

„Leute, gerade bin ich am Straßenrand über das hier gestolpert. Kann sich noch irgendjemand von euch an Mortal Mouse und den Großen Bösen Hund erinnern? Gebt mir ein Like, falls ja."

Ich drehe die Kamera herum und blicke lächelnd in die Linse. Am Rand des Bildschirms ist hinter meiner linken Schulter ein Gesicht zu sehen, das mich unverwandt anstarrt.

„Aaah!", entfährt es mir vor Schreck.

Ich bin wie vom Donner gerührt, und dummerweise fällt mir die Kamera aus der Hand und landet krachend auf dem Pflaster.

Ein hochgewachsener, sonnengebräunter junger Mann fängt an, die T-Shirts vom Boden aufzuklauben. Er wirkt ziemlich durch den Wind. Ohne mich eines Blickes zu würdigen, rafft er alles zusammen. Seine Stirn ist in tiefe Falten gelegt, seine Wangen gerötet.

„Entschuldige bitte", murmelt er.

„Oh, tut mir leid, ich ... Ich wollte nichts wegnehmen. Ich habe die Sachen nur gefilmt ..." Als mir bewusst wird, wie bescheuert das klingt, unterbreche ich mich.

Hastig hebe ich die Kamera auf und überprüfe, ob alles in Ordnung ist. Der junge Mann hat sich die Klamotten unter den Arm geklemmt und steht abwartend da. Offenbar bin ich ihm im Weg. Ich mache einen Schritt zur Seite.

„Tut mir leid", nuschle ich erneut.

Er starrt mich an.

Einen Augenblick lang herrscht Stille. Moment mal. Das Gesicht kenne ich doch.

Auf seiner Stirn hat sich eine steile Falte gebildet. Seine sonnengebräunte Haut ist über und über mit Sommersprossen bedeckt.

Das ist doch nicht möglich!

„Chris?", sage ich.

Ihm klappt der Mund auf, es hat beinahe etwas Komisches.

„Lily?", entgegnet er.

Oh mein Gott, er ist es wirklich!

„Chris Walker?", sage ich jetzt.

Er reißt die Augen auf.

„Lily Henshaw?"

Ich muss lachen. Und auch sein Gesicht verzieht sich zu einem breiten Grinsen.

Als Kind ging ich auf eine kleine Schule irgendwo auf dem Land in Suffolk, und einer der wenigen anderen Schüler in meinem Jahrgang war Chris Walker – genau dieser rothaarige, schlanke junge Mann, der jetzt vor mir steht. Jeden Tag verbrachten wir damit, auf den umliegenden Feldern auf die Jagd nach der echten Mortal Mouse zu gehen. Und jedes Mal, wenn irgendwas Tolles passierte, zum Beispiel wenn wir Büsche voller reifer Brombeeren entdeckten, dann taten wir so, als würde Mortal Mouse dahinterstecken. Und wenn was Doofes passierte, zum Beispiel wenn sich einer von uns den Knöchel verstauchte, weil er gestolpert war, dann gaben wir dem Großen Bösen Hund die Schuld.

Ich und Chris waren quasi unzertrennlich, bis zur zweiten Klasse. Da beschlossen Chris' Eltern, ihn und seinen Bruder auf eine Privatschule zu schicken.

Völlig fassungslos schaue ich ihn an. Es klingt bescheuert, aber in meiner Erinnerung war Chris immer der sechsjährige Junge von damals geblieben. Mir war nie in den Sinn gekommen, dass er tatsächlich erwachsen geworden sein könnte.

Wir waren immer in etwa gleich groß, aber jetzt überragt er mich um gut einen Kopf. Und sein Gesicht ist … anders. Er hat einen leichten Bartschatten auf den geröteten Wangen, durchbrochen von zwei zarten Lachfältchen. Und seine roten Haare sind viel dunkler als früher – eher ein rötliches Braun. Aber er hat immer noch dieses unverwechselbare Lächeln. Es ist eindeutig Chris.

„Ist das zu fassen? Du bist es wirklich! Was tust du denn hier? Und warum liegen deine Klamotten auf dem Boden?", frage ich.

Er verzieht die Lippen zu einer schmalen Linie. „Es ist nur, ähm … ach nichts." Er schüttelt den Kopf. „Lange Geschichte. Ich bin gerade auf dem Weg zurück nach Hause, raus aufs Land. Wie sieht es mit dir aus – was verschlägt dich in diese Gegend? Und warum filmst du anderer Leute T-Shirts?"

Verlegen lasse ich die Kamera hinter meinem Rücken verschwinden. „Es geht nicht um irgendwelche T-Shirts. Mich hat das *Mortal-Mouse*-Logo neugierig gemacht", gebe ich zu.

Eine seiner Augenbrauen schnellt nach oben. Offenbar erwartet er eine genauere Erklärung.

„Das ist … fürs Internet. Ich drehe Videos."

Chris' Miene scheint sich zu entspannen, und seine Mundwinkel heben sich zu einem amüsierten Schmunzeln. „Du drehst Videos fürs Internet? Über *Mortal-Mouse*-T-Shirts?" Er lacht. „Alles klar. Echt schräg. Du hast dich kein bisschen verändert."

„Hey, was willst du damit andeuten?“, rufe ich empört und boxe ihn spielerisch gegen die Schulter.

Er grinst.

Von uns beiden war eindeutig er immer der Sonderling. Ich erinnere mich an die Zeit, als er in der ersten Klasse eine ganze Woche lang darauf bestand, dass wir Dinosaurier waren. Wir bastelten uns Masken aus Pappmaschee und brüllten jeden an, der sich uns näherte. Wir schrien so viel, dass wir beide eine ganze Woche lang nicht in die Schule gehen konnten, weil wir Halsschmerzen hatten.

Gerade öffne ich den Mund und will seine Erinnerung daran auffrischen, als sein Handy zu brummen anfängt. Er wirft einen flüchtigen Blick aufs Display und macht ein grimmiges Gesicht.

„Tut mir leid, da muss ich rangehen.“

„Klar, natürlich. Ich geh dann mal weiter.“

Ich kann immer noch nicht fassen, dass ich Chris Walker über den Weg gelaufen bin. Das muss ich unbedingt Mum erzählen.

„Wir müssen uns dringend wieders… Hallo!“ Er presst das Handy ans Ohr und versucht mir pantomimisch mitzuteilen, ich solle ihm eine Nachricht schicken. Dazu tut er so, als würde er irgendwelche Ziffern eintippen, und deutet dann auf sich selbst.

Ich muss kichern.

Stirnrunzelnd schaut er auf sein Smartphone. „Ja. Ja. Klar, weiß ich.“ Er verengt die Augen zu schmalen Schlitzen. „Ja, gut, ich mach mich jetzt auf den Weg.“

Lautlos forme ich mit den Lippen das Wort „Facebook“ und recke ihm den erhobenen Daumen entgegen, doch er scheint das gar nicht mehr mitzubekommen – er starrt weiter finster auf sein Handy.

Nach kurzem Zögern wende ich mich zum Gehen. Ich habe schon fast das Ende der Straße erreicht, als mich plötzlich eine

Hand ganz leicht an der Schulter berührt. Ich bleibe stehen und drehe mich um.

Chris hält mir sein *Mortal-Mouse*-T-Shirt hin, offenbar will er es mir schenken. Verstört schüttle ich den Kopf. Doch er bleibt beharrlich – lächelnd streckt er es mir entgegen und stupst mich damit in die Seite. Also greife ich stirnrunzelnd danach, woraufhin er mir den erhobenen Daumen entgegenreckt, auf die Kamera deutet und so tut, als würde er auf irgendwas klicken.

Oh Mann, er will mich nur verarschen.

Erst will ich die Augen verdrehen, beschließe dann aber, sein Spielchen mitzuspielen. Ich hebe die Kamera und tue so, als würde ich auf das Logo zoomen. Klick. Klick. Klick. Ich spiele die emsige Fotografin und tue so, als würde ich ein Foto nach dem anderen schießen.

Chris' Miene verzieht sich, und seine Schultern beben vor unterdrücktem Lachen.

„Jep, bin in fünf Minuten zurück", sagt er jetzt ganz trocken ins Handy.

Ich winke ihm noch einmal zu, und er hält die Hand hoch, um seine Augen gegen die Sonne abzuschirmen. Dabei grinst er schief.

Als ich um die Ecke biege, streichelt mir das warme Sonnenlicht sanft über die Wangen. Ich kann nicht fassen, dass ich Chris Walker getroffen habe. In London! Ich muss sofort Mum anrufen und es ihr erzählen.

Lächelnd schaue ich in die Linse und drücke auf den Aufnahmeknopf.

„Hallo zusammen – wann habe ich eigentlich das letzte Mal gefilmt? Ach ja, als das mit dem *Mortal-Mouse*-T-Shirt passierte. Total seltsam, oder? Es ist mir aber gelungen, es für euch zu stibitzen …"

KAPITEL 8

Melissa

Es fällt mir schwer, die Wut, die in mir hochkocht, unter Kontrolle zu halten, nachdem ich die Nachricht auf meinem Handy gelesen habe.

O. K.

Vor einer Weile habe ich eine lange, ausschweifende SMS an meine Mum geschickt, in der ich ihr erklärt habe, ich würde nach der Schule bei Suzes Bandprobe zuhören, und sie hat mit nur zwei Buchstaben geantwortet: O. K. Nicht mal ein Kuss. Mal ehrlich, ich habe starke Zweifel daran, ob es ihr überhaupt auffallen würde, wenn ich nicht nach Hause käme.

Außerdem habe ich Suze eine SMS geschickt, um zu fragen, wie die Probe läuft. Aber sie hat nicht geantwortet. Ein wenig plagen mich doch Schuldgefühle, wenn ich daran denke, wie sie jetzt ohne mein Beisein auf dieser Bühne sitzt und Klarinette spielt.

„Okay, Mädels, die Jungs warten. Lasst uns gehen“, sagt Chloe.

Ich blinzle panisch. Nein, halt – bitte noch nicht. Mein Make-up ist doch noch gar nicht fertig.

Neben Chloe und Louise mache ich überhaupt keine gute Figur. Ich sehe scheiße aus. Chloe hat ihre dunklen Haare zu hübschen Locken gedreht, die ihr wie ein seidiger Wasserfall über die schmalen Schultern fließen. Sie schlüpft in eine Jeansjacke im Used-Look und wippt ungeduldig mit dem Fuß.

Louise stellt sich neben sie; sie sieht einfach unglaublich aus: Ihre Augen sind so dick mit Kajal umrandet, dass sie etwas Katzenhaftes haben, dazu trägt sie ein kurzes schwarzes Kleid, das sich hauteng um ihre schmale Taille schmiegt.

Ich sehe an mir herunter und betrachte den geblümten Playsuit, den ich mir von Chloe geborgt habe. Um die Brust herum sitzt er etwas zu locker, dafür spannt er am Hintern und klebt unvorteilhaft an meinen Hüften.

Ich beiße mir auf die Unterlippe und werfe einen prüfenden Blick auf mein Handydisplay, in dem ich mich spiegle. Hm. Eigentlich sehe ich doch nicht so übel aus. Meine Augen wirken riesig, und der Highlighter zaubert in dem schummrigen Licht einen hübschen Schimmer auf meine Wangen.

Mein Smartphone teilt mir mit einem Geräusch mit, dass ich eine neue Nachricht erhalten habe. Sie kommt von Suze. Ein Screenshot von dem Model-Foto auf meinem Blog, darunter die Worte: *Bist das wirklich du?!*

„Was hast du da?“, will Louise mit einem Blick über meine Schulter wissen.

„Ach, nichts“, wiegle ich ab und lasse mein Handy in der Tasche verschwinden.

Ich hole mein Mascara heraus und versuche rasch noch eine Schicht Wimperntusche aufzulegen.

„Issa, beeil dich“, sagt Chloe mit einem Seitenblick auf Louise.

„'Tschuldigung“, nuschle ich, und schon schraube ich das Fläschchen wieder zu.

Chloe und Louise haken einander unter. Und nach einem tiefen Atemzug folge ich den beiden zur Haustür hinaus.

Bis zu unserer Ankunft im Playshack habe ich den billigen Ring mit dem Topasstein aus Plastik vor lauter Nervosität dermaßen oft um meinen Finger gedreht, dass die Haut darunter hässlich grün verfärbt ist.

Wie der heutige Abend sich wohl entwickeln wird? Auf Lilys Instagram-Seite habe ich ein Foto von ihr und Bryan vor dem Hintergrund einer Bar mit Graffitis an den Wänden gesehen. Das sah megacool aus – ob ich wohl auch die Chance bekomme, so ein Foto zu machen?

Ich male mir Instagram-Posts von mir, Chloe und Louise aus, auf denen wir uns mit farbenfrohen Drinks in den Händen lachend unterhalten. Doch dann taucht plötzlich ein anderes Bild vor meinem geistigen Auge auf: und zwar wie ich kotzend über der Kloschüssel hänge, das Make-up völlig verwischt. Und dann noch eins, wie ich vom Türsteher hinausbefördert werde, während die anderen mit ihren gefälschten Ausweisen bleiben dürfen und sich köstlich über mich amüsieren.

„Rish! Andy!", ruft Chloe.

Sind wir echt schon da? Das ist doch nicht das Playshack, oder? Die Bar, von der alle in der Schule reden?

Da stehen vier wackelige Plastiktische unter ein paar Sonnenschirmen mit ausgeblichenen Logos von Biermarken – dazu liegt ein Hauch von Schweißgeruch in der Luft. Um die Tische versammelt sitzen Gruppen von jungen Leuten in Turnschuhen und Kapuzenjacken, einige von ihnen erkenne ich, sie sind in der Zwölften. Hm. So viel also zu einem instagramtauglichen Hintergrund.

Vom nächstgelegenen Tisch aus nicken uns zwei Typen zu, einer groß mit rotem Gesicht und längeren Haaren, der andere etwas kleiner mit dunklen Haaren.

Sie lassen ihre Blicke an meinem Körper abwärtswandern. Verlegen zupfe ich an dem Stoff herum, der sich um meinen Bauch herum spannt, und versuche den Ausschnitt zurechtzuziehen, weil er viel zu weit aufklafft und den Blick auf meinen schwarzen BH freigibt.

Oh Mann, ich wünschte, ich hätte nicht so viel Schminke aufgelegt. Bestimmt ist die Foundation schon ganz vertrocknet und klumpt, bestimmt sind die Pickel an meinem Kinn wieder zu sehen. Bei diesem miesen Licht sehen meine Wimpern sicher aus wie Spinnenbeine, total verklebt. Gibt es hier irgendwo einen Spiegel? Ob es auffällt, wenn ich jetzt mein Handy raushole?

Louise sieht mich an und grinst.

„Rishaan, Andy – das ist Issa", stellt Chloe mich den Jungs vor.

„Hey", sage ich mit piepsiger Stimme.

Der größere von den beiden, Andy, schaut mich von oben her an. Seine strohblonden Spaghettihaare hängen ihm tief ins Gesicht, und er verzieht die Lippen zu einem spöttischen Grinsen.

Hastig schaue ich weg und merke, wie mir die Röte in die Wangen steigt.

Der kleinere Kerl mit den dunklen Haaren, Rishaan, knufft ihn in die Seite.

„Sie haben Verstärkung mitgebracht, weil sie sonst den ganzen Mist nicht ertragen, den du so verzapfst", sagt er. „Was hast du gerade gesagt? Vatikanstadt liegt in Saudi-Arabien?"

„Ja, ja", murrt Andy und lässt einen Bieruntersetzer zwischen den Fingern rotieren.

Rishaan wirft einen abschätzigen Blick auf mich und grinst jetzt ebenfalls. „Na schön, Leute, dann besorgen wir euch mal was zu trinken. Was wollt ihr?", fragt er.

„Äh … ich … Wein“, sage ich, weil es das erstbeste alkoholische Getränk ist, das mir einfällt.

Rish prustet. „Okay, einmal Wein, kommt sofort. Soll es ein Sauvignon Blanc sein? Ein Chardon-Rish? Oder ein Pinot Issa?“

Grimmig mustere ich sein breit grinsendes Gesicht. Er sieht mir unverwandt in die Augen und steht so dicht vor mir, dass ich seinen warmen Atem spüre. Keine Ahnung, ob das ein Witz sein soll. Er zählt noch weitere Namen auf – „Rish Riesling“ und „Issa-Shiraz“ –, und zwar in einer Lautstärke, dass der Tisch vor uns bebt. Ich wünschte, ich hätte wenigstens eine blasse Ahnung, wovon er da spricht.

„Äh, such du was aus.“

Er wirft den Kopf in den Nacken und lacht aus vollem Halse, ehe er mit Andy zusammen in der Bar verschwindet.

Kaum sind die Jungs weg, senken Chloe und Louise die Stimmen und fangen an zu tuscheln.

„Gott, hält Rish denn nie die Klappe? Und Andy, was ist denn mit dem los? Ist der eigentlich dauernd dicht?“

„Ja, oder? Hoffentlich kommt Tom bald.“

Ich höre den beiden aufmerksam zu, beteilige mich aber nicht an ihrem Gespräch, weil ich die Typen gar nicht kenne. Kurz darauf kehren sie mit Drinks in den Händen zurück, und sofort versteife ich mich. Haben sie uns gehört? Aber Andy ist viel zu sehr damit beschäftigt, Rish damit aufzuziehen, dass sein gefälschter Ausweis abgewiesen wurde.

„Kleiner-Mann-Syndrom.“ Er hüstelt.

„Das kennst du also, weißt aber nicht, wo Vatikanstadt liegt?“, meint Rish.

Andy wirft den Bieruntersetzer hoch in die Luft und fängt ihn wieder auf. „Verpiss dich, Mann.“

Ich merke, wie ich über ihr Geplänkel kichern muss. Rish grinst mich an.

Aus dem Augenwinkel werfe ich einen verstohlenen Blick auf Andy. Ich mustere seine lange Mähne, die breiten Schultern. Im nächsten Moment schleudert er die Haare zurück, und ich sehe die ausgeprägte Kinnlinie, während er sich irgendetwas von den Lippen pult.

Er fängt meinen Blick ein, und ich erkenne, wie seine Oberlippe zuckt.

Oh Gott, ist ihm etwa aufgefallen, dass ich ihn angestarrt habe? Schnell, sag was.

„Wo liegt denn jetzt Vatikanstadt?“, frage ich.

Rish stößt ein lautes, bellendes Lachen aus.

Andy schnaubt abfällig. „Woher soll ich das wissen?“

Enttäuschung macht sich in mir breit. Ist er genervt? Ich bin ja so dämlich, warum habe ich überhaupt was gesagt?

Andy dreht sich um und schaut in Richtung Bar. Langweile ich ihn?

„Äh … bist du oft im Playshack?“, frage ich.

„Klar … aber eigentlich find ich es gar nicht so toll hier.“ Er hat die Stimme gesenkt und guckt ganz konzentriert, als müsste er jedes Wort genau abwägen. „Draußen ist es viel zu kalt, und in der Bar kriegt man von der lauten Musik Ohrenschmerzen …“

„Und draußen ist die Musik viel zu leise, und drinnen ist es viel zu heiß und stickig“, ergänzt Rish mit verstellter hoher Stimme.

Andy achtet gar nicht auf ihn. Aus dem Augenwinkel sehe ich, wie Rish mich verstohlen mustert. Seine Augen sind weit aufgerissen, der Mund steht ihm offen. Wieder einmal schießt mir die Röte in die Wangen. Er macht den Eindruck, als wolle er noch etwas sagen, aber Andy kommt ihm zuvor.

„Wir kommen nur aus dem Grund hierher, weil die das mit der Ausweispolitik recht locker sehen“, meint er. „Na ja, zumindest dann, wenn unser Zwerg Rish nicht dabei ist. Bars sind ohnehin für'n Arsch. Privatpartys sind das Ding!"

„Mhmm", sage ich und hoffe, dass er mich nicht fragt, ob ich oft auf Partys gehe.

Um ehrlich zu sein, war ich nämlich noch nie zu einer Privatparty eingeladen. Wobei das keine große Überraschung ist, wer hätte mich auch einladen sollen. Ich ertappe Andy dabei, wie er mich neugierig anstarrt, und im nächsten Moment spüre ich die Schweißperlen auf meiner Stirn.

„Rish schmeißt in ein paar Wochen eine", sagt er. „Da kann man sich wenigstens unterhalten, viel besser als hier."

„Äh, klar, ähm, klingt so, als könnte man da jede Menge Spaß haben."

„Komm doch auch vorbei", sagt er. „Rish freut sich bestimmt, wenn noch mehr Mädchen kommen."

Plötzlich ist mein Mund staubtrocken. Hat Andy mich gerade zu einer Zwölftklässler-Party eingeladen? Will er damit sagen … ich soll *mit ihm* hingehen?

Verstohlen mustere ich seine muskulösen Oberarme. Verschiedene Bilder von Lily und Bryan, kuschelnd auf dem Sofa, wirbeln mir durch den Kopf. Nur dass es gar nicht Lily und Bryan sind, die ich vor mir sehe: Es sind Andy und ich. Ich sehe total süß aus in meinem Oversized-Pulli mit den vielen Halsketten über der Brust. Zufrieden lehne ich mich gegen seinen starken Körper und kämme ihm mit den Fingern durch die wirren Haare. Als Nächstes sehe ich uns lachend durch den Greenwich-Park rennen und unter einem Baum ins Gras fallen, wo er sich über mich beugt und die Kameralinse mit der Hand verdeckt, um mich zu küssen …

Ich werde rot bis unter die Haarwurzeln, als mir wieder einfällt, dass er ja direkt neben mir steht.

Aber er hat schon recht. Ich sollte zu Rishs Party gehen. Ich werde es tun. Verlegen lächle ich Andy zu, doch er hat sich bereits abgewandt, um Rish einen Hieb gegen die Schulter zu verpassen.

Nervös beiße ich mir auf die Unterlippe und starre runter auf meine Füße. Ich kann es kaum erwarten.

KAPITEL 9
Lily

Mum wird nicht glauben, dass ich tatsächlich Chris Walker getroffen habe. Auf jeden Fall muss sie sich an ihn erinnern; in der Grundschule waren wir mehr oder weniger unzertrennlich.

Allerdings kann ich kaum glauben, wie verändert er aussieht. Sein Gesicht hat so sonnengebräunt und wettergegerbt gewirkt und … na ja, einfach älter. Ich hätte ihn um ein Haar nicht wiedererkannt. Tja, immerhin sind seit damals fünfzehn Jahre vergangen. Ich sehe wahrscheinlich auch nicht mehr so aus wie früher.

Ich blicke an meinem schlanken Körper hinunter und versuche mich zu erinnern, wie ich als Kind ausgesehen habe. Der auffallendste Unterschied sind wahrscheinlich meine Haare. Früher hatte ich lange, dünne weißblonde Haare, die mir fast bis zum Hintern reichten. Und meine Augen waren viel zu groß für meinen Kopf, die totalen Glubschaugen. Schon irgendwie süß, aber eher ein bisschen wie ein Kind aus einem Horrorfilm. Wenigstens hat sich das mit der Zeit verwachsen. Ich strubble mir durch die kurzen Haare. Der Eyeliner und der Kurzhaarschnitt müssen ihn ziemlich überrascht haben.

Der Wind fährt mir in die Knochen, dass mir die Zähne klappern, als ich unsere Auffahrt hochgehe. Was Chris wohl gerade treibt? Haben seine älteren Brüder nicht die Farm übernommen? Ich würde nur zu gerne wissen, womit er sein Geld verdient. Ich darf nicht vergessen, Mum zu fragen. Vielleicht weiß sie es.

Kaum habe ich die Haustür aufgeschlossen und stehe bei uns im Flur, ist ein ohrenbetäubendes Krachen zu hören, gefolgt von einem dumpfen Aufschlag. Ein vertrauter herber Geruch liegt in der Luft.

Mein Magen krampft sich zusammen.

Durch die Wand zu meiner Linken ist das tiefe Brummen eines Basses zu hören. Mit gerümpfter Nase stoße ich die Tür auf. Der Gestank von Bier und Schweiß liegt über dem Wohnzimmer, wie ein feuchtes Handtuch.

Das Dröhnen des Basses wird lauter.

Ich huste. Jerry fläzt mit geschlossenen Augen auf dem hinteren Sofa, seine schwarzen Dreadlocks schwingen träge im Takt der Musik. Bryan sitzt zusammengekauert in einem der Sessel und kichert lautlos hinter vorgehaltener Hand.

In der ganzen Wohnung herrscht Chaos. Auf dem Perserteppich liegt eine zusammengedrückte Dose, aus der Reste von Bier tropfen. Der Couchtisch im Seventies-Style ist vollgestellt mit leeren Flaschen, auf meinem Schreibtisch liegen unzählige Plektren, Chipstüten und Pizzaboxen.

Das Poster an der gegenüberliegenden Wand hängt zerrissen herunter, offenbar war das Bryans Gitarre. An der sind mehrere Seiten gerissen und stehen vom Hals des Instruments ab.

Ich dachte, sie hätten Bandprobe?

Meine Gesichtszüge verhärten sich.

„Bryan, was um alles in der Welt …“

„Lily …“ Erst jetzt scheint Bryan mich zu bemerken, seine Mundwinkel heben sich zu einem debilen Lächeln.

Schwerfällig beugt er sich vor, streckt die Arme nach mir aus – und im nächsten Moment kippt er über die Armlehne und landet krachend auf dem Boden.

KAPITEL 10

Melissa

Ich habe Andys Facebook-Profil gefunden. Das hat mich gerade mal zwei Sekunden gekostet. Ich habe einfach Chloe MacNeils Freundesliste nach seinem Namen durchforstet, und schon hatte ich ihn.

Andrew Butcher.

Auf seinem Profilfoto steht er in Badehose an einem Strand und scheint über irgendetwas zu grübeln. Er ist schlank, aber seine Schultern sind irre breit. In dem dämmrigen Licht kann man seine ausgeprägte Brustmuskulatur gut erkennen.

Ich stelle mir vor, wie meine Fingerkuppen über seinen Bauch streichen und spüre, wie mir der Gedanke die Röte ins Gesicht jagt.

Hmm … Wie es wohl wäre, einen Jungen wie Andy zum Freund zu haben?

Ohne lange nachzudenken, klicke ich mich durch sein Profil und schaue mir die ganzen öffentlichen Fotos an. Auf einem ist sein Gesicht in Nahaufnahme zu sehen – mit zusammengekniffenen Augen schaut er in die Kamera und hat den Mund zu einem schiefen Lächeln verzogen, die blonden Haare hängen ihm tief in die Stirn und berühren seine Wimpern. Er sieht richtig gut aus.

Ob wir ein hübsches Paar abgeben würden?

Mit wenigen Mausklicks lade ich sein Profilfoto herunter und öffne es in Photoshop. Dann kopiere ich ein Selfie von mir und füge es in sein Foto ein, sodass unsere Gesichter direkt nebeneinander sind.

Hmm ... das Licht ist nicht so passend.

Ich schraube ein wenig am Kontrast und an der Belichtung herum.

Nach nicht mal einer Minute sieht das Foto schon ganz passabel aus. Ich fahre mir mit der Zunge über die Unterlippe, speichere die Änderungen in einer neuen Datei und bewundere das Ergebnis meiner Arbeit.

Das ist jetzt aber wirklich Material für den Hashtag #relationshipgoals. Wir sehen irre gut aus zusammen.

Seufz. Man stelle sich vor, Andy wäre mein Freund. Wir würden in die tollsten Restaurants und Clubs gehen und uns zusammen Konzerte ansehen. Natürlich würde ich davon haufenweise Fotos auf meinem Blog posten, genau wie Lily und Bryan. Die ganzen Mädchen in meinem Jahrgang würden blass werden vor Neid!

Während ich auf der Innenseite meiner Wange herumkaue, fange ich an, einen neuen Blogbeitrag zu verfassen: *Toller Freitagabend mit meinen Lieblingsmenschen! Wie war euer Wochenende? Love IssaAdores xoxo*

Gerade will ich das Foto von Andy und mir hochladen, doch irgendetwas lässt mich zögern. Ich verspüre ein unbestimmtes Gefühl in der Magengegend, irgendwie ungut.

Kann ich das wirklich bringen?

Ich klicke zurück auf Lilys Instagram-Seite. Darauf finden sich Hunderte von ähnlichen Fotos von ihr und Bryan. Und alle scheinen begeistert zu sein.

Außerdem, was soll schon passieren? Ich behaupte ja nicht explizit, dass er mein Freund ist. Streng genommen ist daran also nichts gelogen. Und im Übrigen war ich ja am Freitag tatsächlich mit Rish und Andy aus. Ich hätte das Foto also genauso gut machen können, während ich mich mit Andy auf dem Heimweg unterhalten habe. Die anderen waren alle betrunken – Andy hätte vermutlich gar nicht mitbekommen, wenn ich uns wirklich fotografiert hätte.

Ich zwirble mir eine Haarsträhne um den Finger, bis er taub wird, weil ich ihn so stark einschnüre.

Jetzt weiß ich, was ich mache – ich werde das Foto für ein paar Tage online stellen, nur um zu testen, wie die Leute reagieren. Und dann mache ich bei Rishs Party am Freitag ein richtig gutes Foto von uns beiden und ersetze das gefälschte damit.

Keiner wird also je davon erfahren. Und wenn später doch Leute fragen, tja … sollen sie doch. Das Foto wird dann nämlich echt sein. Ich ändere einfach das Datum ab.

Entschlossen beuge ich mich vor und gehe auf „Veröffentlichen“: *Ein spaßiger Freitagabend!*

Es dauert nur wenige Minuten, bis die ersten Kommentare reinkommen.

Wow, gut gemacht, Issa. Heißer Typ #relationshipgoals

Ihr beide seid so süß. xoxo

Sieht nach einem tollen Abend aus!!! <3

Ist das dein Freund? Niedlich ;)

Die Zahl meiner Abonnenten ist innerhalb kürzester Zeit auf 102 hochgeschnellt. Ein wohlig warmes Gefühl macht sich in mir breit. Das wird ja immer besser!

Als ich nach meinem Smartphone greife, fällt mir auf, dass ich eine Nachricht von Suze habe: *Hallo, Issa?*

Mist, ich habe ihr am Freitag gar nicht mehr geantwortet. Schnell öffne ich das Chat-Fenster. Sie hatte mich nach dem Foto von diesem Victoria's-Secret-Model gefragt – was soll ich darauf denn antworten?

Mein Laptop gibt ein lautes *Pling* von sich, als ein weiterer Kommentar auf meinem Blog erscheint.

Wahnsinn, was hast du eigentlich für ein perfektes Leben! <3

Grinsend werfe ich das Handy aufs Bett und ziehe mein Laptop näher zu mir heran.

KAPITEL 11

Lily

Mein Schreibtisch ist restlos zugemüllt. Auf meinem Notizbuch prangt ein riesiger gelber Fleck, die Seiten sind von der Feuchtigkeit aufgequollen, eine tropfende, zusammengeknüllte Bierdose steht an der Schreibtischkante, und der Inhalt einer angebrochenen Dose ist über die Tastatur verteilt, die Tropfen darauf sehen aus wie Konfetti.

Mit möglichst fester Stimme sage ich: „Bryan, wo ist meine Speicherkarte?"

Er sieht mich nur mit ausdrucksloser Miene an. Sein Mund ist geöffnet, Speichel hat sich an seiner Unterlippe gesammelt. Langsam hebt er den Blick und hat offenbar Mühe, zu fokussieren.

„Bryan …" Eindringlich sehe ich ihn an. „Wo ist die Speicherkarte? Sie lag neben meinem Laptop. Genau hier."

Er blinzelt verwirrt.

„Ich brauche diese Speicherkarte. Da ist Material für mindestens drei Videobeiträge drauf. Wo ist sie?"

Bryan kneift die Augen zu.

„Beruhige dich, Lily", nuschelt er. Er schlägt die Augen wieder auf, doch er weicht meinem Blick aus. „Wozu brauchst du die denn jetzt?"

„Ich muss das bearbeiten. Ich hab viel zu tun! Ich kann nicht mitten am Tag untätig hier herumsitzen und mich mit Jerry betrinken."

Ich bin lauter geworden, bestimmt kann Jerry uns hören – vorausgesetzt, er ist überhaupt noch bei Bewusstsein. Aber das ist mir alles herzlich egal.

„Was ist los mit dir? Ich will wissen, wo die Speicherkarte ist!"

Endlich scheint Bryan wieder scharf zu sehen.

„Sprich nicht so mit mir", sagt er.

„Wie denn?" Wütend werfe ich die Hände in die Luft. „Du hast unsere Wohnung verwüstet; du hast wieder mal den ganzen Tag mit Jerry gesoffen! Und deinetwegen sind ungefähr zwei Tage Arbeit futsch!"

Ich spüre das Blut in meiner Halsschlagader pulsieren.

„Anders als du sitze ich nämlich nicht den ganzen Tag nur untätig herum! Ich kann nicht einfach irgendwas x-Beliebiges filmen! Ich muss bescheuerte Testberichte zu doofen Lippenstiften schreiben, die ich noch nicht mal benutze! Du weigerst dich, mehr Gigs als nötig zu spielen, schön für dich, aber ich muss mir meinen Lebensunterhalt sauer verdienen. Ich muss meinen Kanal mit Werbung und gesponserten Videos und diesem ganzen Mist bespielen …"

Durch die Tränen nehme ich Bryans Gesicht nur noch verschwommen wahr. Oh Gott, bitte nicht heulen. Nicht jetzt. Nicht ausgerechnet jetzt.

Bryan ist aufgestanden und steht schwankend da, bevor er einen Schritt auf mich zumacht. Er ist mir so nah, dass sein Bart mich fast an der Nase kitzelt. Ich rieche den Zigarettenrauch und den Schweiß an seinem T-Shirt. Ich schiebe die Unterlippe vor.

„Es ist meine Wohnung", sagt er mit leiser Stimme.

„Mir gehört sie auch. Ich zahle Miete …"

„Es. Ist. Meine. Wohnung", sagt er mit Nachdruck. Sein Blick schweift unstet durch den Raum, doch seine Miene wirkt entschlossen. Endlich finden seine Augen mein Gesicht.

Seine Mundwinkel heben sich zu einem Lächeln.

„Willst du mir was von Geld erzählen? Wie wäre es dann, wenn du mir die gängige Miete für die Hälfte einer Drei-Zimmer-Wohnung in Hackney bezahlen würdest!"

Fassungslos starre ich ihn an. Mein Puls rast.

Bryan stößt ein verächtliches Lachen aus.

„Wenn du unbedingt willst, lass uns darüber reden. Wie viel bezahlst du mir, Lily – siebenhundert Pfund im Monat? Dafür kriegst du noch nicht mal ein Ein-Zimmer-Apartment."

Ich habe eine Mordswut im Bauch. Ist das zu fassen? Jetzt redet er tatsächlich von Geld!

„Ich besitze drei Häuser in Suffolk. Ich bin nicht auf dich und deine Wohnung angewiesen …"

„Klar, und woher hast du das Geld dafür? Wie lange hast du umsonst bei mir gewohnt? Zwei Jahre lang? Drei? Hast du gearbeitet? Ach so, nein, stimmt ja, du warst Studentin. Witzig. Und als du deinen Abschluss endlich in der Tasche hattest, hast du dir da einen Job gesucht? Oder hast du weiter Videos gedreht, während ich dich finanziell unterstützt habe?"

„Du weißt genau, dass ich nicht auf dich angewiesen war, ich hatte ein Zimmer. Und du hast selbst gesagt, ich solle mit meinem Kanal weitermachen. Jetzt verdiene ich gutes Geld damit …"

Lachend schüttelt er den Kopf.

„Ach so, klar, ich bin ja der versoffene Taugenichts, der sich von dir aushalten lässt."

Seine Stimme wird immer lauter, und er klingt mit jedem Wort mehr nach dem Jungen von der elitären Privatschule.

„So läuft das also, ja?“, schreit er, schäumend vor Wut. „Du bist also diejenige, der hier Unrecht getan wird. Das arme Ding, das ständig Werbe-Hashtags neben Selfies mit Schmollmund im hübsch geschminkten Gesicht setzen muss. Oh Mann, das Leben spielt dir richtig übel mit, nicht wahr, Lily?“

Blinzelnd sehe ich ihn an. Meine Wangen sind tränennass.

„Ach, jetzt heulst du. Na los, mach nur weiter. Du bist echt peinlich!“

Alles vor meinen Augen verschwimmt. Ich kann nicht mehr klar denken. Verzweifelt wende ich mich von ihm ab und stürze aus dem Zimmer.

„Jetzt renn doch nicht gleich weg“, ruft er noch, doch ich bin schneller. In Windeseile habe ich mir meinen Mantel, die Schlüssel, das Handy und die Handtasche geschnappt.

Dann marschiere ich noch einmal zurück ins Wohnzimmer. Jerry liegt völlig weggetreten da, er scheint zu schlafen – oder zumindest tut er so. Er hat die Arme von sich gestreckt, neben ihm am Boden mein wunderschöner Blumentopf, leider zerbrochen – die ganze Erde ist über unseren Perserteppich verteilt. Aber das ist mir mittlerweile piepegal.

„Lily!“, höre ich Bryan hinter mir sagen.

Blinzelnd versuche ich wieder klar zu sehen und schnappe mir meinen Laptop, leider ohne Speicherkarte. Keine Zeit, die Hülle zu suchen. Als Letztes greife ich mir noch meine Kamera, haste zur Tür und reiße sie auf.

Bryan folgt mir nach draußen und steht im Flur.

„Was zum Teufel tust du da? Läufst du etwa weg?“

Wie eine Furie fahre ich herum und funkle ihn zornig an. Sein graues Tanktop ist zerrissen und von seiner Schulter gerutscht, sodass seine viel zu dünnen Ärmchen und seine Brust entblößt sind. Mit einem harten Ausdruck in den Augen sieht er mich von oben herab an.

„Ich gehe“, sage ich, und ohne zu zögern, knalle ich ihm die Tür vor der Nase zu.

KAPITEL 12

Melissa

An die hintere Hauswand gelehnt stehe ich bei uns im Garten und lasse mir die warme Sonne ins Gesicht scheinen, die Augen schön weit geöffnet. Angestrengt ziehe ich den Bauch ein, recke die Brust vor und halte den Arm so, dass die Wölbung meines Rückens gut zur Geltung kommt.

Ausgerechnet in diesem Moment muss Mum nach draußen kommen und die Wäsche aufhängen. Sie hat mich noch nicht bemerkt, aber die Kamera wird jeden Moment ein verräterisches Klicken von sich geben. Mein Blick zuckt zurück zu meinem Handy. Und KLICK!

Das Geräusch lässt Mums Kopf hochschnellen. Sie trägt eine weite Jogginghose und ein labbriges T-Shirt, dabei ist sie gertenschlank. Ihre ungewaschenen braunen Haare sind zu einem strengen Bob geschnitten, sie trägt keinerlei Make-up im Gesicht. Tadelnd schnalzt sie mit der Zunge.

„Was tust du denn da?"

Ich streiche mein bauchfreies Oberteil glatt und mache einen Schritt auf mein Telefon zu.

„Wofür hast du denn so viel Schminke aufgelegt?"

Ihr Blick fällt auf den Stapel Bücher auf den Stufen, die in den Garten hinunterführen. Den habe ich dort aufgeschichtet, um mein Telefon dagegenzulehnen. Verwundert weiten sich ihre Augen.

„Was machst du denn da mit meinen Büchern?"

Meine Ohren fangen an zu glühen, sicher sind sie knallrot. Oh Mann, kann sie mich nicht in Ruhe lassen?

„Zufällig arbeite ich an was. Es ist … für die Schule, ein Projekt. In Kunst. Ein Kunstprojekt. Jetzt lass mich bitte weitermachen."

Mum presst die Lippen zu einer schmalen Linie zusammen.

„Du fotografierst dich selbst? Und wirfst dich dafür in Pose? Kannst du das nicht endlich lassen?! Die Fotos schickst du aber nicht an irgendwelche Jungs, oder?"

Panisch stürze ich zu meinem Smartphone, aber Mum ist schneller und schnappt es mir vor der Nase weg. Hastig tippt sie auf dem Display herum. Zum Glück ist die Sperre drin, sie kann sich die Fotos nicht ohne Weiteres ansehen. Während ich ihr zusehe, wie sie vergeblich versucht, das Passwortfenster zu umgehen, macht sich selbstgefällige Zufriedenheit in mir breit.

„Hör zu, gib mir fünf Minuten, dann bin ich fertig, versprochen. Ich brauche dieses Foto für den Kunstunterricht. Kannst du nicht kurz warten und die Wäsche nachher aufhängen? Ich beeile mich auch."

„Was tust du da, Issa?" Mums Ton klingt verändert, irgendwie besorgt.

„Nichts!"

Ihr Blick verdüstert sich. Bitte nicht, jetzt erzählt sie mir gleich wieder was von Pädophilen im Netz.

„Mann. Ich sag doch – NICHTS!"

Meine Ohren und mein Gesicht glühen vor Scham. Ich will doch nur ein einziges gutes Foto von mir machen, vor einer schlichten weißen Wand, damit ich nachträglich als Hintergrund einen

Strand einfügen kann. Das soll so aussehen wie Lilys Fotos von ihr in Frinton letzten Sommer.

Wie soll ich ihr das denn bitte erklären, ohne dass sie gleich ausflippt? Wenn sie herausfände, dass bereits das eine oder andere Foto von mir online ist, würde sie garantiert einen Anfall kriegen.

Normalerweise kümmert es Mum ja nicht die Bohne, was ich in meiner Freizeit treibe. Seit einer Woche hat sie kaum zwei Sätze mit mir gewechselt, und jetzt spricht sie zwar mit mir, aber nur um mich – oh Wunder – anzupflaumen.

Völlig entnervt starre ich sie an. Sie hält meinem Blick stand. Bis es mir irgendwann reicht.

„Na schön, ich gehe rein. Aber ich brauche mein Handy wirklich für ein Schulprojekt!", verkünde ich und reiße es ihr aus der Hand.

„Und was ist mit meinen Büchern?!", ruft sie empört.

Wütend beiße ich die Zähne aufeinander und hebe den Stapel hoch, um mich damit nach drinnen zu verziehen.

In der Küche läuft mir Aidy über den Weg, er macht Flugzeuggeräusche und düst immerzu im Kreis um den Esstisch herum.

„Hey, kleiner Mann, pass auf!", warne ich ihn und lege die Bücher auf dem Tisch ab, während er sich ungebremst gegen die Arbeitsplatte wirft.

„Niiiiiiiaaaaaauuuuuuuu!", kreischt er, als er weiterrennt, wie ein Flugzeug im Sturzflug.

Ich weiche seinen dicken Patschehändchen aus, die er vor sich ausgestreckt hat, sodass er knapp an meinem Ellbogen vorbeisegelt.

Kopfschüttelnd greife ich nach dem Wasserkocher, halte ihn unter den Wasserhahn und fülle ihn, während mein kleiner Bruder erneut herumwirbelt und mit dem Kopf direkt gegen den Küchenschrank knallt.

Es folgt eine beängstigende Stille, bei der mir fast das Herz stehen bleibt. Ich stelle den Wasserkocher ab und eile zu ihm.

„Kleiner Mann, alles okay mit dir? Lass mich mal sehen!“

Ich gehe in die Hocke und umfasse sein Gesicht vorsichtig mit beiden Händen. Er fühlt sich so weich an. Auf seiner Stirn zeichnet sich bereits eine dicke rote Schwellung ab.

„Steh auf“, sage ich und hebe sein Kinn behutsam an.

Wacker reckt er den Kopf, doch seine Unterlippe bebt bereits verräterisch. Er reibt sich die Augen mit den feisten Fingerchen, und ich sehe, wie eine einzelne Träne über seine Wange kullert.

„Schon gut, ist nur eine kleine Beule. Du bist wirklich tapfer.“

Dann ziehe ich ihn in die Arme und drücke ihn ganz fest, während er sein erhitztes Gesicht in meinen Haaren vergräbt.

„Schon gut – sollen wir zusammen Flugzeug spielen? Niiiiaaaauuu.“

Ich strecke beide Arme zu den Seiten aus und düse durch die Küche. Dafür ernte ich ein zaghaftes Lächeln von ihm, doch schon schiebt er wieder die Unterlippe vor.

Plötzlich verzieht sich sein Gesicht.

„M-Mum! M-Mum!“, brüllt er.

„Nicht weinen – alles ist gut. Hey, sieh dir das an!“

Ich nehme eine Bodybuilder-Pose ein und versuche ihn damit aufzuheitern, aber er hat bereits den Mund aufgerissen und angefangen, bitterlich zu weinen.

„MUUUUUUUUUUUUUMMUUUUUUUUUUUUUM!“

Im nächsten Moment reißt unsere Mutter auch schon die Tür auf und kommt hereingestürmt. Sie wirkt panisch und steht offenbar unter großer Anspannung, die Sehnen an ihrem Hals treten deutlich hervor.

„Was zum Teufel ist passiert? Was hast du mit ihm gemacht?“

Hastig hebt sie Aidy hoch und birgt sein tränennasses Gesicht beschützend an ihrem Hals.

„Ich hab gar nichts gemacht! Er ist gegen den Schrank gerannt!"

Mum legt die Stirn in tiefe Falten und atmet langsam und vernehmlich aus.

„Manchmal weiß ich echt nicht mehr, was ich mit dir anstellen soll."

Aidy hebt den Kopf und sieht sich hastig blinzelnd zu mir um.

„Issa hat … Sie hat nichts … Sie hat mir geholfen …", stammelt er, unterbrochen von herzzerreißendem Schluchzen.

„Psst, schon gut, mein Schatz." Mum wirft mir einen finsteren Blick zu.

Das ist so wahnsinnig unfair.

„Ich hab überhaupt nichts gemacht!" Jetzt werde ich lauter.

„Raus mit dir!", fährt Mum mich an und streichelt Aidy sanft über den Kopf.

Mein kleiner Bruder sieht mich aus großen Augen an.

„Issa hat mir geholfen!", versucht er es erneut.

„Ich wünschte, du würdest endlich erwachsen werden!", schleudert Mum mir in vorwurfsvollem Ton entgegen.

Ich spüre, wie das Blut in meinen Adern pulsiert. Jetzt hab ich aber endgültig genug.

„Ach ja? Und ich wünschte, ich müsste mein Leben nicht mit dir in dieser Gefängniszelle fristen, die du Haus nennst!", brülle ich zurück.

„Verschwinde, auf der Stelle!"

„Nur zu gern!" Und schon stürme ich zur Küche hinaus und renne die Treppe zwei Stufen auf einmal nehmend hinauf.

Oben angekommen knalle ich die Tür zu meinem Zimmer hinter mir zu, werfe mich aufs Bett und rolle mich zu einer Kugel zusammen. Dann wickle ich mich mehrfach in meine Decke ein, wie ich es als Kind immer getan habe, bis ich richtig fest eingekuschelt bin wie in einem Kokon.

Das ist alles so himmelschreiend ungerecht. So schrecklich, schrecklich unfair.

Ich starre aufs Bett. Ich wünschte, Mum würde nicht immer gleich so aufbrausend reagieren. Andere Mütter sind doch auch nicht so, sie sorgen sich um ihre Töchter. Entweder sind sie die besten Freundinnen ihrer Töchter, oder sie lassen sie einfach ihr Ding durchziehen.

Für mich ist es unvorstellbar, mit meiner Mum befreundet zu sein. Das möchte ich gar nicht, nicht ernsthaft. Am liebsten wäre mir, sie würde mich einfach in Ruhe lassen und sich um ihren eigenen Kram kümmern. Manchmal ertappe ich mich sogar dabei, wie ich mir wünsche, ich wäre kein Mitglied dieser Familie. Denn wie es aussieht, bin ich hier gar nicht erwünscht.

Heiße Tränen kullern mir über die Wangen. Ich befreie meinen Arm aus dem Kokon und wische mir die Augen trocken. Dabei ruiniere ich mir mein weißes Oberteil, weil das Make-up schwarze Flecken hinterlässt. Allerdings ist mir das im Moment piepegal.

Ich brauche dringend etwas, um meinen Schmerz zu lindern. Es tut echt weh, ständig das Gefühl zu haben, von der eigenen Familie ausgegrenzt zu werden. Ich würde gerne in einer Welt leben, in der man sich nicht gegenseitig anbrüllt und sich nicht so offenkundig hasst.

Ich greife nach meinem Handy und öffne mit einem Klick Lilys Videokanal, LilyLives.

Es gibt ein Video von ihr, das ich mir immer dann ansehe, wenn ich gerade schlecht drauf bin.

Es ist schon einige Jahre alt, Lily und Bryan waren damals eben erst in die gemeinsame Wohnung gezogen. In diesem Video ist ihr gesamtes Leben noch in Kisten verpackt, sie hocken im Schneidersitz auf den blanken Dielenbrettern im Wohnzimmer.

Als Nächstes zieht Bryan einen alten Bettvorleger aus einer der Kisten, auf den sie sich setzen, und balanciert die Gitarre auf seinem Schoß. Lily hat Kerzen angezündet, der ganze Raum ist in ein warmes, sanftes Licht getaucht.

„Okay, Leute", sagt Bryan an die Kamera gerichtet. Die Ringe an seinen Fingern klimpern, als er an den Saiten zupft und ein paar Akkorde anstimmt. *„Das ist ein Song für Lily."*

Sein schwarzer Bart berührt den Gitarrenhals, als er losschrammelt. Das Kerzenlicht zaubert ein Strahlen auf Lilys Gesicht.

Plötzlich hört Bryan auf zu spielen.

„Was ist los? Weinst du?"

„Nein, alles okay, es ist nichts", entgegnet Lily kopfschüttelnd.

Trotzdem glitzern ihre Augen verräterisch. Er legt den Kopf schief.

„Ich bin nur so wahnsinnig glücklich", flüstert sie.

Bryan beugt sich zu ihr, um sie in die Arme zu nehmen.

Ich wünschte, ich könnte mit ihr tauschen. Ich wünschte, ich hätte einen Freund wie Bryan. Ich wünschte, ich würde in einer schicken Wohnung in London leben und könnte mir das beste Make-up leisten, das es gibt.

Ich öffne das Foto von mir und Andy, bin aber nicht so richtig zufrieden damit. Die Kommentare haben ihren Reiz verloren. Fieberhaft klicke ich mich durch die Fotos, die ich im Garten gemacht habe, doch keines genügt meinen Ansprüchen. Ich sehe einfach nicht hübsch genug aus. Die taugen alle nichts.

Seien wir doch ehrlich: Ich werde nie ein Leben wie Lily führen, mit einem tollen Freund, einem coolen Job und einer Wohnung, die mehrere Millionen Pfund wert ist.

Geknickt blicke ich mich in meinem schäbigen Zimmer um und spüre, wie der Glitzerlidschatten wegen der Tränen Klümpchen bildet. Mein Make-up ist vollkommen verschmiert, ich muss schrecklich aussehen.

Wenn ich doch nur einen Zauberstab schwingen und alles anders machen könnte.

KAPITEL 13
Lily

Erschöpft lasse ich die Stirn gegen die kühle Scheibe des Zugfensters sinken. In der Luft liegt der schwache Geruch nach Desinfektionsmittel, das Sitzpolster unter mir fühlt sich warm und leicht feucht an. Wir gleiten auf den Gleisen an hoch aufragenden Industriebauten vorbei. Das Fenster beschlägt, als ich ein tiefes Seufzen entweichen lasse. Ich bin wie benommen.

Instinktiv senke ich den Blick auf mein Smartphone. Nachdem ich Bryan hatte stehen lassen, rief ich unter Tränen bei meiner Mum an, die darauf beharrte, ich solle sofort zu ihr nach Hause kommen. Jetzt sind da drei verpasste Anrufe von Mindy – sie wollte meine Meinung zu den Entwürfen für die Tragetaschen der kommenden Saison hören und dazu, welche Sponsoren für mich akzeptabel wären. Im selben Moment beginnt mein Handy zu vibrieren. Ich stelle es einfach aus.

Keine Ahnung, wie ich meine Arbeit machen soll. Ich konnte ja leider nicht viel mitnehmen. Wenigstens habe ich meinen Laptop und die tragbare Kamera, ich kann also zumindest einen Videoblog drehen und meine E-Mails checken. Aber nach Filmen ist mir momentan überhaupt nicht zumute. Ich will nur noch nach Hause zu meiner Mutter, heim ins sichere Nest, und Bryan, YouTube und alles andere vergessen.

Aber es hilft nichts – ich muss meine gesponserten Videos hochladen. Dafür brauche ich die große Kamera, mein Stativ, die Speicherkarte und die auf meinem Hauptrechner abgelegten Dateien.

Keine Ahnung, wann ich je wieder zurück in die Wohnung kann, um die Sachen zu holen. Was soll ich bloß tun? Warum bin ich gegangen?

Und was ist aus uns geworden?

Bryan hat noch nie so mit mir gesprochen. Ich kann mir nicht erklären, warum er jetzt plötzlich mit Geld anfängt. Ich verdiene mehr als je zuvor – wo ist also das Problem? Ich kann ihm jederzeit mehr Miete bezahlen, wenn er das möchte. Was will er denn? Nach und nach werden die am Fenster vorbeiziehenden Gebäude immer flacher, wir fahren jetzt wieder durch Wohngegenden mit kleinen Einfamilienhäusern. Unwillkürlich denke ich zurück an die Zeit, als Bryan und ich uns kennenlernten.

Wir waren damals beide auf der Universität, ich war gerade erst nach London gezogen, um mein erstes Semester anzutreten. Bis dahin hatte ich mir meine Studienzeit wie eine nie endende Übernachtungsparty mit den besten Freundinnen vorgestellt – grenzenlose Freiheit, viel Zeit, um interessante Dinge zu lernen, keine echten Verpflichtungen. Einerseits hatte ich ein wenig Angst, das verschlafene Dörfchen, in dem ich aufgewachsen war, gegen die hektische, pulsierende Großstadt einzutauschen, war aber gleichzeitig voller Vorfreude.

Das Problem war nur, dass niemand in meinem Wohnheim so war wie ich. Ich weiß noch gut, wie mich an meinem ersten Tag ein Junge die ganze Zeit mit der Frage löcherte, auf welche Schule ich denn gegangen sei. Ich konnte mir damals beim besten Willen nicht erklären, warum ihn das so brennend interessierte, von unserem winzigen Dorf hatte er ja sicher ohnehin nie etwas gehört.

Als ich schließlich mit der Sprache herausrückte, fragte er: „War das eine Privatschule?"

Nachdem sich herausgestellt hatte, dass ich auf eine ganz gewöhnliche staatliche Schule gegangen war, gab er nur ein geringschätziges Schnauben von sich und ließ mich einfach stehen. Von da an schnitt er mich ganz bewusst und schloss mich aus seiner Clique aus.

Und die Mädchen waren keinen Deut besser.

Gegen Ende des ersten Jahres fand ein Mittsommer-Ball statt, ich brauchte den ganzen Tag, um mich dafür zurechtzumachen. Meine blonden Haare hatte ich dafür eigens zu kleinen Löckchen gedreht, hatte falsche Wimpern angeklebt und trug dieses lange graue, hautenge Kleid, in dem ich mich fühlte wie ein Model.

Die anderen Mädchen hatten eher brave Kleidchen im Laura-Ashley-Stil an, die ihnen bis über die Knie gingen – dazu flache, vernünftige Schuhe, wie meine Mum sie tragen würde.

Als Emma, das Mädchen aus dem Zimmer gegenüber, mich in dieser Aufmachung sah, verzog sie abschätzig das Gesicht.

„Äh, was hast du denn da für einen Fummel an?", fragte sie.

Die anderen fingen an zu kichern.

In diesem Moment kam einer der Jungs daher und strich seine Fliege glatt.

„Oh Mann, Lil, Hirn brauchst du dann wohl nicht, oder?" Er grinste. „Bleib einfach da stehen und sieh weiterhin so hübsch aus."

Die Mädchen brachen daraufhin in schallendes Gelächter aus. Sengende Hitze schoss mir in die Wangen. Ganz gleich, was ich auch tat, ich hatte immer das Gefühl, eine Außenseiterin zu sein. Ich war nicht wie sie. Aber ich hatte keinen Schimmer, was ich falsch machte.

Schon nach wenigen Tagen wurde mir bewusst, dass ich ihnen unmöglich von meinem Beauty-Kanal erzählen konnte. Die Sache war mir ohnehin ziemlich peinlich. Niemand von den Leuten, die ich kannte, beschäftigte sich in seiner Freizeit damit, daheim im eigenen Zimmer seltsame Videos von sich selbst zu drehen. Zu diesem Zeitpunkt hatte ich gerade mal 12.000 Follower. Deshalb machte ich während meiner Zeit im Studentenwohnheim kein einziges Video.

Meine Freunde hielten mich ohnehin schon für bekloppt; was hätten sie wohl gesagt, wenn sie mitbekommen hätten, wie ich in meinem Zimmer Selbstgespräche über das beste wasserfeste Mascara oder meinen liebsten kussfesten Lippenstift führte? Ich hatte Angst, sie könnten im Netz auf eins von meinen Videos stoßen, und mein Geheimnis würde auffliegen.

Bryan lernte ich in meiner ersten Woche im Studentenclub kennen, zu dem ich mit meiner Fast-Freundin Camilla ging. Die war besessen davon, irgendwelche Alternative-Rock-Typen abzuschleppen.

Bryan krachte in einem leuchtend pinken T-Shirt und einer Jeans, die mehr aus Rissen als aus Stoff bestand, gegen die Bar. Seine Pupillen waren geweitet, auf seiner Stirn glänzte Schweiß. Er wandte sich mir zu und ließ die flache Hand auf den Tresen knallen.

„Hab meine Brieftasche verloren. Zahlst du mir einen Drink?"

Ich habe eine Weile gebraucht, bis ich herausfand, dass Bryan noch versnobter war als meine anderen Bekannten von der Universität. Als Einzelkind, das sein Leben lang auf Privatschulen gegangen war, hatte er zu Beginn seiner Studienzeit von seinen Eltern schon ein beachtliches Immobilienportfolio bekommen, das seit seiner Geburt auf seinen Namen lief. Ich war noch nie jemandem wie Bryan begegnet: einem Menschen, der über so hohe Geldsummen verfügte, dass er für sein ganzes Leben ausgesorgt hatte, und fest davon überzeugt war, dass er alles schaffen konnte.

Als ich ihm von meinen Freunden an der Uni erzählte, fing er zu lachen an.

„Welcher Idiot schuftet denn freiwillig vierundzwanzig Stunden am Tag für irgendeine seelenlose Bank oder eine Anwaltskanzlei? Man muss das Leben doch auch ein bisschen genießen!"

Im Laufe des folgenden Jahres zeigte er mir London von einer ganz neuen Seite. Das echte London, nicht meine kleine Blase aus Studentenbars, Verbindungsabenden und Privatfeiern bis in die frühen Morgenstunden.

Als mich ein paar Leute aus meinem Wohnheim dann auslachten, weil ich nicht wusste, was der FTSE 100 sein sollte, sprang er für mich in die Bresche und mischte sich ein.

„Habt ihr schon von der Fusion von Sentinel und Prime gehört? Das wird den Risikokapitalmarkt nachhaltig verändern."

Anschließend diskutierten sie eine halbe Stunde lang über das Finanzwesen und fielen sich dabei gegenseitig ins Wort, weil jeder glaubte, es besser zu wissen.

„Was für ein Haufen Arschlöcher", raunte Bryan mir später zu. Wir waren zu dem Zeitpunkt bereits auf dem Rückweg in seine Wohnung. „Weißt du überhaupt, was Sentinel Prime ist?"

Ich seufzte. „Nein. Du weißt genau, dass ich mich mit solchen Dingen nicht auskenne. Ich hab keinen blassen Dunst."

Er grinste breit. „Tja, die aber genauso wenig … Lil, du kennst Sentinel Prime, ganz sicher. Was hast du denn als Kind so geschaut? Erinnerst du dich nicht mehr? Das ist der Name eines der Roboter aus den *Transformers*."

Als wir dann irgendwann zusammenzogen, hatte ich das Gefühl, endlich ein Zuhause gefunden zu haben, ich erinnere mich noch genau. Endlich brauchte ich nicht mehr in diesem winzigen Studentenzimmer zu wohnen und mir ein Badezimmer sowie eine völlig heruntergekommene und verdreckte Küche mit anderen zu teilen. Seine Wohnung war riesig und blitzsauber. Von da an musste ich mich an den Abenden nicht mehr mit diesen eingebildeten Typen abgeben, die wegen irgendwelcher Praktika prahlten, während langhaarige Mädchen an ihren Lippen hingen und jedes ihrer Worte in sich aufsaugten. Bryans Freunde waren durchweg Künstler, Schauspieler und Musiker – und die fragten mich nicht ein Mal, auf welcher Schule ich war.

Ich hatte das Gefühl, endlich wieder die Kontrolle über mein Leben zu haben – aber es war nicht dieses einfache Leben, das ich in Suffolk geführt hatte, sondern ein neues, aufregendes Leben in der Metropole London.

Je mehr Zeit wir miteinander verbrachten, desto mehr verliebte ich mich in Bryan. Seine Musik, seine Freunde, sein Style – seine unbeschwerte Einstellung zu allem …

Ich kaue auf meiner Unterlippe und richte den Blick abermals zum Fenster hinaus. Die Sonne geht allmählich unter und taucht die ruhige grüne Hügellandschaft in ein dämmriges Licht. Eine Weile sehe ich den Wolken zu, die sich träge über den golden verfärbten Himmel bewegen.

Im nächsten Moment konzentriere ich mich wieder auf die Scheibe direkt vor mir und stelle fest, dass das Mädchen, das mir daraus entgegenblickt, Spuren von Tränen auf den Wangen hat.

KAPITEL 14

Melissa

Als ich am Montagmorgen ins Klassenzimmer komme, ertappe ich Suze dabei, wie sie geistesabwesend aus dem Fenster starrt.

„Hey", flüstere ich und lasse mich mit Blick in Richtung Tafel auf den Stuhl neben ihr gleiten.

Unsere Klassenlehrerin, Mrs Brown, wurstelt hektisch an ihrem Pult herum und streicht anschließend ihre brave geblümte Strickjacke an den Hüften glatt. Als Nächstes blättert sie in ihren Unterlagen und reibt sich nachdenklich das Kinn. Dann zupft sie an ihren Ohren und greift mit ihren dicken Wurstfingern nach der Brille, die oben auf ihrem Kopf sitzt. Langsam stiehlt sich ein Lächeln auf ihre Lippen, während sie sie hinunter auf ihre Nase schiebt.

Suze hat sich darangemacht, eine SMS an jemanden zu verfassen, doch kaum merkt sie, dass ich neugierig zu ihr hinüberlinse, wendet sie das Telefon von mir ab und verdeckt das Display.

„Wem schreibst du?", frage ich und stupse Suze zum Spaß an.

Ihre Wangen erröten.

Schweigend schaut sie in ihren Wochenplaner und streicht Hausaufgaben von letzter Woche durch.

„Jetzt seid mal alle schön leise! Schaut bitte alle nach vorn an die Tafel. Sonst verstehe ich nicht, was ihr sagt!“, ruft Mrs Brown.

Ich lasse mich etwas tiefer in meinen Stuhl sinken, sodass ich auf Augenhöhe mit Suze bin.

„Hey, was ist denn los? Wie war die Bandprobe?“, raune ich ihr zu.

Sie zuckt nur mit den Schultern. „Ganz okay.“

Endlich dreht sie sich zu mir und sieht mich an. „Willst du jetzt also doch darüber reden?“

Ich mache den Mund auf, sage dann aber doch nichts und schließe ihn wieder. Was will sie eigentlich von mir?

„Warum tust du das?“, will Suze wissen.

Ich schaue sie ratlos an.

Seufzend zieht sie ihr Smartphone heraus und öffnet Google. In Sekundenschnelle hat sie den Fotostream von meinem Blog aufgerufen. Da ist das Bild in Brighton, das kleine Schwarze und das bearbeitete Foto von Andy und mir, das ich gestern Abend veröffentlicht habe. Als ich das sehe, ziehe ich scharf die Luft ein.

„Warum tust du das hier?“, fragt sie erneut.

Mir wird heiß und kalt zugleich, die Schamesröte schießt mir ins Gesicht, selbst meine Ohren glühen.

„I-i…“

Verdammt, warum habe ich Suze überhaupt von meinem Blog erzählt? Ich hätte das vor den Leuten in der Schule geheim halten sollen. War doch klar. Wie blöd kann man eigentlich sein?

Ich weiß nicht, was ich antworten soll. Mann. Was sage ich nur?

Ich schüttle den Kopf und mache ein abfälliges Geräusch. „Wovon redest du bitte? Was ist denn falsch an einem eigenen Blog?“

„*Was an einem Blog falsch ist?* Ich bin deine beste Freundin; dieses Kleid da habe ich an dir noch nie gesehen; ich bezweifle sogar, dass das du bist. Und wer ist dieser Junge? Wann warst du denn bitte schön in Brighton? Ich versteh das alles nicht."

Verlegen schiele ich runter auf meine Hände. Kann sie nicht endlich die Klappe halten?

„Was verstehst du nicht?", herrsche ich sie scharf an. Ich spüre, dass meine Wangen verräterisch glühen. „Was willst du mir damit sagen? Dass ich unmöglich so super aussehen kann? Ich habe dieses Kleid vergangenes Wochenende gekauft, wenn du es genau wissen willst. Ich war vor ein paar Wochen in Brighton, auf einer Taufe; das habe ich dir erst neulich erzählt. Und diesen Jungen habe ich" – und damit tippe ich entschlossen auf ihr Handydisplay – „am Freitag kennengelernt, als ich mit Chloe und Louise aus war."

Suze starrt mich mit großen Augen an.

„Was ist eigentlich dein Problem? Glaubst du etwa nicht, dass ich so ein Leben führen kann?"

Im selben Moment nimmt Mrs Brown mich ins Visier.

„Herrgott noch mal, könnt ihr Mädchen endlich aufhören dauernd zu schnattern!"

Wir ziehen die Köpfe ein und warten einige Augenblicke ab, ehe wir unser Gespräch etwas leiser fortsetzen.

„Das ist es nicht. Es ist nur ... was du da tust ... ist nicht richtig. Was werden die Leute sagen, wenn das auffliegt?", zischt sie.

Ich starre stur geradeaus und versuche nicht auf sie zu achten. Mit jedem Wort, das sie sagt, glühen meine Wangen mehr. Ich bin vom Kopf bis zu den Zehen rot angelaufen. Am liebsten würde ich schnurstracks aus dem Klassenzimmer stürmen, das Schulgebäude verlassen und mich einfach in Luft auflösen.

„Es ist die Wahrheit", knirsche ich mit angespanntem Kiefer. „Warum willst du mir nicht glauben?"

Suze schiebt die Unterlippe vor. Nach einem kurzen Augenblick lässt sie langsam die Luft entweichen.

„Okay, na schön. Hör zu, du bist meine beste Freundin. Wenn du sagst, dass das alles wahr ist, dann glaube ich dir."

Meine Augen weiten sich.

„Im Ernst?"

Sie zuckt mit den Schultern und nickt.

„Na schön. Dann lass uns nicht mehr davon reden. Also rück schon raus damit, wer ist der Typ?"

Es ist, als hebe sich eine schwere Last von meinen Schultern, und sofort entspanne ich mich.

„Sein Name ist Andy. Ich kenne ihn eigentlich gar nicht richtig. Er ist ein Freund von Tom – Tom Taylor aus der Zwölften, kennst du ihn? Jedenfalls ist er total nett. Er hat mich sogar zu einer Party eingeladen …"

„Zu einer Privatparty?"

„Ja, am Freitag, bei diesem Rish. Warum kommst du nicht einfach mit? Ich bin mir sicher, er hätte nichts dagegen."

Zwei dunkelrote Flecken erscheinen auf Suzes Wangen.

„Nein, lieber nicht. Ich hab zu tun, wegen der Band. Geh du nur. Und, wie ist er so, dieser Andy? Hast du noch mehr Fotos von ihm?"

Zögernd rufe ich sein Facebook-Profil auf, weil ich aufpassen muss, dass Suze das Foto nicht sieht, das ich für meinen Blog als Vorlage genommen habe, und lasse sie ein paar von den anderen anschauen.

Sie schaut aufs Display und runzelt die Stirn.

„Hm, weiß gar nicht, was du an ihm findest. Hat er Köpfchen?"

„Suze!" Empört stoße ich ihr den Ellbogen in die Rippen.

Sie verzieht das Gesicht und lacht. Dann wird sie wieder ernst und spricht mit verstellter, blasierter Stimme. „Oder gar einen ehrenwerten Ruf?"

Es ist echt bescheuert, aber ich kann nicht anders – ich fange selbst an zu lachen. Die ganze Anspannung fällt mit einem Mal von mir ab. Es fühlt sich so befreiend an, zu lachen wie ein Kind.

„Neeein! Es ist etwas viel, ähm, Tiefergehendes“, sage ich augenzwinkernd.

„Du meinst tiefer gehend im Sinne von weiter unten?“

Suze lässt vielsagend die Augenbrauen hüpfen, und ich pruste los und kriege mich gar nicht mehr ein.

„Hört ihr Mädchen jetzt ENDLICH EINMAL ZU? Die Stunde ist schon seit fünf Minuten zu Ende! Habt ihr den Gong nicht gehört?“, donnert Mrs Brown los.

Ich reiße den Kopf hoch und stelle fest, dass außer uns niemand mehr im Klassenzimmer ist. Ach du Schande. Jetzt müssen wir uns aber beeilen, wenn wir es rechtzeitig in den Sprachtrakt schaffen wollen.

Suze und ich raffen unsere Sachen zusammen und sprinten durch die Flure. Mit hochroten Gesichtern und schweißnassen Haaren, die uns an der Stirn kleben, stürmen wir schließlich in den Französischunterricht.

Ich hake mich bei Suze unter, und wir schlendern immer noch kichernd zu unseren Plätzen.

Gerade, als wir unsere Bücher aufschlagen wollen, summt mein Handy. Ein neuer Blogkommentar.

Wow, Issa, du siehst …

Erschrocken halte ich die Hand über das Display. Nach einem verstohlenen Blick hinüber zu Suze, die gerade in ihrem Federmäppchen kramt, lasse ich das Handy im Bund meines Rocks verschwinden.

KAPITEL 15

Lily

Das Cottage, in dem ich aufgewachsen bin, steht mitten in einem beschaulichen Dorf an einem Fluss irgendwo in Suffolk. Als Teenager habe ich es gehasst, so weitab von allem zu leben, aber seit ich in London wohne, komme ich immer wieder gerne hierher zurück, wo es mehr Schafe als Menschen gibt und man nachts wunderbar Sterne beobachten kann.

Das Taxi hält vor meinem Elternhaus an. Nachdem ich den Fahrer bezahlt habe, steige ich aus und streife mit dem Finger an der üppig grünen Gartenhecke entlang, die mir als Kind immer so wahnsinnig hoch vorkam. Dann ertönt das vertraute Quietschen des schmiedeeisernen Tores, als ich es aufdrücke und den unebenen Pflasterweg zum Haus betrete.

Mum erwartet mich bereits an der Tür. Offenbar kann sie es kaum erwarten, mich endlich in die Arme zu schließen, denn jetzt eilt sie mir entgegen und zieht mich an ihre weiche, warme Brust.

Sie ist kleiner als ich und rundlicher – wir sehen uns im Grunde kein bisschen ähnlich. Ich bin blond und schlank; Mum ist klein, hat große Brüste und dünne, schulterlange braune Haare, die schon vereinzelt mit grauen Strähnen durchsetzt sind.

„Wie schön, dich hierzuhaben“, flüstert sie in mein Haar, und ihr heißer Atem streift kitzelnd über meinen Hals.

Ich fühle mich unendlich erleichtert – und im nächsten Moment fließen die Tränen.

Sie schiebt mich auf Armeslänge von sich und mustert mein Gesicht. Um ihre blauen Augen herum zeichnen sich kleine Fältchen ab, es sind mehr geworden, aber ihr Blick ist lebhaft wie immer. Mit einem plötzlichen Anflug von schlechtem Gewissen versuche ich mich zu erinnern, wann ich das letzte Mal zu Hause war.

„Also ehrlich, Lily, so etwas will ich gar nicht sehen!“, schimpft sie und schiebt mich in Richtung Haustür. „Komm erst mal rein, ich mach dir eine schöne Tasse Tee.“

Entschlossen greift sie nach meiner Hand und zieht mich hinter sich her ins Haus. Ich bekomme nur ein schwaches Lächeln zustande.

Meine Mum ist meine beste Freundin. Ich kann mir nicht vorstellen, wie ich mein Leben ohne sie auf die Reihe bekäme.

Wenig später stellt sie mir schon eine dampfende Tasse Tee auf den Tisch, da habe ich gerade mal den schweren Rucksack abgenommen.

„Hier, bitte schön – nimm einen Schluck.“ Aufmunternd nickt sie mir zu, und ich folge artig.

Es vergeht keine Sekunde, da erkundigt sich Mum auch schon nach Bryan.

Ich erzähle ihr alles – was er zu mir gesagt hat, die Sache mit dem Snapchat, dass er überhaupt nichts mehr tut und noch nicht mal mehr Musik macht. Sie lässt mich ausreden, ohne mich ein einziges Mal zu unterbrechen, und hört geduldig zu. Es ist nicht zu übersehen, wie sie sich das alles gut durch den Kopf gehen lässt. Sie nimmt einen Schluck aus ihrer Tasse und sieht mich an.

„Und was hast du jetzt vor?“, erkundigt sie sich.

Ich sehe ihr unverwandt in die Augen; ein leichtes Zittern liegt in meiner Stimme, als ich antworte.

„I-ich weiß es nicht.“ Ich schlucke den Kloß hinunter und presse mir eine Faust ans Auge.

„Lily! Tu das nicht!“, ermahnt Mum mich und zieht meine Hand weg.

Ratlos starre ich in den milchigen Tee.

„Ich verstehe nur nicht ganz, wie es so weit kommen konnte. Wir wohnen schon so lange zusammen, ich liebe unser Zuhause. Ich kann mir gar nicht vorstellen, wieder allein zu sein. Keine Ahnung, was ich jetzt tun soll.“

Ich hebe den Blick. Mum mustert mich immer noch eindringlich.

„Liebst du ihn?“, will sie wissen.

Überrascht reiße ich die Augen auf. Mum hat noch nie in ihrem Leben das Wort „Liebe“ in den Mund genommen.

Dad ist bei einem Verkehrsunfall ums Leben gekommen, das war noch vor meiner Geburt, deshalb habe ich die beiden nie zusammen erlebt. Aber ich habe immer gewusst, dass Mum ihn geliebt hat. Auf den Fotos, die sie mir gezeigt hat, halten sie Händchen und strahlen sich lachend an. Er war gut aussehend – hochgewachsen und schlank, und seine blonden, dauergewellten Haare trug er im angesagten Stil der Achtzigerjahre lang.

Mum ist mir zuliebe stark geblieben, aber irgendetwas hat ihr immer gefehlt. Sie war immer so unabhängig, so eigenständig, aber ich habe das Gefühl, dass sie das eher unfreiwillig war. Ich glaube, sie hat es einfach nicht über sich gebracht, jemals wieder einen Menschen so zu lieben.

Wenn das wahre Liebe ist, was haben Bryan und ich dann?

Stille macht sich breit, es dauert eine Weile, bis ich wieder etwas sage.

„Keine Ahnung." Ich seufze. Dann schließe ich die Augen, weil mir aufs Neue die Tränen kommen. „Mein Kopf tut so weh, Mum."

„Nun, du bist sicher müde. Hast du was gegessen? Du musst besser auf dich achten, Lily. Du bist immer noch so dünn wie als Teenager. Wann hast du dir eigentlich das letzte Mal eine Pause gegönnt? Du arbeitest rund um die Uhr. Warum gehst du nicht nach oben und ruhst dich ein wenig aus?"

Ich schüttle den Kopf. „Ich kann nicht – hab zu viel zu erledigen. Ich habe schon ewig kein Video mehr gepostet, ich habe nur das Material von einem halben Tag dabei, weil meine Speicherkarte verschwunden ist, und habe deshalb einiges aufzuholen. Ich häng so was von hinterher mit meiner Arbeit."

Ich merke, wie ich unter dem Druck fast zusammenbreche, es ist ein Gefühl, als lasteten Betonblöcke auf meinen Schultern.

„Tja, wie wäre es dann, wenn du schnell unter die Dusche springst und wir gleich was drehen? Ich kann dir behilflich sein. Wir könnten einen kurzen Beitrag zum ‚Outfit des Tages' machen, wenn du möchtest."

Mit einem dankbaren Lächeln sehe ich Mum an. Sie versteht eigentlich nicht wirklich was vom Bloggen, dafür weiß sie genau, wie ich ticke.

Etwa eine halbe Stunde später hülle ich mich in ein flauschiges Handtuch und steige aus der dampfenden Dusche. Ich fühle mich wie neugeboren.

Meine Augen sind zwar noch leicht verquollen, aber nicht mehr ganz so schlimm, und die Rötung ist tatsächlich zurückgegangen, nachdem ich mich durch Mums Sortiment an Anti-Falten-Cremes probiert und sie außerdem mit abgekühlten feuchten Teebeuteln beruhigt habe. (Mum hatte mir vom Fuß der Treppe her versichert, das sei das beste Mittel gegen dicke Tränensäcke.)

Ich style meine Haare so, dass sie mir wild vom Kopf abstehen, und trage großzügig Feuchtigkeitscreme auf mein rot geflecktes Gesicht auf. Dann betupfe ich es mit Flüssigfoundation, um die noch geröteten Stellen zu verdecken.

Meine Wimpern sehen auch ohne Mascara ganz okay aus, weil ich sie erst letzte Woche neu gefärbt habe, deshalb mache ich mir gar nicht erst die Mühe, sie zu schminken. Meinen entspannten Freizeitlook perfektioniere ich mit Leggings, dicken Socken und einem langen, weiten Pulli. Vermutlich sieht es aus, als wäre ich gerade erst aus dem Bett gefallen und deshalb ungeschminkt. Wenn ich morgens nur wirklich so perfekt aussehen würde, aber seien wir ehrlich: Kein Mensch wacht so auf.

Mit einem tiefen Seufzen halte ich die Kamera vor mir hoch. Ich drücke den Aufnahmeknopf und fange an, rückwärts zu zählen. Drei – zwei – eins. Diesen Teil schneide ich hinterher immer raus.

„Hallo zusammen!“ Mit einem strahlenden Lächeln schaue ich in die Linse. „Ratet mal, wo ich gerade bin!“ Ich bewege die Kamera durch mein winziges Zimmer – die schräge Decke, die schiefen Holzbalken, die meine Fans schon früher so toll fanden.

„Ein großes Dankeschön an diejenigen unter euch, die mir von Anfang an folgen und das alles hier noch aus den Zeiten kennen, als ich den Blog von meinem Kinderzimmer aus betrieben habe.“ Wieder ein Lächeln in die Kamera. Ich muss an das erste Mal denken, dass ich ein Video von mir gedreht habe, hier in diesem Zimmer. Wie eigenartig und unnatürlich es sich angefühlt hat, in die Webcam zu sprechen.

Um ehrlich zu sein, hatte ich damals selbst keine Vorstellung davon, was ich da tat. Zu der Zeit hielt ich das Internet noch für einen geheimen Ort, der nur für mich und andere Beauty-Blogger bestimmt war. Meine Mum hatte keine Ahnung – und meine Freundinnen auch nicht. Da waren nur ich und meine eigene kleine, ganz spezielle Community.

Mein Blick wandert zur Zahl meiner Abonnenten auf dem YouTube-Kanal. Für die ersten 1000 habe ich echt hart geschuftet. Und jetzt sind es schon drei Millionen. Drei Millionen Menschen. Drei Millionen Gesichter. Eine Gänsehaut rieselt über meinen Körper. Am liebsten würde ich die Kamera sinken lassen. Drei Millionen, die mein falsches Lächeln sehen.

Ich hebe die Hand an die Stirn und zwinge mich, nicht auf der Unterlippe herumzukauen, sonst reißt die verletzte Stelle gleich wieder auf. Ich habe keine Zeit, das jetzt auch noch zu korrigieren.

Langsam und gleichmäßig atme ich aus. Ich habe heute wirklich keine Lust auf das hier. Aber dann höre ich Mums Stimme in meinem Kopf: *„Beruhige dich, Lily. Du schaffst das.“* Mit zusammengekniffenen Augen gucke ich in die Linse und zähle noch einmal leise rückwärts. Drei – zwei – eins …

„Falls ihr es nicht längst erraten habt, ich bin daheim im verträumten Suffolk! Und ich kann euch sagen, mein bisheriger Tag war echt grandios …“

KAPITEL 16

Melissa

Den ganzen Tag grüble ich schon, wie es auf Rishs Party heute Abend werden wird. Ich kenne solche Privatpartys nur aus diesen bescheuerten amerikanischen Filmen, wo alle um die dreißig sind, aber so tun, als wären sie erst achtzehn. Und dann stehen sie mit Bier in Plastikbechern herum und spielen Trinkspiele. Ich stelle mir vor, wie ich auf einer solchen Party bin, einfach umwerfend aussehe und mit den anderen Gästen lache. Andy hat den Arm um meine Schultern gelegt.

Alles ist möglich.

Oh Gott, ich hoffe nur, ich muss bei keinem Trinkspiel mitmachen, Beer Pong oder so. Ich hab doch keinen Ball mehr geworfen, seit ich ein kleines Mädchen war.

Das Smartphone in meiner Hand fängt an zu vibrieren. Google Maps zufolge bin ich fast am Ziel.

Oh Mann.

Mum und Dad habe ich erzählt, ich würde bei Suze übernachten. Mum würde ausrasten, wenn sie wüsste, dass ich auf eine Oberstufenparty gehe. Aber alles wird schon klappen, ich schleiche mich später, wenn sie schlafen, einfach in mein Zimmer und behaupte dann, Suzes Mum habe mich gleich früh am Morgen nach Hause gebracht. Sie werden es nie erfahren.

Ein älterer Herr, der auf der anderen Straßenseite in einem Auto sitzt, beobachtet mich. Ich werfe einen verstohlenen Blick auf ihn und kaue nervös auf der Innenseite meiner Wange herum. Ich sehe bestimmt schrecklich aus. Für das bauchfreie Oberteil bin ich eigentlich viel zu fett. Ich schaue runter auf den kurzen schwarzen Rock und sehe meine Oberschenkel beim Laufen schwabbeln.

Ich dachte, Schwarz soll schlank machen?

Mein Handy gibt ein Pling von sich: *Du hast dein Ziel erreicht.*

Suchend hebe ich den Kopf und weiß sofort, welches Haus das von Rish ist: Es ist dieses riesige alte Herrenhaus mit der angrenzenden Scheune. Laute Musik dringt durch das offen stehende Tor, zwei Jungs aus der Oberstufe, Ben und Brad, stehen draußen auf dem Kiesweg, jeder mit einem Drink in der Hand. Als sie mich bemerken, heben sie beide die Köpfe, aber nur einer sieht mich weiter an und legt den Kopf schief.

Mit gesenkten Augen nähere ich mich dem Scheunentor und weiche ihren Blicken aus.

„ISSAAAA!“, grölt plötzlich eine Stimme, die ich kenne, vom Eingang her.

Hä, was? Im nächsten Moment werde ich auch schon in eine feste Umarmung gezogen, eingehüllt von intensivem Schweißgeruch.

„Du hast es geschafft!“, jubelt Rish und drückt mich an seine Brust. Er hält mich so eisern umklammert mit seinen klebrig verschwitzten Armen, dass ich kaum mehr Luft kriege. Unfreiwillig werden meine Brüste gegen seinen Oberkörper gedrückt. Seine schweißnassen Hände wandern an meiner Wirbelsäule nach unten.

Mit wild pochendem Herzen stoße ich ihn von mir weg.

„Hey." Meine Stimme ist nicht viel mehr als ein Flüstern.

Rish grinst mich mit unstetem Blick an. Er kommt mir für meinen Geschmack viel zu nah.

„Unglaublich, du bist wirklich gekommen." Seine Wangen glänzen. Er gerät ein wenig ins Wanken, dunkle Strähnen kleben ihm an der Stirn. „Und, wie findest du die P-Party?"

Er lässt seine Hand an meine Hüfte wandern. Sie ist warm. Ich spüre seinen Atem auf meinen Wangen. Er hat sich so dicht vor mich geschoben, dass ich ihn mühelos küssen könnte. Nervös beiße ich auf die Innenseite meiner Lippe. Soll ich mich einfach vorbeugen und es tun?

Zur Abwechslung hält Rish jetzt die Klappe und sieht mich einfach nur an. Ein Prickeln huscht über die Rückseite meiner Oberarme. Als unsere Blicke sich begegnen, weiten sich seine Pupillen, und auf seinen Zügen geht eine kaum merkliche Veränderung vor. Irgendwie scheint er sich mir zu öffnen.

Angestrengt blicke ich ihm in die geröteten Augen und betrachte seine wulstigen Lippen. Ich verkrampfe mich am ganzen Körper. Nein, das will ich nicht.

Erneut meldet sich mein Handy, um mir mitzuteilen, dass ich am Ziel bin.

Ja, ja, ich weiß.

„Lass uns ein Foto machen!", entfährt es mir plötzlich, und schon halte ich ihm das Handy vor die Nase.

Schlagartig löst Rish sich von mir und lässt die Arme sinken.

„Äh …"

Ich lasse ihm gar keine Chance zu antworten, sondern dränge mich mit der Schulter an ihn und fange an, ein Foto nach dem anderen zu schießen.

Einer von den Jungs am Scheunentor ruft Rish etwas zu, irgendwas mich betreffend, aber ich verstehe ihn leider nicht richtig.

Jedenfalls scheint Rish es lustig zu finden, er lacht. „Nö, Kumpel – du bist der …", plärrt er zurück, und schon drängt er sich an mir vorbei und düst los, um sich zu den beiden zu gesellen.

Ich schaue ihm noch nach, bis er bei ihnen ist, dann richte ich den Blick auf mein Smartphone und sehe mir die Fotos an.

Oh Gott, die kann ich unmöglich auf meinen Blog stellen. Sie sind fürchterlich. Außerdem passen Rish und ich überhaupt nicht zusammen, er ist viel zu klein für mich. Er sieht nicht mal aus wie jemand aus der Oberstufe. Ich brauche unbedingt ein paar Fotos mit größeren Jungs.

Ohne auf den Weg zu achten, gehe ich in Richtung Scheune und wische dabei von einem Foto zum nächsten. Als ich schließlich aufblicke, klappt mir die Kinnlade herunter.

Die Scheune ist brechend voll. Drinnen tummeln sich haufenweise Oberstufenschüler: Jungen mit Schiebermützen, die sich angeregt unterhalten; Mädchen, die in hübschen Vintage-Kleidern, klobigen Schuhen und Jeansjacken umherlaufen. Überall stapeln sich Bierdosen. Es ist einfach unfassbar toll.

Das Telefon in meiner Hand scheint zu brennen, es juckt mich richtig in den Fingern, alles bildlich festzuhalten. Möglichst unauffällig hebe ich es hoch und richte die Kamera auf den Raum. Dann tippe ich darauf herum und tue so, als würde ich eine Nachricht schreiben, aber in Wirklichkeit schieße ich ein Foto nach dem anderen. Fotos von lachenden Mädchen in Latzhosen, Jungs mit Bier in der Hand, die sich gegenseitig auf den Rücken klopfen, im Hintergrund die Scheune mit ihren uralten Balken – das alles sieht aus, als könnte man es auch auf Lily Depps Instagram-Profil finden.

Während ich mich abmühe, das perfekte Bild in den Kasten zu bekommen, entdecke ich Louise, die anmutig auf der Armlehne eines Sessels sitzt und eine richtig gute Figur macht. Sie trägt ein geblümtes Maxikleid und spielt versonnen mit einem Feuerzeug herum, das sie immer wieder aufflammen lässt. Sie sieht aus, als käme sie frisch vom Laufsteg. Ich brauche unbedingt ein Foto von uns beiden zusammen.

Ihr Blick fällt auf mich.

„Louise! Lust auf ein gemeinsames Selfie?", flöte ich und stelle mich auch schon neben sie, das Handy über unsere Köpfe erhoben.

Wie auf Kommando verzieht Louise ihre Lippen zum perfekten Schmollmund. Nachdem ich ungefähr hundertmal ausgelöst habe, reißt sie mir das Telefon aus der Hand und wischt durch die Fotos, wobei sie so gut wie jedes löscht.

Schließlich reicht sie mir das Handy zurück. Es sind nur noch zwei Bilder übrig.

Louise sieht mich mit hochgezogenen Augenbrauen an. „Schick mir die bitte später."

Als ich nicke, steht sie auf, um sich einen neuen Drink zu besorgen.

Im selben Moment fängt Andy quer durch den Raum meinen Blick ein. Oh mein Gott, er ist da. Mein Herz gerät unwillkürlich ins Stolpern. Doch dann drängt sich eine Gruppe Mädchen an mir vorbei, und im nächsten Augenblick ist er verschwunden. Ich recke den Hals und halte Ausschau nach ihm.

Verdammt, er ist weg.

Aber ich kann ihm ja auch schlecht hinterherrennen, das wäre doch viel zu auffällig, oder? Als ich mich umdrehe, entdecke ich auf einem Beistelltisch eine Batterie Wodka-Mixgetränke. Ich nehme mir eine Flasche und schiebe mich durchs Gedränge in Richtung Toilette. Dort verziehe ich mich in eine freie Kabine und verriegle die Tür hinter mir. *Oh Gott, ich zittere.*

Fassungslos starre ich auf meine Hände.

Als mein Blick auf den Spiegel fällt, bemerke ich meine roten Wangen, in meinen weit aufgerissenen Augen liegt ein wilder Ausdruck. Zum Glück ist mein Make-up noch ganz in Ordnung.

Okay, okay, beruhige dich. Ich starre auf das Mixgetränk in meiner Hand und hebe den Blick erneut zu meinem Spiegelbild.

Das Problem ist, dass ich mich viel zu sehr von meiner Nervosität bestimmen lasse. Ich bin viel zu nüchtern. Es ist höchste Zeit, dass ich mich auf dasselbe Level bringe wie die anderen Gäste auf dieser Party und mich betrinke.

Ich stelle mir vor, ich wäre eine andere: entspannt und wunderschön wie Lily, und ich würde mich mühelos von einer Gruppe zur anderen bewegen und unglaubliche Fotos schießen, während Andy andächtig jedem meiner Worte lauscht.

Mit verbissener Entschlossenheit hebe ich das eklig blaue Getränk an die Lippen und nehme einen Schluck. Es schmeckt eigenartig, wie Limonade, nur mit einem bitteren Nachgeschmack. Nun gut, wenigstens kriege ich das Zeug runter, ohne dass ich würgen muss.

Ich betrachte die inzwischen halb leere Flasche. Mein Herzschlag hat sich etwas beruhigt, meine Hände zittern nicht mehr. Abermals setze ich die Flasche an und stürze den Rest hinunter. Na dann – Prost.

KAPITEL 17

Lily

Mindy hat fünf neue E-Mails die Lippenstift-Launch-Party Ende des Monats betreffend geschickt, bei denen ich in cc stehe. Es gibt Probleme mit dem Verpackungslieferanten, die vorbestellten Lieferungen werden wohl erst mit einiger Verspätung eintreffen.

Mit einem tiefen Seufzen reibe ich mir die Augen. Rasch tippe ich meine Antwort – „Ja, geht in Ordnung" – zur Entscheidung des Teams, stattdessen auf kostspieligere Lieferanten umzusteigen. Mindy will außerdem telefonieren, um über die nächstjährige Produktlinie zu sprechen, aber das ertrage ich momentan nicht. Nicht heute.

Versonnen betrachte ich die drei Lippenstift-Muster auf meinem Schreibtisch und kaue auf meinem Daumen herum. Jedes Exemplar kostet 14,99 Pfund. Eigentlich hatte ich mir einen etwas niedrigeren Preis gewünscht, aber mein Kreativteam hat mich umgestimmt, weil die Marktrecherchen ergeben hätten, dass die Leute jederzeit mehr bezahlen würden. In meiner Jugend hätte ich mir das einfach nicht leisten können.

In diesem Moment kommt Mum zur Tür hereingeschneit, eine dampfende Tasse Tee in der Hand.

Sie wirft einen kurzen Blick auf meinen Posteingang.

„Also wirklich, Lily – 2380 Nachrichten! Jetzt mach bitte sofort diesen Computer aus."

„Das geht nicht, Mum, ich hab noch so viel wegzuarbeiten. Bin mit allem total in Verzug …"

„Du hast doch den ganzen Nachmittag gefilmt, ich hab dich gehört. Was du brauchst, ist eine Pause, sonst nichts."

Eindringlich sehe ich sie an. „Ich mach gleich Schluss. Versprochen. Ich brauche nur noch fünf Minuten, dann habe ich die dringendsten Mails erledigt."

Mum verschränkt die Arme vor ihrer ausladenden Brust.

„Na schön. Ich gehe kurz einkaufen, aber sobald ich zurück bin, will ich dich nicht mehr vor diesem Computer sehen."

Dankbar lächle ich sie an. „Okay, versprochen."

Nachdem ich möglichst viele Mails beantwortet und meine Skype-Besprechungen umdisponiert habe, klicke ich auf das Facebook-Logo, um die Seite zu öffnen. Ich habe schon im Voraus verschiedene Tweets für diese Woche geplant, aber ich hatte noch nicht die Gelegenheit, meine Videos auf meiner öffentlichen Facebook-Seite zu posten. Das tue ich nach wie vor lieber selbst, als es Siobhan zu überlassen.

Seltsamerweise öffnet sich statt meiner LilyLoves-Seite die von Bryan und seiner Band.

Hm, was ist da denn los?

Dann fällt mir noch etwas anderes auf. Da ist eine ganze Reihe von Namen im Facebook-Newsfeed, die ich nicht kenne. Ganz unten rechts auf dem Bildschirm leuchtet etwas grün auf. Es ist ein Chatfenster. Als ich den Namen lese, krampft sich mir der Magen zusammen.

Nina MacGill.

Scheiße. Das ist gar nicht mein Konto – es ist das von Bryan. Offenbar hat er meinen Laptop benutzt und die Seite nicht korrekt geschlossen.

Eine weitere Nachricht von dieser Nina leuchtet auf.

Aufgeregt fängt mein Herz an zu pochen. Ich sollte mich einfach ausloggen, aber irgendetwas hält mich davon ab. Ich kann das nicht so mir nichts, dir nichts ignorieren.

Mit einem Klick öffne ich das Chatfenster und sehe eine ganze Reihe von Nachrichten. Ein Pling ist zu hören, dann erscheint Bryans Antwort.

Er tippt.

Oh Mann.

Er tippt in diesem Moment eine Antwort an sie.

Ich fühle mich nicht wohl in meiner Haut, als würde ich ihm nachspionieren. Offenbar hat er keinen blassen Dunst, dass er sich auf meinem Computer nicht aus Facebook ausgeloggt hat. Eigentlich dürfte ich das hier gar nicht lesen. Mit einem unguten Gefühl in der Magengegend wandern meine Augen mehr oder weniger unfreiwillig über die Zeilen.

B: Du machst Witze – du hast ohne mich beim Pub-Quiz gewonnen?

N: Dein Musikwissen ist offenbar nicht auf dem neusten Stand.

B: HA! Das habe ich gar nicht nötig. Ich besitze andere Talente.

N: Na, Gitarre spielen kannst du jedenfalls nicht.

B: Besser als du schon.

N: Ach ja? Dann beweise es doch!

B: Klar, gern, komm doch heute Nachmittag vorbei?!

B: Ich und Jerry hängen zusammen ab.

Hastig logge ich mich aus. Ich ertrage es nicht, noch weiterzulesen. Das Herz klopft mir bis zum Hals, und als ich den

Blick senke, stelle ich fest, dass meine zur Faust geballten Hände zittern.

Noch einmal öffne ich die Facebook-Seite und logge mich in meinem eigenen Konto ein. Eine neue Nachricht. Mein Herz tut einen kleinen Satz. Vielleicht ist sie von Bryan? Möglicherweise will er sich entschuldigen?

Ist sie nicht – sie kommt von Chris. Er hat mich als Freundin hinzugefügt und mir folgenden Text geschrieben:

C: Na, hast du Freude mit dem T-Shirt?

Auf seiner Seite herrscht gähnende Leere, abgesehen von seiner Location. Bryan hat unzählige Bandfotos und künstlerische Aufnahmen von sich beim Kaffeetrinken und auf Reisen quer durch Asien auf seinem Profil stehen. Bei Chris finde ich ein einziges Foto, eine körnige Aufnahme, auf der er mit Helm auf dem Fahrrad durch die Natur fährt. Man kann noch nicht mal sein Gesicht erkennen.

Aufgeregt schnappe ich nach Luft, tippe eine rasche Antwort und klicke auf Absenden, ehe ich es mir anders überlegen kann.

L: Haha, ja, es ist toll. Stell dir vor, ich bin zufällig für ein paar Tage daheim. Hast du Lust auf ein Treffen?

KAPITEL 18
Melissa

Mit einem lauten metallischen Klicken öffnet sich der Riegel der Toilettentür. Ich sehe niemanden, den ich kenne.

In der Scheune tummelt sich inzwischen ein riesiger Pulk an Leuten. Mir ist unerträglich heiß. Während ich mich durchs Gedränge schiebe, nehme ich meine Umgebung am Rande meines Blickfeldes nur noch verschwommen wahr. Ich blinzle. Der Schwindelanfall dauert nur wenige Sekunden, die schwarzen Punkte, die ich eben noch vor Augen hatte, werden bereits weniger. Ich führe eine Hand ans Gesicht. Meine Wangen glühen.

Die leere Flasche in meiner Hand fühlt sich angenehm kühl an.

Was stimmt nicht mit mir?

Es muss am Alkohol liegen. Spürt man den überhaupt so schnell?

Ich bin wie benommen und blinzle. Diese Hitze. Ich bahne mir einen Weg zur Hintertür und ertappe Chloe und Tom dabei, wie sie eng umschlungen auf der Treppe sitzen. Als ich mich an ihnen vorbeidränge, drückt sie den Rücken durch, legt den Kopf in den Nacken und lässt sich von ihm auf den Hals küssen.

Ich verspüre einen plötzlichen Anflug von Eifersucht. Wenn Lily und Bryan hier wären, würden sie vermutlich genau das Gleiche tun, wetten?

Die ganze Küche gerät ins Wanken, als ich durch die Tür hineingehe. Gleich neben dem Kühlschrank steht ein Stapel Dosen, von denen schnappe ich mir eine, öffne sie und nehme einen tiefen Schluck.

Igitt, wie eklig! Was ist das denn für ein Zeug? Blinzelnd betrachte ich den Aufdruck – Guinness. Da nehme ich mir doch lieber noch eins von diesen Wodka-Mixgetränken. Die süße blaue Flüssigkeit rinnt mir angenehm kühl durch die Kehle und überdeckt den bitteren Geschmack vom Bier.

Eine Gruppe zu meiner Linken bricht in schallendes Gelächter aus. Oh Mann, warum habe ich eigentlich keine Freunde? Vielleicht sollte ich mich einfach meinem Schicksal ergeben und mich heute Abend an Rish halten. Dann habe ich wenigstens einen Menschen, mit dem ich mich unterhalten kann.

Im selben Moment sehe ich einen von Toms Freunden durch die Tür zum Garten hereinkommen – ich glaube, sein Name ist Ben.

„Hey, hast du Rish gesehen?", rufe ich ihm mit erhobener Stimme zu, damit er mich über den Lärm der Musik hinweg hört.

„Ach ja, du bist doch dieses Mädchen aus der Unterstufe, das Rish eingeladen hat, oder?"

Unterstufe? Was soll das denn? Er ist vielleicht drei Jahre älter als ich, wenn überhaupt. Aber was die geistige Reife betrifft, so bin ich ihm um viele Jahre voraus.

Wieder nehme ich einen Schluck von meinem Drink.

„Eigentlich hat Andy mich eingeladen. Weißt du, wo er steckt?", frage ich.

„Klar, sie sind alle draußen." Mir ist nicht ganz wohl, als ich Bens spöttische Miene bemerke.

Sein muskulöser Oberkörper scheint das T-Shirt beinahe zu sprengen, auf seiner Stirn stehen Schweißperlen, und als er die Hand nach seinem Bier ausstreckt, könnte ich schwören, dass ich die Muskeln in seiner Brust zucken sehe.

Ohne mich eines weiteren Blickes zu würdigen, dreht Ben sich um und verschwindet zur Tür hinaus.

Ich folge ihm in den Garten. Die anderen stehen in einer Gruppe zusammen. Rish gestikuliert wild und scheint irgendwas zu erklären, während Louise sich das Haar über die Schulter zurückwirft.

Andy ist ebenfalls draußen, gerade nimmt er einen Schluck von seinem Wodkadrink und streicht sich mit der Hand durch die langen dünnen Haare, um sie sich aus der Stirn zu schieben.

Er sieht zu mir herüber und fängt meinen Blick ein. Mein Herz fängt sofort an, schneller zu schlagen. Oh Gott, ich hab ihn doch nicht angestarrt, oder? Schnell tue ich so, als hätte ich etwas wahnsinnig Interessantes am Boden entdeckt, und starre nach unten. Langsam gehe ich auf sie zu.

„Issa!“, ruft Rish mir zu, als er mich bemerkt. Er streckt die Arme nach mir aus und will mich umarmen, doch ich ducke mich und weiche ihm lachend aus. Trotzdem schafft er es, mir die Hände auf die Schultern zu legen.

„Ah, perfekte Größe!“, meint er, den Mund spöttisch verzogen. „Ich glaube, dich lade ich in Zukunft zu allen meinen Partys ein, als Armlehne.“

Louise stößt ein hämisches Lachen aus.

„Perfekte Größe“, nuschelt Rish und rülpst.

Die anderen Jungs grinsen.

Oh Mann, so sturzbetrunken wie Rish ist, finde ich ihn gleich noch viel unattraktiver. Angewidert verziehe ich das Gesicht und nehme einen kräftigen Schluck von meinem Drink.

„Für mich wärst *du* die perfekte Armlehne, Kumpel", meint Andy und streckt die Hände nach Rish aus.

Verstohlen mustere ich seine zerzauste Frisur und die wunderschönen braunen Augen. Meine Brust ist wie zugeschnürt. Ich merke, wie mir die Röte in die Wangen steigt. Wenn ich mir vorstelle, wie ich seine weichen Lippen berühre und meine Fingerkuppen über seinen straffen Körper streifen lasse … Oh Gott, Andy sieht echt verdammt durchtrainiert aus!

„*Ich* bin die perfekte Armlehne für dich", mischt Louise sich ein und stützt sich mit ihrem dürren Ärmchen auf seine Schulter.

Mann, Louise, warum muss sie mir jetzt in die Parade fahren?

Rish sieht mich eindringlich an und grinst.

„Ha! Seht euch Issa an. Jetzt fühlt sie sich vernachlässigt", sagt er, worauf alle in lautes Gelächter ausbrechen.

Oh Mann, wie dämlich von mir. Irgendjemand hält mir eine neue Flasche hin, und ich trinke gierig, ohne lange nachzudenken.

Allmählich nehme ich meine Umgebung nur noch sehr undeutlich wahr, am Rand meines Blickfeldes ist alles unscharf. Ich lasse den Arm seitlich hängen, bin aber so nervös, dass ich ihn nicht still halten kann.

In mir regt sich ein brennendes Verlangen. Jetzt weiß ich, was ich mache: Ich schmeiße mich an Andy ran und schieße für meinen Blog ein paar Fotos von uns beiden. Ich ertrage es nicht, Louise neben ihm stehen zu sehen, sie sieht aus wie ein Model und flirtet schamlos mit ihm. Wenn das doch nur ich wäre. Meine Follower sollen alle sehen, mit was für gut aussehenden Jungs ich mich abgebe.

Entschlossen mache ich einen Schritt auf ihn zu.

„Warum habe ich nicht die richtige Größe für dich?", frage ich und sehe ihn mit großen Augen herausfordernd an.

Louise prustet verächtlich.

Ein überraschtes Lächeln kräuselt seine Lippen.

„Ich werd's dir zeigen", sagt er. „Sieh her."

Er hebt einen Arm und legt ihn mir auf die Schulter.

„Siehst du, zu klein." Er funkelt mich mit seinen dunklen Augen total nett an und schmunzelt.

Dann legt er mir seine Hand oben auf den Scheitel. Es fühlt sich an, als ginge mein Kopf unter seiner Berührung in Flammen auf.

„Aber *das* wäre die perfekte Höhe!"

„Ja, die richtige Höhe für eine ganz bestimmte Sache!", grölt Ben und bewegt anzüglich den Unterleib vor und zurück.

Die ganzen Jungs – inklusive Andy – johlen los.

Widerlich. Was sind das nur für Kindsköpfe.

Ich verschränke die Arme und seufze theatralisch. Andy entgeht das nicht, und als er meinen Blick einfängt, zwinkert er mir zu. Für den Bruchteil einer Sekunde bleibt mir das Herz stehen.

Die Welt um mich herum fängt an sich zu drehen. Alles wird lockerer, entspannter. Noch einmal werfe ich einen verstohlenen Blick zu Andy und spüre ein nervöses Flattern in der Magengegend.

Im Grunde ist alles möglich.

Nach einem neuerlichen Schluck von meinem Drink trete ich auf ihn zu und dränge mich forsch gegen seinen Brustkorb.

Rish sagt etwas, worauf die anderen Jungs lachen. Während sie alle an ihren Bieren nippen, legt Andy mir möglichst unauffällig den Arm um die Schultern.

Ein leiser Schauder rieselt mir über den Nacken. Langsam schiebe ich meine Hand in seinen Rücken und lasse die Fingerkuppen an seiner Hüfte kreisen.

Er lässt sich nichts anmerken. Als er mit dem Rest der Gruppe lacht, würde ich am liebsten die Hand zurückziehen, doch dann merke ich plötzlich, wie er unbeholfen Muster auf mein Schulterblatt zeichnet.

Meine Halsschlagader fängt an zu pulsieren.

Ob er mich mag? Ist es möglich, dass er mich wirklich gut findet? Seine Finger wandern an meiner Wirbelsäule entlang nach unten. Mein Körper schmilzt unter seiner Berührung dahin.

Oh mein Gott, es passiert wirklich.

Cool bleiben!

Bleib bitte cool!

Alles um mich herum verschwimmt; ich bin nicht fähig, auch nur einen klaren Gedanken zu fassen. Mein Magen flattert vor Nervosität. Am liebsten würde ich mich zu Andy rüberbeugen und ihn küssen. Was soll ich nur tun?

Verlegen schaue ich zu ihm auf, habe aber Schwierigkeiten, seine Gesichtszüge klar zu erkennen.

„Sollen wir reingehen und uns einen Drink holen?", flüstere ich mit belegter Stimme. Zumindest habe ich den Eindruck, als würde sie anders klingen. Irgendwie fühlen sich die Worte viel zu groß an für meinen Mund.

Jemand packt mich am Arm.

„Ey, holst du mir ein Guinness?", sagt Rish, der mich von Andy weg zu sich herzieht. Seine Hände legen sich auf meine Schultern, er lässt mich nicht aus den Augen.

„Na schön, ich hol dir eins", gebe ich in barschem Ton zurück. „Andy, komm mit."

Auf Rishs Zügen geht eine Veränderung vor, und er lässt mich los. Schulterzuckend greife ich nach Andys Hand und zerre ihn hinter mir her in Richtung Tür. Alles andere scheint schlagartig so weit weg zu sein, dass ich noch nicht mal rot werde, als Ben einen anerkennenden Pfiff ausstößt.

Ich hebe den Blick zu Andy. Er hat sich zu den anderen umgedreht und macht irgendwelche Gesten, dabei schüttelt er den Kopf.

Als wir an der Bar stehen, sieht er mich mit großen, freundlichen Augen von oben her an und grinst. Seine strubbeligen blonden Haare wehen im Luftzug der Klimaanlage.

Im nächsten Moment schlinge ich ihm die Arme um den Leib – ich reiche ihm gerade mal bis zur Mitte des Brustkorbs – und spüre durch sein T-Shirt seinen strammen Bauch.

Er legt den Kopf leicht schief.

„Die kleine Issa“, sagt er neckisch. „Ist dir eigentlich klar, dass Rish …“

„Sei still! Ich will es gar nicht wissen“, entgegne ich in übertrieben scharfem Ton. Fehlt nur noch, dass ich mit dem Fuß aufstampfe.

Er grinst. „Kann ich verstehen.“

Ich stelle mich auf die Zehenspitzen und stehe etwas wackelig da, komme aber nicht bis zu seinem Gesicht hoch. Andy ist gezwungen, sich zu mir herunterzubeugen.

Ich sehe, wie sein Mund sich dem meinen nähert, bin aber trotzdem überrascht, als seine warmen Lippen sich auf meine legen. Es durchfährt mich wie ein Blitz, und ich habe das Gefühl, als würde sich jedes einzelne Haar an meinem Körper aufrichten.

Unvermittelt muss ich an ein Video von Lily und Bryan denken, in dem sie sich küssen. Das war an ihrem einundzwanzigsten Geburtstag. Sie sitzen unter einem Baum im Hyde Park – und Bryan beugt sich runter, um ihr einen zarten Kuss auf die Lippen zu drücken. Es war einfach der perfekte Augenblick. So unheimlich romantisch. Schon lange träume ich davon, irgendwann etwas Vergleichbares zu erleben.

Während Andys Hand an meiner Wirbelsäule nach unten gleitet, wird mir bewusst, dass er nun endlich gekommen ist – mein ganz eigener magischer Moment.

Als ich meine Lippen auf seinen bewege, lasse ich meine Hand in die Tasche wandern und ziehe möglichst unauffällig mein Smartphone heraus.

KAPITEL 19
Lily

Ich will nicht mehr an Bryan denken. Ich pack das alles einfach nicht. Immer wieder kreisen meine Gedanken um den Moment, als ich diesen Snapchat entdeckt habe – wie ich in unserem Wohnzimmer gesessen habe und mich wieder und wieder gefragt habe, ob da wohl etwas zwischen ihm und dieser Nina läuft.

Mum ist außer sich vor Wut. Als ich ihr die Neuigkeiten erzählt habe, ist sie ausgerastet und wollte Bryan am liebsten sofort anrufen und ihn höchstpersönlich zur Schnecke machen. Aber ich habe sie inständig angefleht, sich aus der Sache rauszuhalten.

Stattdessen hat sie mich dann gezwungen, Unmengen an Tee und Keksen zu mir zu nehmen. Jetzt sind die Tränen endlich getrocknet, und anstelle des leeren Gefühls im Magen habe ich ein dickes Bäuchlein vom vielen Essen und einen zuckrigen, mit Krümeln verschmierten Mund. Sie hat mir empfohlen, Bryan schleunigst zu vergessen, Nina zu vergessen, die Arbeit zu vergessen und mich stattdessen einfach nur zu entspannen.

Aber das will mir nicht gelingen, obwohl ich mir wirklich große Mühe gebe. Richtig große Mühe. Ich habe mich in einer

Ecke meines Zimmers unter einer alten, verfilzten Wolldecke verkrochen und lese einen Liebesroman, den ich bereits kenne. Na ja, ich nenne es Ecke, aber eigentlich handelt es sich um eine Fensterbank in einer Nische mit Blick auf eine Weide voller schwarz-weiß gefleckter Kühe und etwas weiter hinten auf eine kleine Tankstelle. Wenn ich das alte Fenster öffne, kann ich das leise Muhen hören. Ich lehne den Kopf gegen die kühle Scheibe und lausche auf die Geräusche aus der Ferne. Ganz langsam stoße ich die Luft aus.

Alles wird gut.

Selbst wenn ich wieder zu Hause wohnen muss, selbst wenn ich in eins meiner vermieteten Cottages in Suffolk ziehen oder mir eine neue Wohnung in London suchen muss, werde ich das schaffen. Ich und Mum haben schon so viel durchgemacht, weit Schlimmeres. Zur Not werde ich auch ohne Bryan auskommen.

Versonnen zwirble ich mir die Fransen der Decke um den Finger, als mein Telefon aufleuchtet, das auf meinem Schoß liegt. Ich lehne das Buch gegen meine Knie und greife danach. Schlagartig schießt mir Hitze ins Gesicht. Chris hat geantwortet.

C: Ich hätte heute Abend Zeit, du?

Nervös knete ich die Decke. Soll ich mich wirklich mit Chris treffen? Ist das in meiner aktuellen Lage wirklich das Richtige? Nachdenklich kaue ich auf meiner Unterlippe herum und schäle mich aus der engen Fensternische. Momentan fühle ich mich kein bisschen erwachsen und absolut nicht in der Verfassung, solche Entscheidungen zu treffen.

Nach kurzem Zögern mache ich mich auf den Weg nach unten in die Küche, um Mum um Rat zu fragen.

Zwei Stunden später habe ich auf Mums Anweisung hin ein weites Blümchenkleid und eine Jeansjacke angezogen und dezentes Make-up aufgelegt.

Während Mum in der Garage damit beschäftigt ist, einen Stuhl aus den Dreißigerjahren für ihren Antiquitätenladen aufzumöbeln und neu zu streichen, mache ich in meinem Zimmer heimlich Selfies für Instagram. Ich habe bereits an die hundert im Kasten, bin mir aber jetzt schon sicher, dass ich keines davon verwenden werde. Es ist wirklich nicht so einfach; ich muss dringend einen neuen Post bringen, aber ohne meine Fotoleuchten kriege ich das Licht einfach nicht gut genug hin. Ich sehe schrecklich aus.

Auf dem Weg nach unten krampft sich mein Magen zusammen.

Ich und Chris haben uns den ganzen Nachmittag geschrieben, und jetzt wird er jeden Moment hier vorbeikommen und mich abholen. Ich sehe mein Handy auf dem kleinen Beistelltischchen im Flur aufleuchten. Wahrscheinlich eine neue Nachricht von Chris. Als ich es zur Hand nehme, bleibt mir fast das Herz stehen – Bryan hat versucht, mich zu erreichen.

Mit pochenden Schläfen wische ich panisch übers Display. Jetzt, wo er endlich angerufen hat, habe ich gar nicht mehr das Bedürfnis, mit ihm zu reden. Ich schaff das im Moment einfach nicht. Außerdem bin ich gleich mit Chris verabredet!

Oh Mann, warum habe ich mich nur auf dieses Treffen eingelassen? Klar, Mum hält es für eine wunderbare Idee, aber auch nur, weil sie ihn schon als Kind sehr gern gemocht hat. Ich kenne ihn doch kaum.

Wieder leuchtet mein Handy auf, diesmal kündigt es eine Voicemail von Bryan an. Ich würde sie mir zu gerne anhören, aber ich schaffe es nicht, die entsprechende Taste zu drücken. Weil ich genau weiß, dass alles wieder da sein wird, sobald ich seine Stimme höre. Und dann geht es von vorn los – das Grübeln über die Sache mit Nina, die Fragen, die Wut. Und damit will ich mich im Augenblick nicht befassen.

Ich presse mir das Handy an die Stirn. Wieder vibriert es, der Hinweis, dass eine neue Nachricht eingetroffen ist. Im selben Moment betritt Mum den Flur, nimmt mir das Telefon aus der Hand und legt es zurück auf den Beistelltisch.

Sie hat einen weißen Farbklecks in den Ponyfransen kleben, offenbar hat sie den nicht bemerkt.

„Bryan hat geschrieben", sagt sie mit einem prüfenden Blick aufs Display. Dann nimmt sie mich ins Visier. „Für den Rest des Abends überlässt du das besser mir. Um welche Uhrzeit triffst du dich mit Chris?"

Missmutig ziehe ich die Ärmel meiner Jeansjacke lang und kaue auf der Innenseite meiner Mundwinkel herum.

„Er kommt jeden Moment vorbei. Wir wollen einen Spaziergang machen und vielleicht auf einen Drink ins Crown gehen."

Mum nickt. „Tja, dann brauchst du das hier ja nicht." Und schon lässt sie das Handy in der Tasche ihrer Jeans verschwinden. „Ich möchte nicht, dass du heute Abend mit Bryan redest. Er hat dir schon genug angetan."

Ich fühle mich wie magisch zu meinem Handy hingezogen, bin mir aber darüber im Klaren, dass Mum vollkommen recht hat. Ich habe ja auch keine Lust, mich heute noch mit alldem herumzuschlagen. Und um ehrlich zu sein, würde ich es vorziehen, vorerst keine wichtigen Entscheidungen für mein weiteres Leben zu treffen. Hier bin ich nämlich nicht der Boss, anders als bei Mindy, Siobhan und meinem Team. Zu Hause hat Mum das Sagen, sie ist es, die mir vorgibt, was zu tun ist, und ich muss sagen, ich finde es unendlich erleichternd, zur Abwechslung mal wieder das Kind zu sein.

Ich lasse mich auf den Sessel in der Küche sinken und zupfe an einem losen Faden an meinem Ärmel herum. Als ich den Blick wieder hebe, sieht Mum mich eindringlich an. Sie hat die Stirn gerunzelt.

„Was ist los, Mum, stimmt was nicht?“

Sie holt scharf Luft, ein deutliches Zeichen, dass sie sich innerlich stählt und mir gleich etwas Wichtiges kundtun wird.

„Liebes, willst du nicht ein bisschen mehr Make-up auflegen?“

Erstaunt greife ich in meine Tasche und perfektioniere meinen Look mit knallrotem Lippenstift.

Kurz darauf klingelt es an der Tür. Bevor ich reagieren kann, ist Mum bereits losgestürzt und hat die Tür aufgerissen.

„Chris? Schön dich zu sehen. Wie geht's deiner Mutter? Ach, bist du groß geworden! Es ist ja eine Ewigkeit her, seit du das letzte Mal hier warst. Ich weiß noch, wie Lily und du immer in den Garten gelaufen seid und euch vor mir versteckt habt; ihr habt mir jedes Mal einen Riesenschrecken eingejagt.“

Chris lacht verlegen.

Er tritt seine Schuhe auf der Fußmatte ab, bückt sich unter der niedrigen Cottage-Tür und tritt in den Hausflur. Derweil redet Mum weiter auf ihn ein, als wäre er immer noch ein Kind, dabei ist er dreiundzwanzig, ein junger Mann.

„Debbie, wie schön, Sie wiederzusehen.“ Er nickt ihr anerkennend zu.

Um seine Augenwinkel kräuseln sich kleine Fältchen, als sein Blick auf mich fällt. Er sieht anders aus als neulich in London. Aber andererseits habe ich da auch nicht darauf geachtet, was er anhatte. Jetzt trägt er ein superenges graues T-Shirt im Used-Look. An Bryan würde es sicherlich schlackern, aber bei Chris sprengen die Muskeln fast den Stoff an den Ärmeln, und man sieht, wie tief gebräunt seine Unterarme sind.

Ich spüre ein Flattern in der Magengrube.

Was ist nur mit mir los?

Ich kann mich doch nicht ernsthaft in ihn verguckt haben, nur weil er hier in einem Aufzug aufkreuzt, als hätte er den ganzen Tag schwere Arbeit auf dem Feld verrichtet. Für so oberflächlich halte ich mich eigentlich nicht.

Bryans Nachrichten warten unbeantwortet auf meinem Handy, wie mir jetzt wieder durch den Kopf geht. Nervös hebe ich den Daumen zum Mund und fange an zu knabbern.

Chris beobachtet mich dabei, deshalb versuche ich es hastig mit einem Lächeln zu überspielen.

„Äh, sollen wir dann gehen?", frage ich. Mit einem Mal fühle ich mich leicht unwohl bei der Sache.

Warum um alles in der Welt habe ich ihn gefragt, ob er mich treffen will? Wir kennen uns doch so gut wie gar nicht.

Chris lässt den Blick über meine Gesichtszüge wandern.

„Bist du sicher, dass wir uns kennen?", fragt er und lacht.

Aus dem Augenwinkel sehe ich, dass Mum übers ganze Gesicht strahlt. Sie sieht aus, als wären alle ihre Träume in Erfüllung gegangen. Ich und Chris gehen zusammen aus, verlieben uns und leben dann glücklich und zufrieden bis an unser Lebensende im selben kleinen Dorf wie sie.

Mum nimmt unser Geplänkel zum Anlass, uns regelrecht zur Tür hinauszukomplimentieren.

Als wir den Vorgarten durchqueren und auf die alte Landstraße abbiegen, merke ich, wie Chris den Kopf schüttelt.

Unwillkürlich runzle ich die Stirn. „Was ist?"

Er zuckt mit den Schultern. „Ach, nichts."

Wir setzen unseren Weg wortlos fort, bis ich einen Seitenblick auf ihn werfe und feststelle, dass er sich das Grinsen nur mühsam verkneift.

„Was denn?" Mir entgeht nicht, dass sich meine Stimme hysterisch nach oben schraubt. Ich stehe derart unter Anspannung, dass ich für solche Spielchen überhaupt keinen Nerv habe. Warum kann er nicht einfach mit der Sprache rausrücken und sagen, was los ist?

Er lächelt, doch als er mein grimmiges Gesicht bemerkt, wird er wieder ernst.

„Okay, okay. Ich dachte, du … Ach, egal. Hast du es nicht auch gespürt? Als ich auf euer Haus zuging, deine Mum sah, durch euer kleines knarzendes Gartentor ging? Es ist so unendlich lange her, seit ich das letzte Mal hier war, und trotzdem hat sich nichts verändert."

Meine Schultern sacken nach unten.

„Wie eine Zeitschleife", murmle ich in Richtung Boden.

„Eine was?"

„Eine Zeitschleife", sage ich, diesmal lauter.

Wir gehen weiter nebeneinanderher, eine Kuh schiebt ihren Kopf über einen mit Brombeergestrüpp zugewucherten Zaun. Gerade als ich den Mund öffne, um etwas zu sagen, stößt sie ein lautes Muhen aus. Ich erschrecke mich so, dass mein Herz kurz aussetzt.

Chris ist stehen geblieben und hält sich vor Lachen den Bauch.

„Hör auf zu lachen!", protestiere ich und ramme ihm den Ellbogen in die Seite.

Aber er denkt gar nicht daran. Zwei tiefe Lachfalten ziehen sich durch sein Gesicht, und mit den strubbeligen Bartstoppeln am Kinn sieht er gleich noch verwegener aus.

Ich tue so, als wäre ich tierisch genervt, aber richtig überzeugend bin ich dabei wohl nicht. Chris grinst mich an, und in seinen Augen blitzt ein Lachen, das meinen Herzschlag sofort wieder beruhigt.

KAPITEL 20
Melissa

Nach der Party bietet Andy mir an, mich nach Hause zu begleiten. Allerdings zieht sich das Ganze ziemlich in die Länge, weil wir alle paar Schritte stehen bleiben, um uns zu küssen.

Er hat mir seine graue Kapuzenjacke um die Schultern gelegt; sie ist so riesig, dass sie mir fast bis zu den Knien reicht. Mit den Fingerkuppen streiche ich langsam über das weiche Innenfutter der Ärmel. Fast fühlt es sich so an, als hätte die Nacht ihre eigene gemütliche Decke über mich gebreitet. Alles um mich herum wirkt so behaglich. Mit jedem einzelnen Schritt, den ich mache, fühle ich mich leichter, unbeschwerter.

Ich kichere ununterbrochen.

Als wir in unsere Auffahrt einbiegen, stelle ich mich auf die Zehenspitzen, um ihn zum Abschied zu küssen. Das inzwischen vertraute Gefühl im Bauch, dieses nervöse Prickeln, als würden Funken sprühen, flammt wieder auf, als sich seine heißen, feuchten Lippen auf meinen bewegen.

Doch plötzlich geht er dazu über, an meiner Zunge zu saugen, und auf einmal kommt es mir so vor, als würde ich mit einem

Staubsauger knutschen. Ich löse mich von ihm, weiche zurück und wische mir mit dem Ärmel den Speichel von der Wange.

Aber da ist noch etwas, das mich schon seit unserem ersten Kuss stört. Es ist mir gelungen, unbemerkt Fotos von uns zu machen, doch auf keinem sieht man sein Gesicht richtig. Ich brauche dringend Bilder von uns, auf denen wir beide gut zu erkennen sind. Schließlich kann ich nicht einfach irgendwelche Kussfotos posten, das sähe ja komisch aus.

Andy schaut mich von oben her an. Er wirkt leicht derangiert, seine Wangen sind gerötet, die Lippen geschwollen.

Ich rümpfe unwillkürlich die Nase. *Tu es einfach. Du wirst es bereuen, wenn du es nicht machst.*

Er beugt sich abermals zu mir herunter, um mir noch einen Kuss auf den Mund zu drücken, aber ich wende rasch den Kopf zur Seite und weiche ihm aus.

„Weißt du, was witzig wäre?", sage ich und stoße ein bemüht heiteres Lachen aus.

„Was denn?"

„Warum machen wir nicht ein Foto zusammen? Wäre doch lustig! Sieh mal, wir sehen echt ulkig aus!"

Er macht den Mund auf und holt Luft, doch bevor er die Chance hat, zu protestieren, ziehe ich mein Handy heraus und halte es auch schon hoch. Die Lichtverhältnisse sind alles andere als optimal, und meine Finger rutschen immer wieder ab, als ich versuche, den Auslöser zu drücken. Ach, egal, mit Photoshop kriegt man das schon hin.

„Lächeln!", rufe ich, worauf Andy folgsam die Mundwinkel hochzieht und in die Kamera grinst. Ich halte den Auslöser gedrückt und mache ungefähr eine Million Fotos in rascher Folge.

Andy legt mir eine Hand auf die Schulter und dreht mich zu sich.

„Wozu brauchst du diese Fotos?"

„Ich dachte, das wäre ganz lustig!"

Eine tiefe Falte bildet sich auf seiner Stirn. Ich strecke mich ihm entgegen und verschließe seine Lippen fest mit meinem Mund. Sofort reagiert sein Körper auf die Berührung, und er drängt sich gierig gegen mich und lässt seine Hand abwärts zu meiner Hüfte gleiten.

Zum Glück hat er seine Frage sofort wieder vergessen.

Während wir uns innig küssen, tippe ich noch ein paarmal verstohlen auf den Auslöser meiner Smartphone-Kamera.

Andy fängt wieder mit diesem nervigen Zungensaugen an, deshalb mache ich mich nun energisch von ihm los.

„Es war sehr schön." Ich lächle ihm aufmunternd zu.

Inzwischen sind wir fast vor unserem Haus angekommen, deshalb wende ich mich von ihm ab und stolpere die Auffahrt hoch. Leider sieht es so aus, als wäre meine Koordination etwas beeinträchtigt, jedenfalls schaffe ich es nicht bis zur Haustür, ohne hinzufallen. Kurz vor dem Ziel gerate ich auf den Stufen ins Straucheln und knalle der Länge nach hin. Kichernd sitze ich da und halte mir die Knie.

Andy steht grinsend da. Ich winke ihm zu, und er hebt die Hand ein letztes Mal zum Gruß, ehe er sich zum Gehen wendet und davonschlendert.

Ehrlich, ich kann gar nicht sagen, wie überglücklich ich bin. Das wird sich wunderbar machen auf meinem Blog. Ich habe unzählige Fotos geschossen. Ja, schon klar, sie sind etwas dunkel geraten, aber das eine oder andere werde ich benutzen können. Außerdem kann ich sie in Photoshop jederzeit ein wenig aufhellen. Aaaah! Es fühlt sich an wie ein Sechser im Lotto! Mein Blog wird sich nicht mehr von Lilys unterscheiden!

In Gedanken bin ich immer noch bei den Fotos, während ich mich aufrapple und zur Tür umdrehe, sodass ich gar nicht merke, dass das Flurlicht angegangen ist. Im nächsten Moment wird die Tür aufgerissen, noch bevor ich den Schlüssel aus der Tasche fischen kann.

Wie benebelt blinzle ich gegen das grelle Licht an. Ich bin völlig geblendet. Mein Gehirn reagiert nur sehr langsam. Irgendwie scheint es nicht mehr einwandfrei zu funktionieren.

Was ist denn mit mir los?

Es dauert eine Weile, bis ich Mum in Hausschuhen und Morgenmantel vor mir stehen sehe, mit weit aufgerissenen Augen starrt sie mich an. Schlagartig packt sie mich an der Schulter und zerrt mich nach drinnen ins Haus. Dad steht in Boxershorts und T-Shirt an der Treppe, die Arme grimmig vor der Brust verschränkt. Sie machen beide ein Gesicht wie sieben Tage Regenwetter.

Vorsichtig tue ich einen Schritt auf sie zu, und auf einmal sehe ich hinter Dad noch jemanden stehen. Mir krampft sich der Magen zusammen, als sich das Gesicht von Suzes Mum aus dem Halbdunkel schält. Auch sie sieht mich aus großen Augen an.

Das alles spielt sich wie in Zeitlupe ab. Mum kommt mir entgegen und greift nach meinem Arm, und ich weiche unwillkürlich zurück, bis ich gegen den Türrahmen stoße.

Im nächsten Moment brüllt sie auch schon los.

„Wo zum Teufel treibst du dich herum?"

KAPITEL 21

Lily

Der schmale Fußpfad, der auch runter zum Fluss führt, zieht sich durch das gesamte Dorf – hinauf zum Fußballplatz und zurück zu dem kleinen Postamt unter der Leitung von Mr Bennett. Oben am höchsten Punkt des Hügels steht ein halb verfallener Wasserturm, auf dem wir als Kinder immer gerne herumgeklettert sind und gesessen haben. Als ich den jetzt wiedersehe, stellen sich mir die Härchen an den Armen auf.

Wir schrecken vor keinem Thema zurück, können über alles reden. Wie sich herausstellt, war Chris auf der Universität, hat sein Studium dann aber geschmissen, um die Farm seines Dads zu übernehmen, nachdem bei diesem Multiple Sklerose diagnostiziert worden war. Seine älteren Brüder arbeiten beide in der Stadt. Jetzt erledigt Chris den Großteil der Arbeit auf dem Hof. Er lebt im Haupthaus, seine Eltern sind in ein kleineres Cottage ein Stück die Straße hinunter gezogen, das ihnen gehört. Während er erzählt, schleppe ich mich am Rand des schlammigen Feldweges entlang.

Die Nacht ist hell, die Luft riecht nach Sommer und Wärme. Ich achte genau darauf, wo ich hintrete, weil ich dummerweise keine

Turnschuhe anhabe und mit meinen Sandalen höllisch aufpassen muss. Immer wieder schrammen mir Zweige übers Schienbein, das Laub kitzelt mich an den Fußknöcheln. Ich schiebe mit den Fußspitzen das Gras beiseite.

Gerade als ich die Hand hebe, um einen Zweig zur Seite zu drücken, bricht er ab.

Mitten im Satz hält Chris inne.

„Was ist das, ein Zauberstab?“ Mit hochgezogener Augenbraue sieht er mich an.

Ich betrachte das Stöckchen und erinnere mich wieder, wie wir früher immer Hexe und Zauberer gespielt haben. Wir hatten beide jedes Mal rote Striemen an den Armen, weil wir so fest zugeschlagen haben.

Ich stoße Chris den Zweig so fest in die Rippen, dass er an seiner Brust zerbricht.

„Hier, ich besorg dir einen besseren.“

Er streckt sich und greift nach einem größeren Zweig an einem Ast, der über den Weg hängt. Dann beugt er sich zu mir und zieht ihn mir über die Nase.

„Hey!“, rufe ich in gespielter Empörung und schlage danach.

Er stürzt auf mich zu, um mich damit in den Bauch zu piksen, aber ich tauche gerade noch rechtzeitig unter seinem Arm hindurch.

Während ich nach links ausweiche, tritt Chris auf den Riemen meiner Sandale, der sich gelöst hat, sodass ich schnurstracks ins Gebüsch taumle.

„Aaaah!“, schreie ich und rudere panisch mit den Armen.

Kurz bevor ich mit dem Gesicht voran im Gestrüpp lande, packt Chris mich hinten an der Jacke und zerrt mich zurück, sodass ich hart gegen seinen Oberkörper pralle.

Er stützt mich mit seinen kräftigen Armen, bis ich mich gefangen habe. Ich spüre seinen Bauch unter meinen Händen vor Lachen beben.

„Du hast mir ein Bein gestellt!“

Wie eine Furie gehe ich mit den Fäusten auf ihn los, doch er ist stärker und hält mich lachend fest. Ich spüre die Bewegungen seiner Muskeln. Ein warmes, wohliges Gefühl kriecht mir ins Genick.

Chris hört nicht auf zu grinsen – sein Gesicht ist mir beängstigend nah.

Das ist nicht richtig. Das ist eindeutig nicht richtig.

Grob mache ich mich von ihm los und stoße ihn zurück.

„Ich muss nach Hause. Ich muss Bryan dringend zurückrufen …“, höre ich mich sagen.

„Bryan? Hat der was mit deinem YouTube-Kanal zu tun?“

„Nein, er ist mein …“ Ich unterbreche mich. Es widerstrebt mir, den Satz zu Ende zu sprechen, aber ich zwinge ihn trotzdem über meine Lippen. „Mein Freund.“

„Aha.“ Chris nickt.

Forschend schaue ich ihm ins Gesicht auf der Suche nach einer Reaktion, doch er lässt sich nichts anmerken.

„Wir machen gerade eine kleine Krise durch“, ist es mir schon herausgerutscht, ehe ich mich bremsen kann. „Ich weiß nicht, was da los ist zwischen uns.“

Verlegen wende ich den Blick ab und betrachte die nahe gelegene Wiese. Unzählige Erinnerungen an Bryan und mich wirbeln mir durch den Kopf. Ich erinnere mich, wie lieb er immer war, und auf einmal brüllt er mich an. Und dann geht mir natürlich die Sache mit ihm und Nina nicht aus dem Sinn.

Chris weicht einen Schritt zurück und breitet die Arme aus.

„Weißt du, du und Bryan, ihr werdet das schon wieder hinkriegen. An so was muss man arbeiten. Das ist alles nicht so einfach.“

Ich hebe den Blick zu seinem immer noch lächelnden Gesicht. Mit einem Mal überkommt mich ein Anflug von freundschaftlicher Zuneigung zu ihm.

„Bei mir und Jasmine ist es genau das Gleiche", fährt er fort. „Sie lebt in London, deshalb ist es jedes Mal ein riesiger Aufwand, wenn wir uns sehen wollen. Aber das gehört nun mal dazu. So eine Beziehung ist eben kein Kinderspiel."

Ich runzle die Stirn. „Jasmine?"

„Ja, klar, ich hab sie bestimmt mal erwähnt, Jasmine, meine Freundin? Sie wohnt in London. Als wir uns letzte Woche über den Weg gelaufen sind, war ich gerade zu Besuch bei ihr."

„Ach so, ja, sicher. Ich … hab das wohl nicht mitgekriegt", stammle ich und stoße verlegen die Fußspitze in den dreckverkrusteten Boden.

KAPITEL 22
Melissa

Am nächsten Morgen wache ich mit dumpfen Kopfschmerzen und staubtrockener Kehle auf. Es ist ein Gefühl, als wäre mein Inneres nach außen gekehrt, einmal durcheinandergemischt und dann wieder reingestopft worden. Noch völlig benommen halte ich mir den Bauch. Er rumort wie verrückt.

Oh Gott. Ich glaub, ich kotz gleich.

Mühsam schäle ich mich aus der Decke und versuche mich vergebens vom Bett hochzustemmen. Solange ich vollkommen stillhalte, passiert vielleicht nichts. Zähneknirschend drehe ich mich auf die Seite und lege mich wieder hin. *Oh Mann, ist mir schlecht.*

Als mein Kopf auf das Kissen sinkt, merke ich, wie mir Mascara von den Wimpern bröselt, das Make-up hat eine dicke Kruste an meinem Hals gebildet. Ich muss mich dringend waschen, kann mich aber nicht aufraffen. Blinzelnd gucke ich zum Fenster. Das Licht ist viel zu grell.

Mit dem bleiernen Gefühl in der Magengegend kehren die Erinnerungen an die gestrige Nacht zurück.

Wie Mum mich angeschrien hat; Dad und sein vorwurfsvoller Gesichtsausdruck.

Ich weiß noch, dass ich geweint habe, deshalb auch die verklebten Mascaraspuren auf meinen Wangen.

Die Frage ist nur: Woher wussten sie es? Warum waren sie noch wach und haben auf mich gewartet? Ich habe ihnen doch erzählt, ich würde bei Suze bleiben. Ach so, verdammt – Suzes Mum war ja auch da! Ich erinnere mich vage, wie Mum sagte, sie sei gekommen, um sich den Rasenmäher zu borgen.

Außerdem hatte ich den ganzen Abend keinen Handyempfang, und Mum hat keine Ahnung, wie man WhatsApp benutzt. *Scheiße.*

Hektisch krame ich nach meinem Handy: 65 verpasste Anrufe, 26 SMS.

Was hab ich da nur angerichtet?

Ächzend vergrabe ich das Gesicht im Kissen und liege einfach nur wie tot da. Ich wette, LilyLoves hat sich noch nie einen solchen Fauxpas erlaubt. Ich wette aber auch, dass ihre Mum niemals so reagieren würde.

Während Müdigkeit und Schmerzen meinen Körper fest im Griff haben, füllen meine Augen sich mit Tränen. Jetzt stecke ich richtig in der Klemme, würde ich sagen.

KAPITEL 23

Lily

Bei meiner Rückkehr ins Cottage ist Mum oben und telefoniert übers Festnetz mit ihrer besten Freundin, während auf dem Küchentisch mein Smartphone wütend vibriert.

Ich muss gar nicht erst aufs Display schauen, um zu wissen, dass es Bryan ist. Ich wische über den Bildschirm, um die Sperre rauszunehmen: 20 verpasste Anrufe. Mein Herz krampft sich zusammen.

Dann kommt plötzlich eine neue Nachricht rein.

B: Bist du eigentlich völlig übergeschnappt? Wie lange willst du mich noch ignorieren?

In meinem Posteingang warten bereits sieben ganz ähnliche Nachrichten. Ratlos starre ich auf den Bildschirm, ich registriere einen säuerlichen Geschmack in meiner Kehle. Soll ich zurückrufen oder nicht?

Ich weiß genau, was Mum dazu sagen würde: „Er ist doch nur so aufgebracht, weil er sich um dich sorgt." Doch irgendetwas stört mich an der Sache. Wenn er schon den ganzen Abend versucht, mich zu erreichen, heißt das dann, dass zwischen ihm und dieser Nina gar nichts läuft?

Kaum kommt mir ihr Name in den Sinn, zucke ich innerlich zusammen. Ich sehe das hübsche Foto mit dem tiefen Ausschnitt vor meinem geistigen Auge. Wenn sie wirklich so gut befreundet sind, warum hat er sie dann nie erwähnt? Hält er sie vor mir geheim?

Ich presse mir die Fingerknöchel in die Augenhöhlen, bis ich Sternchen sehe. Erst als es zu pulsieren beginnt, nehme ich die Hände wieder herunter und drücke meine Fäuste an die Wangen.

B: Okay, schon verstanden, du bist tierisch angefressen. Aber melde dich bitte trotzdem.

Verdammt. Bevor ich es mir anders überlegen kann, wähle ich Bryans Nummer. Er geht schon beim ersten Klingeln ran.

„Lily? Bist du das? Endlich!“

„Ja.“

Am anderen Ende der Leitung ist ein tiefes Seufzen zu hören.

„Das ist doch total bescheuert. Du bauschst das alles viel zu sehr auf; ich und Jerry wollten doch nur abhängen. Was hast du für ein Problem?“

Ohne ein Wort zu sagen, kneife ich die Augen zu.

„Lil – bist du noch dran? Willst du mich jetzt wieder nur anschweigen?“

„Nein ... will ich nicht. Das mit dem Trinken ist mir egal. Bryan ... du hast vergessen, dich auf meinem Laptop auszuloggen. Ich weiß über Nina Bescheid.“

Jetzt ist Bryan derjenige, der nichts mehr sagt, offenbar hat es ihm die Sprache verschlagen.

Er holt scharf Luft. „Du hast meine Nachrichten gelesen? Willst du mir damit sagen, dass du auf meinem Konto eingeloggt warst? Das ist ein heftiger Verstoß gegen die Privatsphäre!“

„Du hast doch vergessen, dich bei Facebook auszuloggen!“

„Du bist echt geisteskrank ...“

„Nein, hör zu, ich … ich pack das nicht mehr. Ich hab genug. Ich …"

„Das ist dein Problem, nicht meins. Was ist nur los mit dir – willst du Schluss machen? Ist es das, was du willst?"

„Ich weiß nicht. Ich …"

Selbst mir entgeht nicht, wie jämmerlich ich klinge. Meine Hände hören nicht auf zu zittern. Ich beiße mir auf die Unterlippe, aber mein Atem geht immer noch stoßweise. Ich beiße fester zu, bis ich einen metallischen Geschmack auf der Zunge habe.

Mein Schweigen bringt Bryan zum Lachen. Als er die nächsten Worte spricht, glaube ich seiner Stimme anzuhören, dass er grinst.

„Denkst du wirklich, du kannst einfach so mit mir Schluss machen? Was glaubst du, wie deine drei Millionen Fans auf diese Neuigkeit reagieren werden? Wahrscheinlich fangen sie vor lauter Kummer alle an sich zu ritzen, so wie damals, als One Direction ihre Trennung bekannt gegeben haben."

Mir stockt der Atem.

Will Bryan mir etwa drohen?

„Mein Job hat rein gar nichts mit dir zu tun." Ich gebe mir allergrößte Mühe, ruhig zu bleiben, aber meine Stimme zittert, was zum Teil meiner Wut, zum Teil aber auch der plötzlichen Angst geschuldet ist.

Bryan schnaubt verächtlich. „Er hat sehr wohl was mit mir zu tun. Wir sind das typische YouTube-Pärchen. Hast du überhaupt irgendeine Ahnung, was das bedeutet? Es bedeutet …"

Bevor er seinen Satz zu Ende sprechen kann, lege ich auf. Unmittelbar darauf fängt mein Handy erneut an zu vibrieren.

Zitternd liegen meine Hände auf meinem Schoß.

„Beruhige dich, Lily", höre ich die Stimme meiner Mum im Geiste. *„Alles ist gut. Er ist im Unrecht, du kannst ohne schlechtes Gewissen*

mit ihm Schluss machen. Du schaffst das schon. Selbst die allergrößten Teenieidole machen Trennungen durch. Die Fans werden das verkraften."

Trotzdem glaube ich die bohrenden Blicke von drei Millionen Augenpaaren auf mir zu spüren, drei Millionen gebrochene Herzen, drei Millionen Mal Schnitte in die Haut.

Eine Woge rasender Panik schwillt in mir an und droht über mir zusammenzubrechen. Ich habe das Gefühl zu ersticken. Alles vor meinen Augen verschwimmt, ein dunkler Schatten trübt die Ränder meiner Wahrnehmung, und die Wände des Cottages scheinen mich immer mehr zu bedrängen.

Ich muss schleunigst hier raus. Ich brauche frische Luft. Mum kommt laut polternd die Treppe herunter, deshalb schnappe ich mir schnell meine Kapuzenjacke und husche mit klopfendem Herzen zur Tür hinaus.

Es führt kein Weg daran vorbei: Ich muss mich von ihm trennen.

KAPITEL 24
Melissa

Nach und nach wache ich auf und merke, dass mein Gehirn wie vernebelt ist. Etwas richtig, richtig Tolles ist gestern Nacht passiert. Etwas, das mein Leben für immer verändern wird.

Aber was war das noch mal? Habe ich … Moment. Habe ich Fotos von mir und Andy gemacht?

Mit flatternden Lidern schlage ich die Augen auf.

Ist nicht wahr! Ich hatte wirklich was mit Andy Butcher, und ich hab Fotos von uns gemacht. Jetzt fällt mir alles wieder ein.

Ruckartig richte ich mich im Bett auf und greife nach meinem Smartphone.

In meiner Bildergalerie sind ungefähr vierhundert Fotos von Rishs Party gespeichert. Fieberhaft klicke ich mich durch den Ordner: Da ist eins von mir und Louise, auf dem wir beide Schnuten ziehen; Fotos von mir mit Andy und Rish; Gruppenaufnahmen von Leuten in Vintagekleidern, Leute, die ich überhaupt nicht kenne.

Dann sehe ich mir die Fotos von Andy und mir an. Sie sind entscheidend.

Hm.

Die meisten Bilder sind einfach nur schwarz, auf einigen sind unscharfe Lippen oder meine Finger in Nahaufnahme zu sehen. Doch beim Großteil sind unsere Gesichter nicht annähernd zu erkennen. Nur auf einem einzigen finde ich uns ganz gut getroffen. Andy sieht nett aus, aber er schielt ganz leicht – ich dagegen sehe ätzend aus. Meine Haare fallen mir strähnig in die Stirn, mein Gesicht glänzt und ist knallrot. Kann ich das irgendwie noch retten?

Im selben Moment verbindet mein Handy sich mit dem Internet, und eine Reihe von WhatsApp-Nachrichten trudelt ein, sodass das Telefon in meiner Hand vibriert.

Chloe hat ein zwinkerndes Emoji geschickt, während Louises Nachricht aus nur einem Wort besteht: *Erzähl!*

Mir wird eng um die Brust. Oh Gott, ich und Andy haben uns vor aller Augen geküsst. Was werden sie jetzt denken? Ob mich in der Schule alle für eine Schlampe halten?

Er hat nicht den ersten Schritt gemacht; das war ich. Ich erinnere mich lebhaft, wie ich nach seiner Hand gegriffen habe – und alle anzüglich gepfiffen haben. Am liebsten würde ich im Boden versinken. Mann, was stimmt nur nicht mit mir?

Aber ich habe nun mal ganz dringend ein Foto gebraucht.

Ich spüre einen Kloß in der Kehle. Ehrlich, ich bin so was von am Ende. Meine Eltern sind stinksauer auf mich, gestern Abend habe ich mich völlig ungeniert an Andy rangeschmissen, und Chloe und Louise amüsieren sich vermutlich köstlich über mich.

Ich starre ganze zehn Minuten auf meine Bettdecke und fühle mich, als wäre ich tot, bis mir immer klarer wird, dass ich Suze anrufen muss.

Kaum habe ich sie an der Strippe, fängt sie auch schon an zu zetern. „*Was war denn gestern bitte los?* Deine Mum war heute schon in aller Herrgottsfrüh hier, völlig außer sich. Sie hat mich total in die Enge getrieben und wollte mich ausquetschen, von wegen, ob ich wüsste, wo du gestern Nacht warst."

„Oh Gott, es tut mir so unendlich leid." Reumütig vergrabe ich den Kopf in den Händen.

Suze, die genau weiß, wie meine Mum tickt, sagt dazu nichts.

„Es gab neben der Party noch einen weiteren Grund, warum ich erst so spät nach Hause gekommen bin", gebe ich widerstrebend zu.

„Andy?", flüstert sie interessiert, und sofort scheint sich ihre Wut zu legen.

Ein nervöses Prickeln regt sich in meiner Brust.

„Ja …"

„Aaaaaah!", kreischt Suze ins Telefon. „Oh mein Gott! Weiß sonst noch jemand davon?" Mit einem Mal geht eine Veränderung in ihrer Stimme vor, es ist nicht zu überhören. „Ihr habt doch nicht etwa mehr gemacht, als euch nur zu küssen, oder? Bitte sag, dass nicht mehr gelaufen ist."

Nachdem ich tief Luft geholt habe, führe ich meine Erinnerungen an den gestrigen Abend so detailliert wie möglich aus.

Suze holt scharf Luft. „Denkst du, er steht wirklich auf dich?"

„Ähm, keine Ahnung. Er hat mir jedenfalls noch nicht geschrieben."

Ich scrolle durch meine Nachrichten und kaue auf einem Fingernagel herum. Im Hintergrund höre ich, wie Suzes Mum sie zum Essen ruft.

„Tut mir leid, ich muss auflegen. Schick mir eine WhatsApp, sobald du was von ihm hörst", bittet Suze mich.

„Das tu ich. Versprochen."

Ich ziehe den Laptop zu mir her, lade meine Fotos hoch und fange an, das eine gute Bild von Andy und mir zu bearbeiten. Ich verbringe Stunden damit, meine Haare fülliger wirken zu lassen, mein Gesicht zu mattieren und meine Augen weißer zu machen, bis ich mein Aussehen ganz passabel finde.

Als ich fertig bin, lade ich das Foto für einen neuen Blogpost hoch. Die Kussfotos sind für meinen Geschmack ein wenig zu intim, deshalb verzichte ich lieber darauf, sie online zu stellen. Ich bin so froh, dass ich gestern Abend all meinen Mut zusammengekratzt und dieses letzte Foto gemacht habe, sonst hätte ich wahrscheinlich doch peinliche Knutschfotos hochgeladen.

Ich verpasse dem Post den Titel „IssaAdores und Andrew".

Hmm.

„LilyLoves und Bryan" klingt irgendwie viel cooler. Bryan hört sich total nach einem Jungen an, der in einer Band spielt. Bei Andrew dagegen denkt man eher an einen langweiligen Bücherwurm.

Ich überlege eine Zeit lang herum und tippe schließlich „Andy", doch das kommt mir auch nicht richtig vor. Es passt einfach nicht zu ihm. Irgendwie denkt man bei dem Namen an einen lustigen, verschmusten Typen – dabei ist er doch eigentlich groß und muskulös und hat scharf hervorstechende Wangenknochen.

Ich versuche noch ein paar andere Varianten. „IssaAdores und Ryan", „IssaAdores und Brad", „IssaAdores und Zach".

Die Variante mit „Zach" gefällt mir bislang am besten, aber sie erinnert mich zu sehr an Zach Efron. „Jack"?

Genau, „Jack". Das würde gehen: Es klingt interessant. Und es passt total zu ihm.

Aber er sieht trotzdem einen Tick zu jung aus. Bryan trägt auf Lilys Fotos immer einen Dreitagebart oder auch mal einen richtigen Bart; so wirkt er um einiges verwegener und erwachsener.

Ich öffne das Foto erneut und erzeuge per Bildbearbeitung einen leichten Bartschatten auf Andys glatten Wangen.

Ernsthaft, jetzt sieht er richtig gut aus. Ich lade es hoch, runde das Ganze noch mit ein paar Fotos von der Party ab und tippe dazu folgenden Text: *Party am Freitagabend mit Jack. Tollstes Wochenende aller Zeiten. Hoffe, ihr hattet alle einen wunderbaren Abend. Küsschen Issa xoxoxo*

Gerade als ich dabei bin, den Post zu veröffentlichen, vermeldet mein Handy mit einem Summen den Eingang einer neuen Nachricht.

Sie ist von Andy – er hat mir eine WhatsApp geschickt: *Wie geht's deinem Kopf?*

Ich betrachte sein Foto, und meine Mundwinkel heben sich unwillkürlich zu einem Lächeln.

KAPITEL 25

Lily

Ich stolpere aus dem Haus, die Steinstufen hinunter, durch das knarzende Gatter, hinunter bis ans Ende der Straße und über den Fluss. Ich verschwende keinen Gedanken daran, wohin ich trete, folge einfach nur blind dem Weg, einen Fuß vor den anderen setzend. Schneller, immer schneller. Mein Herz hämmert wie verrückt. Ich muss schleunigst hier weg.

„Denkst du wirklich, du kannst einfach so mit mir Schluss machen?“ Hat Bryan das allen Ernstes gesagt? Aber er hat es offensichtlich genau so gemeint. Er scheint wirklich der Ansicht zu sein, ich hätte gar keine Wahl. Das, was er über meine Fans gesagt hat – irgendwie hatte ich den Eindruck, als wollte er mich erpressen. Oder reagiere ich total übertrieben?

An einem morschen Baumstumpf mache ich halt, um wieder zu Atem zu kommen. Erst da fällt mir auf, dass es mittlerweile dunkel geworden ist. Die Sonne ist untergegangen, die Weizenfelder liegen einsam und verlassen da. Der Wind bringt die Blätter an einem nahen Baum zum Rascheln. Das erste Mal seit Monaten bin ich vollkommen allein.

Ein leises Muhen tönt über die etwas weiter entfernten Weiden, doch irgendwie will es mir nicht gelingen, ins Hier und Jetzt und in diese entspannende ländliche Idylle zurückzufinden. Alles kommt mir mit einem Mal viel lauter, greller vor.

Das Rascheln der Blätter lässt mich aufhorchen. Die frische Luft erzeugt eine gewisse Enge in meiner Brust. Es ist so dunkel, dass meine Augen nervös hin und her huschen.

Ich wünschte, ich wäre nicht laufend im Fokus so vieler Menschen. Ich wünschte, ich müsste mich nicht ständig darum sorgen, dass mein Leben nach außen hin perfekt wirkt. Ich wünschte, niemand wüsste etwas von mir und Bryan.

… Ich wünschte, ich hätte diesen YouTube-Kanal niemals angefangen.

Jeder einzelne Tag geht drauf mit Hunderten von Twittermeldungen, Instagram-Posts und Erwähnungen auf Facebook, Tausenden von E-Mails, Zehntausenden von Kommentaren. Leute lauern mir vor unserer Wohnung auf – wir können kaum das Haus verlassen, ohne dass sie in Scharen herbeigelaufen kommen, um ein schnelles Selfie mit uns zu machen. Ständig habe ich das Gefühl, verfolgt oder beobachtet zu werden, ständig blicke ich mich verstohlen über die Schulter um. Ich bin nie richtig allein.

Und hinke irgendwie immer hinterher.

Schwermütig lasse ich meinen Blick über die ruhigen, weitläufigen Felder schweifen.

Was, wenn Bryan recht hat? Was, wenn meine Follower sich von mir abwenden, wenn ich mit ihm Schluss mache? Dann laufe ich vielleicht Gefahr, dass meine ganzen Sponsoren sich zurückziehen. Aber wäre das denn wirklich so schlimm? Ich könnte zurück nach Suffolk ziehen. Ganz neu anfangen. Weniger Follower, weniger Geld, weniger Arbeit – das muss doch nicht zwangsläufig schlecht sein, oder?

Ein eisiger Windstoß fährt mir in die Glieder, mir ist so kalt, dass meine Zähne klappern.

Das einzige Problem ist … insgeheim hänge ich an diesem Kanal. Ich liebe meine Fans. Ich bin stolz auf die Community, die ich geschaffen habe. Es ist das Einzige, wofür ich tatsächlich gemacht zu sein scheine, mein einziges Talent: zu anderen Menschen jenseits eines Bildschirms eine Verbindung aufzubauen.

Ich weiß noch, wie ich den Videoblog gestartet und mich gefreut habe, als ich ganze zehn Abonnenten hatte. Bei den ersten Zehntausend war ich fassungslos vor Glück, ich dachte, das alles wäre ein Traum. Die ersten Kommentare, die hinterlassen wurden, waren unheimlich positiv und machten mir Mut.

Zu Beginn waren diejenigen, die meinen Kanal abonniert hatten, mir selbst recht ähnlich: Mädchen, die sich für Make-up und Mode interessierten. Inzwischen folgen mir die unterschiedlichsten Leute. Es sind derart viele geworden, dass mich an manchen Tagen das Gefühl beschleicht, jeder auf der Straße kennt mich.

Vielleicht hätte ich von vornherein dafür sorgen müssen, dass das Ganze nicht so überhandnimmt? Ich hätte Bryan da raushalten sollen – inzwischen ist es ja gar nicht mehr wirklich mein Kanal, sondern unserer. Deshalb kann ich tatsächlich nicht einfach so tun, als hätte es diese Beziehung nie gegeben. Unsere gemeinsamen Videos werden für alle Zeiten öffentlich zu sehen sein. Und niemand wird je die Wahrheit kennen.

Ich atme tief durch und fahre mir mit den Händen durch die strubbeligen Haare. Dank der frischen Luft beruhigt sich mein Herzschlag allmählich wieder, aber ein letzter Rest Nervosität bleibt. In meiner Verzweiflung presse ich mir die Fingerkuppen an die Schläfen. Ich brauche dringend eine Pause vom Internet. Es ist mir nicht mehr möglich, die vielen Stimmen zu verarbeiten. Und die Trennung von Bryan muss ich auch erst einmal verdauen. Alle werden sich gegen mich stellen: meine Anhänger, meine Sponsoren, Mindy. Meine Lippenstift-Kollektion kann ich dann vielleicht auch vergessen.

Ich spüre, wie mir die Tränen kommen. Mir ist immer noch unbegreiflich, wie Bryan sich derart gegen mich stellen konnte. Warum will er jetzt alles kaputt machen, wofür ich so hart gearbeitet habe?

Die Stille der Nacht klingt mir in den Ohren.

Kein Piepsen ist zu hören, kein Plingen, kein Vibrieren und kein Summen. Niemand versucht mich zu erreichen. Hier draußen könnte ich fast so tun, als würde das Internet gar nicht existieren.

Ich zwinge mich weiterzugehen, langsamer jetzt, ich überquere die Lichtung. Der vertraute Weg wird schmaler und fällt dann steil ab in eine Senke. Inzwischen habe ich wegen der Dunkelheit Schwierigkeiten, meine Füße zu heben und dem dornigen Gestrüpp auszuweichen.

Autsch!

Eine Brennnessel streicht über mein Knie. Ich hopse ein Stück auf einem Bein weiter – okay, diese Sandalen sind definitiv nicht das passende Schuhwerk – und stolpere hinaus auf eine Lichtung.

Als Nächstes gerate ich versehentlich auf eine sandige Böschung und tapse hangabwärts auf eine Wiese. Irgendwie habe ich es geschafft, mit dem Fuß umzuknicken, und lande extrem unsanft auf dem Boden. Ein Knacken ist zu hören.

Wie benommen starre ich auf meinen linken Knöchel, der seltsam verdreht aussieht. Ein dumpfer Schmerz schießt durch mein Bein. Er Knacken zunächst in Wellen und bleibt dann dauerhaft intensiv. Ich unterdrücke ein Stöhnen und versuche vorsichtig weiterzugehen. Keine Chance. Die Qualen sind unerträglich. Ich sitze hier fest.

Ganz in der Nähe ist das Bellen eines Fuchses zu hören, mein Puls beschleunigt sich schlagartig. Scheiße. Ich hab mir den Knöchel verstaucht und sitze mutterseelenallein in der Wildnis. Ausgerechnet in dieser Situation habe ich kein Handy bei mir. Keine Möglichkeit, Hilfe zu holen.

Statt Panik zu schieben, sitze ich apathisch da. Der Tag heute könnte gar nicht ätzender werden.

Und das alles nur wegen dieser Scheißsandalen!

In einer einzigen fließenden Bewegung löse ich die Schnalle an meinem rechten Schuh, ziehe ihn vom Fuß und schleudere ihn von mir. Irgendwo auf der Lichtung scheint er mit einem dumpfen Schlag gegen etwas zu prallen.

„Autsch“, ruft eine körperlose Stimme.

Ich reiße den Kopf hoch. *Ist da jemand? Muss ich Angst haben vor dieser Person?*

Jetzt mach dich nicht lächerlich. Du brauchst Hilfe. Mach dich bemerkbar!

„Hey, tut mir leid, das war mein Schuh – ich kann nicht mehr laufen.“

Der Wind dämpft meine Stimme etwas, und sie klingt heiserer als erwartet. Im nächsten Moment sehe ich eine dunkle Gestalt auf mich zukommen, und sofort packt mich die nackte Angst.

„Lily?“

Zu meinem großen Erstaunen taucht Chris' Gesicht aus dem Gebüsch auf.

„Chris!“

Ich bin so erleichtert, dass ich am liebsten losheulen würde.

„Hey! Was ist denn um Himmels willen passiert? Du bist hier auf einer unserer Kuhweiden; die Biester hätten dich tottrampeln können.“

Er geht neben mir in die Hocke. Ein unangenehmer Geruch von Bier und Schweiß dringt mir in die Nase, ich bin einigermaßen verwundert. Mit dem Ärmel wische ich mir die Tränen aus den Augenwinkeln. Chris' große, schwielige Hände schließen sich in der Dunkelheit um meine, und als er mir besorgt mit dem Daumen über die Handinnenfläche streicht, durchfährt mich ein Schauder.

Er sieht mir eindringlich ins Gesicht, und im schwachen Schein des Mondes bemerke ich ein leichtes Zucken um seine Mundwinkel. Er hält meine Sandale in der Hand, der lose Riemen flattert im Wind.

„Hat dir der Große Böse Hund das angetan?", fragt er scherzhaft.

Der Witz ist noch nicht mal komisch, aber trotzdem lasse ich mich gegen seine Brust fallen und lache, bis mir der Bauch wehtut.

KAPITEL 26
Melissa

Ich habe mich ins Bett gekuschelt, neben mir mein Laptop, dessen Bildschirm zur Hälfte von meinem Chat mit Andy eingenommen wird, zur anderen Hälfte von einem Fenster, in dem LilyLoves-Videos in Dauerschleife laufen. In allen sind Lily und Bryan zusammen zu sehen.

Während Lily gerade in lautes Gelächter ausbricht, scrolle ich durch meine Unterhaltung mit Andy. Er hat sich tatsächlich gemeldet, wir schreiben schon eine ganze Weile hin und her. Es sieht so aus, als hätten wir uns richtig was zu sagen. Melissa Davies, du Glückspilz! Ich kann nicht fassen, dass das echt passiert und nicht nur eine Ausgeburt meiner Fantasie ist.

Ich berühre den Namen „Andy" auf dem Monitor. Er ist eindeutig da. Fest in meine Bettdecke gewickelt brüte ich in meinem kleinen Kokon des Glücks vor mich hin. Jede neue Nachricht von Andy jagt mir ein angenehmes Prickeln durch den Körper, und jedes Video von Lily und Bryan bringt mein Herz zum Flattern. Endlich habe ich das, worum ich die beiden immer beneidet habe. Nicht mehr lange, dann wird mein Leben so perfekt sein wie ihres.

Ein Klopfen an der Tür reißt mich aus meinen Tagträumen.

Mist, das muss Mum sein.

Hastig stelle ich den Ton an meinem Laptop stumm und lasse es unter meiner Bettdecke verschwinden. Mum ist süchtig nach Reality-Shows und tut trotzdem immer so, als wäre ich komplett plemplem, weil ich mir auf YouTube Videos von irgendwelchen wildfremden Leuten ansehe. Manchmal habe ich das Gefühl, ältere Menschen haben einfach keinen Peil, wie es in der modernen Medien- und Unterhaltungsindustrie läuft: Sie kennen nichts anderes als von vorn bis hinten durchkonzipierte Fernsehshows, alles andere ist ihnen fremd. Da möchte ich nicht, dass sie meine Unterhaltung mit Jack – ich meine Andy – zu sehen bekommt, wer weiß, was sie dann wieder denkt.

Im Moment ist mir einfach nicht nach einem Gespräch mit ihr zumute. Ich weiß genau, dass ich Mist gebaut habe. Natürlich hätte ich früher nach Hause kommen sollen und sie nicht anlügen dürfen. Aber woher soll sie auch wissen, wie wichtig der gestrige Abend für mich war.

Wieder ist ein Klopfen an der Tür zu hören.

„Komm rein", nuschle ich undeutlich und ziehe mir genervt die Decke über den Kopf.

Als die Tür aufgeht, kommt zu meiner großen Verwunderung Dad ins Zimmer spaziert, mit einem Tablett voller Sandwiches mit gebratenem Speck in den Händen. Ich schnuppere genüsslich, als mir der köstlich salzige Geruch in die Nase dringt, und mit einem Schlag wird mir bewusst, dass ich den ganzen Tag lang noch nichts gegessen habe. Vorsichtig stellt mein Vater den Teller auf meinem Nachttischchen ab und lässt sich am Fußende meines Bettes nieder.

Mir knurrt plötzlich der Magen vor Hunger.

„Na, wie geht es dir?", erkundigt er sich.

Dads braune Haare stehen ihm wirr vom Kopf ab, unter den Augen zeichnen sich dunkle Schatten ab. Natürlich ist mir nicht entgangen, dass er oft bis tief in die Nacht hinein arbeitet und unter der Woche ständig hin- und herpendelt, aber heute sieht er wirklich total fertig aus, dabei haben wir Wochenende. Erst da kommt mir der Gedanke, dass ich vielleicht Schuld daran habe, und sofort überkommen mich nagende Schuldgefühle.

„Ganz okay", sage ich, doch beim letzten Wort versagt mir beinahe die Stimme.

Dad starrt mich durchdringend an. Seine Augen sind erstaunlich blau, ein bisschen wie Lilys. Ich kann mich gar nicht erinnern, wann wir uns das letzte Mal richtig unterhalten haben. Damit wir uns nicht missverstehen, es ist nicht so, als würden wir nicht miteinander klarkommen: Mit meinem Dad kann ich sogar viel besser reden als mit Mum; er ist nur nie da. Unter der Woche kommt er in der Regel erst nach Hause, kurz bevor ich ins Bett gehe, und an den Wochenenden sind er, Mum und Aidy meist schon unterwegs, wenn ich noch nicht mal aufgestanden bin.

Erschöpft reibt er sich die müden Augen und unterdrückt ein Gähnen.

„Deine Mum hat mich gebeten, mit dir zu reden. Dir muss doch klar sein, dass du so nicht weitermachen kannst, oder? Das kannst du uns nicht antun. Immerhin bist du uns sehr wichtig. Du hast doch gesehen, was für immense Sorgen wir uns gestern Abend gemacht haben."

Verlegen weiche ich seinem Blick aus und lasse meine Augen durchs Zimmer huschen.

„Hör zu, Dad, ich weiß, dass ihr euch Sorgen gemacht habt, und das tut mir auch wirklich sehr leid. Ich wollte euch keinen Ärger machen. Es ist nur ... Mums Reaktion war so maßlos übertrieben. Anders als du hat sie sich nämlich nicht einfach nur Sorgen gemacht. Sie erträgt es nicht, wenn sie nicht die Kontrolle hat."

Dad atmet langsam aus und schüttelt den Kopf. Aber er lächelt. „Du denkst, du durchschaust alles, oder? Das ist typisch Teenager, zu glauben, dass man alles besser weiß."

Mir klappt die Kinnlade herunter. Dad ist so gut wie nie zu Hause. Woher will er eigentlich wissen, wie Mum tickt? Woher will er irgendwas über unser Verhältnis oder unsere Familie wissen?

„Tja, ich schätze, das beruht auf Gegenseitigkeit", sage ich.

„Entschuldige bitte, was meinst du?"

„Vielleicht weiß ich mehr über diese Familie als du – hast du dir das schon mal überlegt?"

Dad macht ganz große Augen und sieht mich fassungslos an. Ich lasse ihm gar keine Gelegenheit, sich zu verteidigen.

„Woher willst du wissen, was hier abgeht? Du bist doch so gut wie nie zu Hause. Ich kann mich gar nicht erinnern, wann du dich das letzte Mal mit mir unterhalten hast. Gestern Nacht war die totale Ausnahme. Weißt du überhaupt, dass ich deine Stimme seit ungefähr einem halben Jahr nicht mehr gehört habe? Und Mum ist kein bisschen besser als du. Keiner von euch interessiert sich ernsthaft für mich. Ihr habt keinen Schimmer, wie es mir mit meinen Prüfungen geht oder was in meinem Leben gerade passiert. Keiner von euch versucht auch nur ansatzweise zu verstehen, was in mir vorgeht; weil es euch nicht die Bohne interessiert. Was ich im Grunde nicht weiter schlimm finde – ehrlich, mir ist das so was von schnuppe. Aber tut bitte nicht so, als würdet ihr euch um mich sorgen, denn das tut ihr nur, wenn es euch gerade in den Kram passt."

Dad macht ein Gesicht, als hätte ich ihn geohrfeigt.

„Wie kommst du denn darauf, dass ..."

Mir schnürt es die Kehle zu.

„Hör zu, ich will nicht darüber reden. Kannst du bitte einfach gehen?" Damit wende ich mich von ihm ab und vergrabe das Gesicht in meinem Kissen.

Im selben Moment wird meine Zimmertür aufgestoßen und knallt mit einem harten Schlag gegen die Wand.

Mit hochrotem Gesicht und zornsprühenden Augen steht Mum im Türrahmen. Na toll. Dad wollte gar nicht von sich aus mit mir reden, Mum hat ihn instruiert, was er sagen soll. Wie es aussieht, stand sie die ganze Zeit draußen auf dem Flur, um zu lauschen. Typisch Helikoptermutti.

„Melissa!“, schnaubt sie. „Deinetwegen haben dein Dad und ich gestern Nacht die Hölle auf Erden erlebt. Und jetzt kannst du dich nicht einmal anständig entschuldigen? Tut mir leid, dass die Erde sich nicht nur um dich dreht. Und entschuldige bitte, wenn du das Gefühl hast, die Welt wäre ungerecht zu dir, aber wenn du weiter solche Zicken machst und dich aufführst wie ein verzogenes Gör, wie kannst du dann um Himmels willen erwarten, dass man dich behandelt wie einen erwachsenen Menschen?“

Sie lässt mir keine Gelegenheit, mich zu rechtfertigen, denn schon wendet sie sich Dad zu.

„Geh bitte, Ian. Im Moment ist sie zu keinem vernünftigen Gespräch in der Lage. Es hat keinen Sinn.“

Dad wirft mir einen entschuldigenden Blick zu, dann steht er langsam auf und folgt ihr hinaus auf den Flur.

„Tschüss!“, rufe ich ihnen noch hinterher.

Dann fällt die Tür mit einem lauten Knall ins Schloss.

Erst als sie beide wieder unten sind, atme ich aus. Entschlossen greife ich mir mein Kissen, werfe mich damit gegen das Kopfteil des Bettes und schreie aus voller Kehle.

Ich will nur noch weg von hier. Ich will mit Andy in eine eigene schnuckelige kleine Wohnung ziehen, wie Lily. Wenn ich doch mit ihr tauschen könnte.

Ich wünschte, ich wäre Lily.

Als ich mich wieder einigermaßen beruhigt habe, hole ich meinen Laptop raus, rufe meinen Blog auf und sehe mir die Bilder von Andy und mir noch einmal an. Besser gesagt von Jack und mir. Ich stelle mir vor, dieser Jack wäre ein Junge aus Fleisch und Blut, dreiundzwanzig Jahre alt, mit eigener Wohnung in London, und natürlich spielt er in einer Band. Ich male mir aus, wie es wäre, mit ihm zusammenzuwohnen, zusammen zu kochen, ins Museum zu gehen und mir mit ihm Kunstausstellungen anzusehen, und abends würden wir uns meistens auf irgendwelchen Partys herumtreiben. Ich stelle mir vor, wie wir Arm in Arm betrunken nach Hause wanken, ohne dass dort jemand auf uns wartet, um uns eine Standpauke zu halten. Wir würden aufs Bett fallen, uns küssen und die Laken ordentlich zerwühlen. Der nächste Morgen wäre einfach wundervoll und nicht weniger romantisch – ich würde mich mit Jack im Schneidersitz auf den kleinen Teppich auf dem Holzboden setzen und einen Müsliriegel essen, während er mir einen Song vorspielt, den er gerade für mich komponiert hat.

Ich habe diese Szene so lebhaft vor Augen, dass man fast glauben könnte, sie wäre Realität. Ich habe den Duft der Kerzen in der Nase, spüre den harten Holzboden unter meinem Hintern, höre das Klimpern der Gitarre. Wenn ich ganz fest die Augen schließe und es mir ganz fest wünsche, wird es vielleicht wirklich wahr.

Kurz kneife ich die Augen zu, dann schlage ich sie wieder auf und konzentriere mich auf das Zimmer. Aber nichts hat sich verändert. Ich bin immer noch ich. Da sind keine Kerzen, keine Musik, kein Teppich auf dem Holzboden. Kein Jack. Ich bin mutterseelenallein, und in meinem Zimmer herrscht ein heilloses Durcheinander, überall liegen Kleidungsstücke herum.

Der einzige Unterschied ist der, dass auf meinem Kissen jetzt schwarze Flecken von meiner Wimperntusche zu sehen sind.

KAPITEL 27

Lily

Der Wind wirbelt das goldene Laub zu meinen Füßen auf, als ich mich gegen Chris' Brust lehne und durch sein T-Shirt dem leisen Pochen seines Herzens lausche.

Mein Knöchel pulsiert, aber der Schmerz lässt allmählich nach. Ich versuche, meinen Fuß möglichst still zu halten und bleibe regungslos sitzen, um dem rhythmischen Klopfen unter meinen Fingerkuppen nachzuspüren.

Chris drückt sanft meine Schulter.

„Was würdest du ohne mich nur tun?"

Bei diesen Worten vibriert seine Kehle, und die kurzen Stoppeln an seinem Kinn schaben über meinen Scheitel. Ich ertappe mich dabei, wie ich langsam das Gesicht hebe, um ihn anzusehen.

Doch plötzlich reiße ich erschrocken die Augen auf. Was fällt mir nur ein?

„Ähm, ich muss los", erkläre ich hastig.

Mühsam versuche ich, auf die Beine zu kommen, schreie aber jäh auf, als ein scharfer Schmerz in meine Sehne fährt.

Chris packt mich am Arm, um mich zu stützen, und sieht mich tadelnd an.

„Ich finde, du solltest es etwas langsamer angehen", sagt er kopfschüttelnd.

Sanft lässt er seine warmen Fingerkuppen über mein Handgelenk wandern und greift nach meiner Hand.

Sein Gesicht ist nur noch wenige Zentimeter von meinem entfernt, ich nehme jedes einzelne Härchen und jedes einzelne Fältchen wahr.

„I-ich … weiß nicht, wie ich, äh … Ich muss … Bryan", stammle ich wie beschränkt.

Seine buschigen Augenbrauen wandern nach oben, dann heben seine Mundwinkel sich zu einem amüsierten Lächeln, und er lässt meine Hand wieder los.

„Keine Sorge", ist alles, was er sagt.

Erleichtert atme ich aus. Was ist nur los mit mir? Ich bin ja völlig durch den Wind. Irgendetwas stimmt nicht mit meinem Gehirn.

„Soll ich dich nach Hause bringen?", fragt Chris.

Aber ich höre ihm gar nicht richtig zu. Unwillkürlich presse ich meine Faust in die Augenhöhle. Dann hebe ich die Hand und klatsche sie mir an die Stirn.

„Lil, hör auf damit!"

Chris packt meine Hand und zieht sie von meinem Gesicht weg. Eine tiefe Falte hat sich in seine Stirn gegraben, trotzdem zupft ein Lächeln an seinen Mundwinkeln.

„So abstoßend bin ich doch wohl auch nicht, oder?"

Ich brauche eine Weile, bis seine Worte zu mir durchdringen. Oh Mann, habe ich mir gerade wirklich vor seinen Augen die Hand an die Stirn geschlagen?

Schweigend zieht Chris mich am Arm zu sich her und legt ihn sich um den Rücken, sodass ich mich mit meinem ganzen

Gewicht gegen ihn lehnen kann. Jede Bewegung tut weh, ich zucke vor Schmerz zusammen. Dann humple ich ein paar Schritte nach vorn.

Chris verdreht die Augen. „Oh Mann."

„Was denn?", frage ich und kämpfe mich weiter vorwärts.

„Mach dich nicht lächerlich, so geht das nicht."

Entschlossen schiebt er mir die Arme unter Oberschenkel und Rücken und hebt mich in einer fließenden Bewegung hoch. Wieder zucke ich zusammen, weil mein Bein dabei schlackert, doch dann verlagert er mich auf seinen Armen so, dass er meinen Fuß stützt und ich keine Schmerzen mehr spüre.

Ich bin wie erstarrt. Er hält mich so fest an seine Brust gepresst, dass ich die Wärme spüre, die von ihm ausgeht. Irgendwann beginnt mir der Nacken wehzutun, deshalb lehne ich meinen Kopf sanft gegen seine Schulter.

„Danke", flüstere ich und höre, wie er zur Antwort ein kurzes Knurren ausstößt.

Er atmet tief durch, sodass ich den Eindruck bekomme, er wolle etwas sagen, doch dann fängt er plötzlich an zu pfeifen.

Schmunzelnd schließe ich die Augen. Ich genieße es, mich von ihm nach Hause tragen zu lassen, und gebe mich ganz dem Rhythmus seiner Schritte hin.

Am Gatter vor unserem Cottage setzt Chris mich behutsam ab. Er wirft einen prüfenden Blick in Richtung Wohnzimmerfenster. Durch die Vorhänge fällt immer noch Licht nach draußen, meine Mutter scheint also noch wach zu sein.

Ich folge seinem Blick, kann aber niemanden sehen. Warum sollte Mum auch ausgerechnet jetzt aus dem Fenster schauen. Ich verlagere mein ganzes Gewicht auf mein gesundes Bein und sehe ihn verlegen an.

„Danke", sage ich schließlich.

„Wer hätte gedacht, dass ich dich einmal nach Hause tragen würde. Als wir noch Kinder waren, hätten wir das wohl nie für möglich gehalten."

„Na, als ich sechs war, hättest du mich garantiert nicht hochbekommen."

„Und ob ich das geschafft hätte; du warst doch damals schon so ein Leichtgewicht."

Ein Zucken umspielt meine Mundwinkel. Doch dann macht sich betretene Stille zwischen uns breit. Keine Ahnung, warum ich mich heute Abend unbedingt mit Chris treffen wollte. Wir kennen uns eigentlich so gut wie gar nicht. Jedenfalls nicht mehr so wie früher.

In mir meldet sich eine leise Stimme: *Oh doch, du kennst ihn, sehr gut sogar. Er war der Junge, mit dem du Brombeeren gepflückt hast, der Junge, mit dem du vor deiner Mum ausgebüxt bist. Du hast drei Tage lang geheult, als er die Schule wechseln musste. Er war dein allerbester Freund.*

„Ende des Monats bin ich wahrscheinlich wieder in London, um Jasmine zu besuchen", sagt Chris und unterbricht damit meine Gedanken. „Wäre schön, wenn man sich sieht."

„Du meinst das letzte Wochenende in diesem Monat? Da findet meine Launch-Party statt, ich werde ziemlich beschäftigt sein. Aber du kannst gerne mitkommen, wenn du möchtest."

„Was ist denn eine Launch-Party?"

Als ich es Chris erkläre, kräuseln sich seine Lippen zu einem Schmunzeln.

„Du willst, dass ich wie ein Groupie Schlange stehe und darauf warte, dass du mir ein Autogramm gibst? Vergiss es!" Er lacht, doch in seiner Stimme schwingt ein seltsamer Unterton mit.

„Nein, nein. Du sollst mich als Freund und moralische Unterstützung begleiten!"

Er stößt ein abschätziges Prusten aus.

„Tut mir leid, Lily, aber YouTube, Make-up und Selfies sind nicht ganz mein Ding."

Ein enttäuschter Ausdruck huscht über mein Gesicht.

YouTube, Make-up und Selfies? Was will er mir damit sagen?

Ich sehe zu ihm auf, die Stirn leicht gerunzelt. Ja, es stimmt, Chris war immer mein bester Freund. Aber er ist nicht mehr derselbe wie damals. Ich ja auch nicht, oder? Ich habe mich weiterentwickelt, mir ein völlig neues Leben in der Stadt aufgebaut. Er dagegen ist hiergeblieben und arbeitet jetzt auf dem Hof seiner Eltern. Er hat keinen Schimmer, womit ich mein Geld verdiene. Bestimmt hat er keine Ahnung, wie anstrengend dieser Job ist, und hält überhaupt nichts davon.

Ich denke zurück an mein Leben mit Bryan. Wir beide führen ein Dasein im Licht der Öffentlichkeit. Unsere Existenz findet vor allem online statt. Wir beide wissen, wie der Hase läuft.

„Klar, dann vielleicht ein anderes Mal. Wir sehen uns", sage ich. „Hab eine schöne Zeit in London."

„Ja, du auch, bis dann."

„Okay", gebe ich zurück, aber wir wissen beide genau, was das bedeutet.

Die Zähne fest zusammengepresst gehe ich auf das Cottage zu. Jeder einzelne Schritt jagt einen stechenden Schmerz durch mein Bein, aber ich beiße mir auf die Unterlippe, gehe unbeirrt weiter und drehe mich kein einziges Mal zu ihm um.

Nicht einmal, als ich nach einer gefühlten Ewigkeit die Tür erreicht habe, wage ich es, mich umzusehen, weil ich nämlich Angst habe, Chris könnte längst gegangen sein.

KAPITEL 28

Lily

In regelmäßigen Abständen geht ein heftiges Ruckeln durch den Zug, sodass der Stapel Papier vor mir durcheinanderrutscht und sich über den Plastiktisch verteilt. Seufzend raffe ich die Blätter wieder zusammen. Ich habe das bevorstehende Meeting bereits dreimal verschoben. Im Grunde ist es eine allerletzte Besprechung, bevor meine erste eigene Lippenstift-Linie auf den Markt kommt. Wir wollen unter anderem überlegen, was für weitere Kosmetikprodukte wir in meinem Namen vermarkten könnten. Deshalb hat Mindy mir einen dicken Stapel mit diversen Tabellen und Untersuchungen zugeschickt – darin geht es um Abonnenten-Loyalität, Verkaufszahlen und solche Dinge – total ödes Zeug.

Jetzt sehe ich mir eine PowerPoint-Präsentation auf meinem Laptop an und kaue dabei gelangweilt auf den Fingernägeln herum. Als ich zwischendurch aus dem Fenster blicke, stelle ich fest, dass die grüne Landschaft nach und nach von einem einheitlichen Grau abgelöst wird.

Mein Handy fängt an zu vibrieren.

Es ist nicht wie erwartet Bryan. Sondern Mindy.

Erleichtert atme ich auf. Offenbar hat Bryan doch endlich aufgegeben, nachdem ich mich zwei Tage lang taub gestellt und nicht auf seine Anrufe reagiert habe. Blöderweise muss ich trotzdem zurück nach London, weil diverse Meetings anstehen. Jetzt kann ich es nicht länger hinauszögern, ich werde mich einem Gespräch mit ihm stellen müssen.

Ich ziehe die Ärmel lang und verberge meine zu Fäusten geballten Hände darin. Ein Schauder jagt durch meinen Körper und bringt meine Lippen zum Beben. Wenigstens ist es mir gelungen, ein bisschen was von meinem Pensum abzuarbeiten, während ich zu Hause bei Mum war. Ich habe meine E-Mails auf unter 1000 ungelesene Nachrichten reduziert und konnte sogar Material vorbereiten, das Ende nächster Woche online gehen soll. Ich habe in dem Video so getan, als wäre Bryan bei mir, denn kaum sind wir mal nicht zusammen zu sehen, kommen Hunderte von Anfragen über Twitter, weil die Leute wissen wollen, ob wir uns womöglich getrennt haben.

Ich kaue auf meinem Daumen herum und ziehe an der eingerissenen Nagelhaut. Insgeheim wünsche ich mir, er würde endlich zugeben, dass zwischen ihm und Nina etwas läuft. Wenn er nur irgendwas sagen würde, damit ich endlich Klarheit habe. Die Wahrheit ist nämlich, ich vermisse Bryan. Ich vermisse das gemeinsame Aufwachen, die gemeinsame Arbeit, das gemeinsame Kochen.

Während der Zug in den Bahnhof einfährt, atme ich die rußige Londoner Luft ein und spüre sofort den Hustenreiz in der Kehle. Eine Flut von Pendlern schiebt sich durch die Zugangsbarrieren. Wieder einmal wandert meine Hand an meine Augenhöhle, gegen diesen Tick komme ich einfach nicht an. Ziemlich viel los hier. Normalerweise fahre ich nicht zu den Stoßzeiten mit den öffentlichen Verkehrsmitteln, deshalb bin ich solche Menschenmassen nicht gewohnt.

Mit großer Anstrengung wuchte ich mein Gepäck aus dem Zug und mische mich ins Gedränge der Fahrgäste, die in Richtung Bahnhofsgebäude strömen. Gerade suche ich in meiner Tasche fieberhaft nach der Fahrkarte, als mir jemand auf die Schulter tippt.

„Entschuldigen Sie", höre ich eine tiefe Stimme sagen. Ein dürrer Kerl beugt sich zu mir hin – viel zu nah für meinen Geschmack. Es fehlt nicht viel, und unsere Wangen würden sich berühren. Suchend blicke ich mich um, dann nehme ich einen grellen Blitz direkt vor meinem Gesicht wahr. Hat er mich gerade fotografiert? Prüfend blickt er auf das Display seines Handys und scheint zufrieden mit der Aufnahme.

Ohne mich noch eines Blickes zu würdigen, wendet er sich ab und geht weiter.

Völlig verdattert stehe ich da und blicke ihm nach. Ich fühle mich, als hätte er mich ausgeraubt.

Dann fängt plötzlich ein junges Mädchen mitten in der Menge an zu quieken.

„Oh mein Gott! Das ist doch LilyLoves, oder?"

Zwei dunkelhaarige Mädchen kommen mit freudestrahlenden Gesichtern auf mich zugeflitzt.

Oh nein, bitte nicht jetzt.

„Ich wusste es! Ich habe dich sofort erkannt!", kreischt die eine begeistert. Fehlt noch, dass sie vor Aufregung auf und ab hüpft.

„Wir sind nur deinetwegen nach London gekommen, wir wollten dich unbedingt sehen. Ist das zu fassen? Jetzt haben wir dich tatsächlich getroffen!", schwärmt die andere.

„Können wir ein Foto von dir machen?", betteln sie beide.

„Klar."

Ich ringe mir ein gequältes Lächeln ab, und schon haben sie beide ihre Handys gezückt und drücken den Auslöser.

Als ich endlich vor unserer Wohnungstür stehe, nicht ohne unterwegs von mindestens dreißig Fans aufgehalten worden zu sein, fühle ich mich, als wäre ich bei einem Marathon mitgelaufen. Um mich herum dreht sich alles, und meine Arme und Schultern schmerzen, weil ich mein Laptop und meine Videokamera mit mir herumschleppen musste. Im Flur breche ich erschöpft zusammen und lasse die Taschen fallen.

Bryan steht schon vor mir, bevor ich die Chance habe, meine Schuhe auszuziehen. Bei seinem Anblick wird mir ganz eng um die Brust.

Er sieht wie immer gut aus, sein Bart ist perfekt gestutzt, aber er wirkt müde, als hätte er kaum geschlafen. Im Weiß seiner Augen sind rote Äderchen zu erkennen, und seine Haare sehen nicht wie sonst gewollt zerzaust, sondern richtig strubbelig aus. Mein Blick zuckt zu dem komplett mit leeren Bierdosen vollgestellten Beistelltisch.

Bryan lässt den Kopf hängen.

„Lily …"

Beim Klang seiner Stimme werde ich sofort weich.

Bryan stürzt auf mich zu und schlingt seine dünnen Arme um mich. Widerstandslos lasse ich mich von ihm halten und sinke gegen ihn, während mir die Tränen übers Gesicht strömen. Schließlich hebt er mein Kinn an und zwingt mich, ihm in die Augen zu sehen.

„Ich habe dich so sehr vermisst", krächzt er mit heiserer Stimme und presst seinen Mund auf meinen.

KAPITEL 29

Melissa

Mit einem dumpfen Knall fällt die Haustür ins Schloss. Kurz danach ist das Knirschen von Schritten auf dem Kiesweg zu hören, gefolgt von einer Autotür, die geöffnet und wieder zugeschlagen wird, und wenig später dem Geräusch eines Motors und von Reifen, die aus der Auffahrt rollen. Dann herrscht wieder Stille.

Mum und Dad sind fort, ich bin allein.

In Aidys Schule findet heute ein Elternabend statt, sie werden also erst in ein bis zwei Stunden zurück sein. Ich spitze die Ohren und lausche, ob von Aidy was zu hören ist, aber es ist unheimlich still im Haus. Hm. Vielleicht ist er ja gar nicht da? Normalerweise passe ich auf ihn auf, wenn unsere Eltern abends Termine haben, aber möglicherweise trauen sie mir so viel Verantwortung nicht mehr zu? Ich flitze in sein Zimmer und rufe ihn, aber er scheint wirklich nicht da zu sein.

Langsam lasse ich die Luft aus meinen Lungen entweichen. Ich habe mich bei ihnen entschuldigt, weil es mir aufrichtig leidtut. Ich hatte eigentlich nicht vor, so lange wegzubleiben, aber irgendwie habe ich dann die Zeit komplett aus den Augen verloren. Sie haben ja keine

Ahnung. Wenn ich früher nach Hause gegangen wäre, hätte ich doch Andy niemals geküsst. Mein ganzes Leben wäre anders verlaufen.

Ach, egal.

Seit Tagen beteuere ich immer wieder, wie leid es mir tut, aber Mum ist weiterhin sauer. Langsam habe ich keine Lust mehr auf diese ständigen Schuldgefühle. Kann sie mir nicht endlich verzeihen? Zerknirscht gehe ich zurück in mein Zimmer, ziehe mir im Bett die Decke über den Kopf und rolle mich in Embryonalstellung zusammen.

Irgendwann beschließe ich, mir die Fotos von Andy auf Facebook noch einmal anzusehen und mir zu überlegen, ob ich vielleicht eins davon für meinen Blog verwenden könnte. Das Problem ist nur, dass er echt nicht weiß, wie man sich auf Bildern optimal in Szene setzt, deshalb sieht er leider auf keinem so gut aus wie in echt. Als Nächstes überfliege ich noch einmal unseren Wortwechsel der letzten Stunden, als ein plingendes Geräusch an meinem Laptop den Eingang einer neuen Nachricht ankündigt.

Mein Herz macht einen freudigen Hüpfer. Erst will ich die Coole spielen und noch ein bisschen warten, bis ich sie lese, aber irgendwann halte ich es doch nicht mehr aus und klicke drauf. Außerdem antwortet Andy immer in Sekundenschnelle.

Auf dem Bildschirm öffnet sich ein GIF von einer Katze, die auf einem Klavier herumklimpert. Irre süß. Ich muss schmunzeln, doch beim Gedanken an meine Eltern wird mir wieder schwer ums Herz. Einen kurzen Augenblick reibe ich mir nachdenklich die Nase, dann tippe ich eine Antwort.

I: Eigentlich lustig, aber heute ist mir nicht nach Lachen zumute …

A: Ein Tag ohne Lachen ist ein verlorener Tag ;) Was ist los?

I: Ach, meine Eltern …

Es dauert eine Weile, bis er reagiert.

A: Erzähl!

Ich sehe, dass er tippt, dann scheint er den Text zu löschen, tippt wieder …

Oh Mann. Vielleicht hätte ich es besser nicht erwähnen sollen. Vielleicht hält er mich jetzt für eine pubertäre Sechzehnjährige, die regelmäßig mit ihren Eltern aneinandergerät.

A: Wenn du Lust auf Ablenkung hast, ich mache demnächst einen Spaziergang zum Skatepark, willst du mitkommen?

Mein Puls beschleunigt sich. Krass. Das ist ein echtes Date, oder? Andy will sich allen Ernstes mit mir verabreden!

Was soll ich tun?

Ich sehe katastrophal aus, meine Haare sind platt gedrückt und das Make-up ist völlig verlaufen. Bleibt mir noch Zeit für eine schnelle Dusche? Und überhaupt, ist das eine gute Idee? Ich werfe einen nervösen Blick zum Fenster hinaus auf die leere Auffahrt. Mum, Dad und Aidy werden so schnell nicht zurück sein.

Wobei … Was kümmert mich das? Ich habe ja wohl ein Recht auf mein eigenes Sozialleben, oder nicht? Soll ich etwa immer nur zu Hause sitzen und Jungfrau bleiben, bis ich alt und grau bin? Sie können mich nicht bis in alle Ewigkeit hier einsperren. Warum werde ich eigentlich behandelt wie eine Kriminelle? Das ist doch vollkommen übertrieben!

Ich werfe einen zweifelnden Blick in den Spiegel. Oh Gott, meine Haare und mein Gesicht … ich muss mich dringend darum kümmern.

I: Können wir uns in einer halben Stunde treffen?

Als Antwort schickt Andy nur einen lächelnden Smiley.

Eine halbe Stunde später stehe ich wartend am Skatepark. Das Herz klopft mir bis zum Hals. Eine leere Chipstüte fegt über eine der Rampen und bleibt entlang der mit Graffiti bedeckten Wand immer wieder an den Gitterstäben des Geländers hängen. Der Wind bringt die Tüte zum Rascheln.

Jetzt steht zumindest fest, dass dieses Treffen ein Riesenfehler war. Ich sehe fürchterlich aus, man kann einfach nicht erwarten, dass es spurlos an einem vorübergeht, wenn man die halbe Nacht wach ist und im Internet chattet. Meine Augen sind gerötet und verquollen. Ich habe mir große Mühe gegeben und mein Innenlid mit weißem Kajalstift nachgezogen (noch so ein Tipp, den ich aus einem YouTube-Video habe), aber irgendwie wirkt mein Blick dadurch nur starr und unnatürlich, deshalb habe ich mich letzten Endes für ein möglichst dezentes Make-up entschieden. Nur ein bisschen Foundation, Rouge, Eyeliner und Mascara. Jetzt sehe ich wenigstens halbwegs passabel aus, auch wenn es kein Vergleich zu meinem Look auf der Party ist. Mein Outfit ist ebenfalls eher unaufgeregt – es ist ziemlich frisch, deshalb trage ich eine Kapuzenjacke, Jeans und Turnschuhe.

Zitternd schaue ich an meiner Kleidung herunter. Es beginnt bereits zu dämmern, der eisige Wind sorgt dafür, dass sich mir die feinen Härchen an den Armen aufrichten. Keine Menschenseele ist zu sehen.

Wie ich meine Entscheidung inzwischen bereue! Ich hätte mir mit meinen Klamotten viel mehr Mühe geben müssen. Und Mum und Dad können jeden Moment nach Hause kommen. Wie bescheuert von mir! Ich wette, Andy kommt gar nicht mehr. Und ich habe kein Netz, sodass ich ihn nicht anrufen und fragen kann, wo er bleibt.

Gerade schaue ich zum hundertsten Mal auf mein Handy, als ein dunkler Schatten über das Display fällt. Ein verhaltenes Hüsteln lässt mich zusammenfahren.

„Hey“, sagt Andy. Er trägt wie ich einen weiten Kapuzenpulli, der ihn noch schmächtiger wirken lässt. Dafür ist sein Gesicht genauso schön gebräunt und hübsch wie immer. Mein Magen fängt an zu flattern.

„Hey“, sage ich mit dünner Stimme, weil ich plötzlich schrecklich nervös bin.

Er zieht die Hand aus der Tasche und reibt sich verlegen den Nacken.

„Du, äh …“

„Wie geht's dir …“

Wir reden beide gleichzeitig los, dann macht sich betretenes Schweigen breit.

„Äh, ich hatte heute einen verdammt harten Tag“, sage ich schließlich.

Andy vergräbt die Hand wieder in der Tasche seines Kapuzenpullis. „Jep. Ging mir genauso.“

Einen Augenblick betrachte ich seine feinen Gesichtszüge und erinnere mich an das aufregende Gefühl seiner weichen Lippen auf meinen. Es war einfach atemberaubend. Ich habe noch lebhaft in Erinnerung, wie wir beide eng umschlungen dagestanden und uns geküsst haben.

Es entsteht eine kurze Pause, er senkt den Blick zu Boden. War er schon immer so schüchtern?

Ich räuspere mich.

„Möchtest du runter zum Fluss gehen?“

„Ja, gern“, sagt Andy und zuckt mit den Schultern.

Sein Körper ist mir gefährlich nah, als wir uns in Bewegung setzen und nebeneinanderher gehen. So nah, dass sich unsere Finger fast berühren. Am liebsten würde ich diese letzte Lücke schließen und nach seiner Hand greifen, aber ich bringe nicht den Mut auf, es zu tun.

Unten am Fluss treffen wir ein anderes Paar an, das unter einer nahen Eiche steht und sich küsst. Ich erkenne die beiden wieder, sie sind aus Andys Jahrgang. Ungeniert starrt er sie an.

„Sind das …“

Allerdings lässt er mir keine Gelegenheit, meinen Satz zu beenden. Mit einem Mal habe ich das Gefühl, als wäre er mir noch näher gekommen. Viel zu nahe. Ich spüre, wie sein warmer Atem über meine Wange streicht. Und ehe mir bewusst wird, was hier geschieht, beugt er sich zu mir herunter und drückt seine Lippen sanft auf meinen Mund. Im selben Moment fällt mir wieder ein, warum ich ihn so mag.

Während unsere Lippen sich im Einklang bewegen, male ich mir Jack und mich in unserer schicken kleinen Wohnung in London aus. Ein ungeahntes Glücksgefühl wallt in mir hoch, meine Brust scheint sich zu weiten. Genau das habe ich mir immer gewünscht. Es ist nahezu perfekt.

Was spielt es für eine Rolle, dass er mich noch mit keinem Wort gefragt hat, wie es mir geht. Er ist ja offensichtlich eher der schweigsame, schüchterne Typ. Was an sich auch cool ist.

Während seine Hände sich auf Wanderschaft über meinen Körper machen, drücke ich den Rücken durch und lehne mich leicht nach hinten. Zu meinem Glück ist er so gefesselt von dem, was er tut, dass er gar nicht mitbekommt, wie ich heimlich das Handy zücke, es hochhalte und ein Foto nach dem anderen schieße. Der Aufnahmewinkel ist zwar nicht ganz optimal, und ich habe die Augen geschlossen und schaffe es nicht, die Hand ruhig zu halten, deshalb könnten die Bilder etwas unscharf sein, aber einen Versuch ist es wert.

Ich spüre, wie sich Andys Zunge forschend in meinen Mund schiebt und meine Zungenspitze berührt, deshalb öffne ich meine Lippen etwas weiter. Genau das hatte ich mir erhofft. Vielleicht hat Lily sich bei ihrem ersten Date mit Bryan genauso gefühlt wie ich mich jetzt. Wie zwei Menschen, die füreinander bestimmt sind. Endlich weiß ich, wie das ist. Andy ist mein Bryan.

Nach einigen glückseligen Sekunden mache ich mich widerstrebend von ihm los und lasse dabei unauffällig mein Smartphone verschwinden.

Meine Finger fangen vor Nervosität zu zittern an, als ich die folgenden Worte sage: „Ähm, weißt du, was witzig wäre?“

„Hmmm.“

Versonnen drückt er eine Spur von Küssen auf meinen Hals, sodass es mir schwerfällt, mich zu konzentrieren.

„Warum laufen wir nicht zwischen diesen Bäumen herum und drehen ein lustiges Video?“, murmle ich.

Er löst sich von mir, öffnet die Augen und sieht mich mit leicht schief gelegtem Kopf an.

„Äh, was?“

Ich spüre, wie mir die Röte in die Wangen schießt.

„Ach, war nur so 'ne Idee. Ich dachte, das wäre ganz lustig. Wir könnten uns das dann hinterher ansehen …“, sage ich und verstumme.

In seinen Augen ist ein amüsiertes Blitzen zu sehen. Als ich enttäuscht die Arme hängen lasse, greift er nach meinen Händen und streicht zärtlich mit den Daumen über meine Finger.

„Wirklich, wir müssen das nicht tun“, sage ich.

Andy zuckt nur mit den Schultern und sieht mich mit hochgezogenen Augenbrauen an.

„Doch, doch, können wir schon machen. Solange es nicht auf YouTube landet.“ Er grinst verschmitzt.

Mir ist bewusst, dass ich viel zu laut und gekünstelt über seinen Witz lache. Während ich ihm zusehe, wie er sich die Haare aus der Stirn streicht, krampft sich mein Magen zusammen, weil sich nun doch Schuldgefühle in mir regen. *Soll ich das wirklich machen?*

Im nächsten Moment hole ich tief Luft und drücke auch schon auf den Aufnahmeknopf.

Was soll's, ist doch halb so wild. Ich muss das ja nicht gleich im Internet posten. Und selbst wenn, wird er das nie mitkriegen.

KAPITEL 30
Melissa

Ich schaffe es gerade noch, zur Haustür reinzuhuschen und meine Turnschuhe auszuziehen, als Mum und Dad auch schon in die Auffahrt einbiegen. Hastig hänge ich meine Jacke an die Garderobe. Ich habe mit den Schuhen ein paar Dreckklumpen ins Haus getragen, die sammle ich noch schnell auf und lasse sie in einer Ecke des Flurs verschwinden. Mein Herz schlägt wie verrückt, während ich mir panisch eine Ausrede zurechtlege, warum ich nicht oben in meinem Zimmer bin.

Dreißig Sekunden später bin ich in die Küche geflitzt und habe den Wasserkocher angestellt, als Aidy zur Haustür hereingestürmt kommt.

Seine hohe Kinderstimme schallt durch den Flur.

„… in Schreiben und Mathe, und Mrs Cassidy hat gesagt …"

„Ja, sie hat gesagt, du machst das ganz toll", flötet Mum, die hinter ihm ins Haus tritt und ihn stolz anlächelt.

Ihren entspannten Mienen nach zu urteilen sind Mum und Dad jetzt viel besser gelaunt, deshalb wage ich mich zu ihnen auf den Flur hinaus.

„Stell dir vor, Aidy ist der Beste in seiner Klasse“, sagt Dad zu mir. Dann nimmt er meinen kleinen Bruder in die Arme, hebt ihn hoch und lässt ihn wie einen Sack Kartoffeln zwischen seinen Beinen hin- und herschwingen.

Aidy kreischt und kichert vor Vergnügen.

„Die Lehrerin sagt, er ist ziemlich weit für sein Alter. Offenbar haben wir hier ein kleines Genie“, sagt Mum und strahlt übers ganze Gesicht.

Aidy befreit sich aus Dads Griff, grinst und fängt an, völlig ausgelassen um den Küchentisch herumzurennen. Bis er über eine seiner Socken stolpert, die heruntergerutscht ist, und auf den Knien weiterrutscht.

Ich muss schmunzeln. *Logo. Kleines Genie.*

„Sollen wir uns heute Abend was vom Inder holen?“, schlägt Dad vor.

Allein bei dem Wort „Inder“ läuft mir das Wasser im Mund zusammen. Ich habe seit Stunden nichts gegessen, das viele Küssen hat mich hungrig gemacht.

Bei dem Gedanken an mein Date mit Andy kriecht mir die Röte in die Wangen. Ich hoffe inständig, dass das Video gut genug geworden ist, um es auf meinen Blog zu stellen.

Im Stillen lächle ich vor mich hin und gehe zurück in die Küche, als ich merke, dass Mum mir gefolgt ist. Sie wirft mir einen missbilligenden Blick zu und kneift die Augen zusammen, und sofort machen sich bei mir wieder Schuldgefühle bemerkbar. Sie fängt an, lautstark mit den Tassen zu hantieren. Keine Frage, sie ist immer noch verärgert. Entschlossen hole ich deshalb Luft und gehe auf sie zu.

„Komm, lass mich das machen. Ich habe den Wasserkocher schon angestellt.“

Mum sieht mich zweifelnd an. Ich aber habe mich bereits darangemacht, Teebeutel in die Becher zu geben und heißes Wasser aufzugießen.

„Ich, äh, wollte dir nur noch mal sagen, wie leid es mir tut."

Mums Schultern versteifen sich sichtlich.

„Was tut dir leid?", hakt sie mit grimmiger Miene nach.

Sie hat nicht vor, mich so leicht davonkommen zu lassen. Ich sauge meine Unterlippe zwischen die Zähne.

Komm schon, sie sind die ganze Nacht wach geblieben und haben auf dich gewartet, weil sie in Sorge waren – jetzt spring schon über deinen Schatten.

„Wegen Freitagabend – tut mir leid, dass ich so spät heimgekommen bin. Ich hätte anrufen sollen."

Offenbar hat Dad uns heimlich belauscht, denn er wählt ausgerechnet diesen Moment, um die Küche zu betreten.

„Wir haben uns nur Sorgen um dich gemacht", erklärt Mum in angespanntem Ton.

Ich nicke und schaue reumütig auf meine Füße hinunter.

Sie seufzt. „Ach, Melissa, mit dir haben wir ständig Scherereien."

Als sie unbeholfen die Arme nach mir ausstreckt und mich ohne viel Gefühl umarmt, versteife ich mich unwillkürlich. Aidy, der schon seit einiger Zeit auf nur einem Bein herumhüpft, kracht gegen uns und schlingt seine dürren Ärmchen um uns beide.

Ich sehe, wie Dad lächelnd danebensteht.

„Siehst du? War doch gar nicht so schwer, oder?", sagt er und droht mir zum Spaß mit dem Finger. „Dafür kriegst du auch ein Chicken Tikka!"

Mum macht sich aus der Umarmung los und hält mich auf Armeslänge von sich.

„Du hast trotzdem immer noch zwei Wochen Hausarrest!", sagt sie streng.

„Ich weiß, ich weiß", grummle ich und versuche mich aus ihrem Griff zu befreien. Hoffentlich sieht sie die Dreckspuren auf meiner Jeans nicht.

KAPITEL 31
Lily

Mit rasendem Herzen fahre ich aus dem Schlaf hoch. Im Traum bin ich ins Wasser gefallen und immer weiter in die Tiefe gesunken, bis die Dunkelheit mir die Brust zuschnürte. Das Wasser füllte meine Augen, meine Ohren, meinen Mund, bis es meine Kehle zerriss und mich erstickte.

Kerzengerade sitze ich jetzt im Bett und schnappe keuchend nach Luft, am ganzen Leib zitternd. Unwillkürlich strecke ich die Hand zu Bryans Bettseite hin aus, aber das Laken ist kalt, da liegt niemand. Wie spät ist es? Wir wollten uns nur kurz hinlegen und ein Nickerchen machen, und jetzt fehlt mir völlig die Orientierung.

Eine Million Dinge, die ich noch erledigen muss, schwirren mir durch den Kopf. Bei dem Gedanken wird mir schwindelig. Ich presse meine Fingerknöchel ganz fest in die Augenhöhlen und schließe so die Welt um mich herum aus. Diese Gedanken sollen endlich aufhören!

Irgendwann beginnen meine Augen zu schmerzen, deshalb nehme ich meine Hände ganz langsam herunter und presse sie stattdessen an meine Wangen. Immer noch völlig benommen taste ich nach meinem Telefon. Es ist sechs Uhr fünfundvierzig. Ich habe vier Stunden geschlafen.

Von unten ist ein Brutzeln zu hören. Klingt ganz so, als würde Bryan etwas kochen. Normalerweise würde ich ja runtergehen und ihm helfen, aber irgendwie ist mir nicht ganz wohl, ich fühle mich wie losgelöst von allem.

Schweigend starre ich auf mein Handy. War es die richtige Entscheidung, zurückzukommen?

Liebe ich Bryan überhaupt noch?

Möglichst geräuschlos steige ich aus dem Bett und schleiche auf Zehenspitzen ins Badezimmer. Mit jedem Schritt verspüre ich einen dumpfen Schmerz im Kopf, und als ich in den Spiegel blicke, sehe ich, dass meine Haare vollkommen zerzaust sind. Ich habe dunkle Ringe unter den Augen, die auch die Foundation nicht überdecken kann.

Ich fische ein Kosmetiktuch aus der Box und entferne die Make-up-Reste, weil ich mich plötzlich schmutzig fühle. Angestrengt rubble und reibe ich, bis meine Haut rot gefleckt ist, dann erst ziehe ich mich aus und stelle mich unter die Dusche.

Ich seife mich am ganzen Körper ein und schrubbe, bis meine Haut spannt und juckt. In ein Handtuch gehüllt steige ich aus der Duschkabine, ein angenehmes Prickeln am ganzen Körper. Beim Blick in den Spiegel verziehe ich unwillkürlich das Gesicht, und auf einmal läuft mir Rotz aus der Nase.

Oh Gott, ich sehe Furcht einflößend aus. Mit hängenden Schultern klammere ich mich am Waschbeckenrand fest und starre in meine roten Augen. „*Beruhige dich, Lily. Du schaffst das.*" Immer noch höre ich Mums Stimme in meinem Kopf. Ich könnte noch nicht einmal sagen, warum ich weine. Schließlich bin ich wieder zu Hause bei Bryan. Alles ist in bester Ordnung. Ich liebe ihn.

Meine Hände fangen an zu zittern. Aus dem Augenwinkel sehe ich durch die Badezimmertür ein Paket unter dem Bett hervorlugen. Ich kann mich nicht erinnern, es darunter verstaut zu haben. Aber andererseits ist unsere Wohnung voller ungeöffneter Pakete, deshalb überrascht es mich nicht besonders.

Trotzdem bin ich neugierig geworden. Ich gehe rüber zum Bett, ziehe es hervor und stelle fest, dass da noch mehr Pakete sind. Ich reiße das erste auf. Dann noch eins. Und noch eins. Ich ertappe mich dabei, wie ich völlig hysterisch irgendwelche Kosmetikprodukte herausziehe, Verpackungen aufreiße, bis ich einen riesigen Haufen Schminkzeug neben mir liegen habe.

Wie in Trance befördere ich schließlich alles aufs Bett und fange an zu sortieren: Spenden. Behalten. Wegwerfen. Methodisch gehe ich die Sachen durch und verteile sie auf die verschiedenen Haufen. Zu guter Letzt versuche ich das, was ich behalten will, in meinem Schreibtisch zu verstauen. Der quillt allerdings schon derart über, dass ich unmöglich alles unterbringe. Deshalb trage ich die Sachen ins Gästezimmer, wo ich erst einmal die Schränke sauber wischen muss, weil alles mit einer dicken Staubschicht bedeckt ist. Auch hier sind die Schubladen komplett überfüllt, es herrscht ein heilloses Durcheinander. Kurz entschlossen reiße ich eine nach der anderen auf und fange an, auch hier alles neu zu sortieren …

Erst Stunden später merke ich, wie sehr meine Arme schmerzen und meine Augen brennen. Außerdem verspüre ich eine gewisse Enge um die Brust, weil ich schon seit einer Ewigkeit über den Schreibtisch gebeugt dasitze. Aber wenigstens herrscht nun penible Ordnung. Es sind keine ungeöffneten Päckchen mehr unter dem Bett.

Leeren. Säubern. Sortieren. Leeren. Säubern. Sortieren. Es ist so einfach, und weil man immer wieder das Gleiche macht, hat es beinahe einen meditativen Effekt.

Zurück im Schlafzimmer stelle ich fest, dass da doch noch ein ungeöffneter Karton auf dem Bett steht. Er ist von der Form her anders als die anderen und an den Ecken leicht eingedrückt. Ohne lange nachzudenken reiße ich ihn auf und lege die Stirn in Falten.

Es sind keine Make-up-Pröbchen. Sondern stapelweise Briefe. Persönliche Briefe. Von Fans.

Von wann sind die denn? Ich hatte Mindy schon vor Jahren gebeten, mir nichts mehr weiterzuleiten. Damals, als ich 40.000 Abonnenten hatte. Mir wurde die Flut an Fanpost einfach zu viel.

Ich greife nach dem obersten Umschlag, öffne ihn und fange an zu lesen.

„Lily, du hast keine Vorstellung, wie viel du und Bryan mir bedeutet …“

Der Brief ist zwanzig Seiten lang, geschrieben in einer sorgfältigen, schnörkeligen Handschrift. Die Verfasserin spricht davon, wie sehr sie sich durch Bryans und meine Beziehung inspiriert fühle und dass sie dank uns ihre Depressionen in den Griff bekommen habe. Sie hat sogar eine Fotocollage von uns mit in den Umschlag gesteckt – persönliche Bilder, von meiner Instagram-Seite, von Facebook und sogar Screenshots aus meinen Blogvideos. Es ist wunderschön, man bekommt den Eindruck, als führten wir beide eine märchenhafte Beziehung. Mir schnürt es die Kehle zu, als ich die bewundernden Worte lese.

Doch aus irgendeinem Grund verkrampft sich mein Inneres beim Anblick unserer lächelnden, glückseligen Gesichter.

Je mehr ich lese, desto enger wird mir um die Brust. Als ich endlich bei der letzten Seite angekommen bin, habe ich das Gefühl, keine Luft mehr zu kriegen.

KAPITEL 32
Melissa

Schwitzend sitze ich im Englischunterricht, die Hitze ist unerträglich, aber Mrs Sheperd zwingt uns, die Fenster geschlossen zu halten. Außerdem kratzt der billige Stoff meiner Schuluniform, und ich kann die Finger nicht von dem bereits ziemlich stark geschwollenen Mückenstich an meinem Arm lassen. Immer wieder fahre ich mit den Nägeln darüber, bis ich mich fast blutig gekratzt habe.

Unsere Lehrerin hält gerade einen Monolog über Romeo und Julia, doch als sie die Liebesszenen in dem Drama zur Sprache bringt, muss ich an meine eigenen Erlebnisse von vergangener Woche zurückdenken. Andy und ich, wie wir uns küssen … Erst heute Mittag haben wir zusammen im feuchten Gras im Schatten eines Baumes gelegen. Wie zärtlich er mit den Fingern an meinem Arm auf und ab gestrichen hat.

Beim Gedanken an die vielen Fotos und Videos von uns beiden, die sich mittlerweile auf meinem Handy angesammelt haben, beiße ich mir auf die Lippen. Seit ich angefangen habe, sie zu posten, steigt die Zahl meiner Abonnenten stetig an, gerade habe ich die Tausendermarke geknackt. Das ist doch irre! Wie muss Lily mit ihren zig Millionen Fans sich erst fühlen! Das ist bestimmt ein grandioses Gefühl.

Nur noch zwei Wochen, dann treffe ich sie endlich tatsächlich, bei dieser Lippenstift-Launch-Party. Nervös kaue ich auf dem Ende meines Kugelschreibers herum.

Ob sie in Wirklichkeit wohl genauso nett ist, wie es im Internet den Eindruck macht?

Mrs Sheperd tippt mit dem Finger an die Tafel. Wir sollen über Lady Montague schreiben, doch meine Hände führen ein Eigenleben: Gerade zeichne ich einen Lippenstift in die Randspalte meines Hefts. Und während Mrs Sheperd etwas von Romeo erzählt, schreibe ich Andys Nachnamen, Butcher, in schnörkeliger Schrift neben das Datum. Ich weiß, das ist schrecklich kindisch, aber es ist wie ein Zwang. Hmm. Andy Butcher. Melissa Butcher. Mrs Butcher. (Okay, ich geb's zu, das klingt ein bisschen nach Serienmörderin; vielleicht behalte ich besser meinen eigenen Nachnamen, falls wir je heiraten sollten.)

Suze beugt sich zu mir herüber, unwillkürlich halte ich die Hand über das Gekritzel. Sie scheint es trotzdem gesehen zu haben und seufzt.

„Hast du in der Mittagspause nicht genug von ihm bekommen?", entfährt es ihr. Sie klingt genervt.

Ich lege meinen Stift beiseite und sehe sie aufmerksam an. Mir ist natürlich bewusst, dass Suze eifersüchtig sein muss, aber mal im Ernst, so schlimm ist es doch nicht, oder? Was sie nur hat!

„Hör mal, hast du ein Problem damit, dass ich jetzt einen Freund habe?"

Suze benimmt sich schon seit Tagen total eigenartig. Jeden Tag in der Mittagspause treffe ich mich mit Andy und seinen Freunden auf der Wiese, aber sie weigert sich stur mitzukommen. Als ich sie gestern zum wiederholten Mal gefragt habe, fing sie nur an, was von wegen sie müsse dringend zu einem Treffen ihrer Swing-Band zu faseln.

Ich verstehe ja, dass sie vor den Leuten aus der Oberstufe einen gewissen Respekt hat, aber Andy und Rish sind alles andere als einschüchternd, im Gegenteil, sie sind total nett. Ich bin mir sogar sicher, dass Rish ihr gegenüber gar nicht mal so abgeneigt wäre, wenn sie sich nur endlich mal einen Ruck geben und mitkommen würde. Es ist ja nicht so, als wäre sie nicht hübsch; sie könnte nur mehr aus ihrer wilden Mähne machen und wenigstens einen Hauch Make-up auflegen. Dann bekämen ihre Augen gleich viel mehr Ausdruck. Wahrscheinlich würde sie sogar besser aussehen als ich, wenn sie sich ein wenig Mühe geben würde. Als wir noch jünger waren, haben wir uns gern zum Spaß geschminkt. Einmal habe ich eine komplette Typveränderung mit ihr gemacht, indem ich ihre Augen mit schwarzem Eyeliner umrandet und ihr mit grauem Lidschatten den Smokey-Eyes-Look verpasst habe. Ihre Augen wirkten plötzlich riesig! Dann tupfte ich noch Lipgloss auf ihre blassen, aber vollen Lippen, und auf einmal sah sogar ihre Frisur ganz cool aus dazu, irgendwie total retro im Achtzigerjahre-Stil.

Jetzt blinzelt sie mich durch ihre riesige Brille hindurch misstrauisch an, die Stirn leicht gerunzelt. Kaum merklich schüttelt sie den Kopf, sodass sich ein paar drahtige blonde Locken aus ihrem Pferdeschwanz lösen.

„Ich hab überhaupt kein Problem damit, dass du einen Freund hast, es ist nur … wie wär's, wenn du auch mal wieder mit deiner Freundin was machst? Wir haben uns die ganze Woche nicht gesehen."

Am liebsten würde ich mir auf die Zunge beißen, um nicht auf sie loszugehen. Dieser Vorwurf ist doch lächerlich! Wir sehen uns in fast jeder Unterrichtsstunde. Na ja, abgesehen von Kunst und

Werken, weil Chloe mich gefragt hat, ob ich da neben ihr sitzen will. Außerdem muss Suze ständig zur Bandprobe.

Ich hole scharf Luft.

„Hör zu, Andy ist alles, wovon ich immer geträumt habe. Tut mir leid, wenn es dir nicht passt, aber wir sind gerade erst dabei, uns richtig kennenzulernen. Deshalb verbringen wir viel Zeit miteinander. Gönnst du uns unser Glück nicht?"

„Ist er das wirklich?", fragt sie.

„Was denn?"

„Ist er das. Alles, wovon du immer geträumt hast. Was magst du denn so an ihm?"

Mir klappt die Kinnlade herunter. Ich dachte eigentlich, Suze wäre nur eifersüchtig, aber dass sie gleich derart fies wird!

„Andy ist der perfekte Freund. Ich muss mich vor dir nicht rechtfertigen."

Ohne ein weiteres Wort fängt Suze an, auf dem Display ihres Handys herumzutippen. Sie hat die Unterlippe vorgeschoben.

„Okay. Eigentlich wollte ich dich nicht darauf ansprechen, aber … Sieh dir das an, Issa."

Sie deutet auf ein Foto von Andy und mir auf meinem Blog. Darunter reihen sich bereits Hunderte von Kommentaren. Ich verschränke trotzig die Arme vor der Brust.

„Ja und?"

„Na ja, das ist doch Andy auf dem Foto, oder? Warum nennst du ihn dann die ganze Zeit Jack? Weiß er darüber Bescheid?"

Panik durchzuckt mich. *Mist.*

„Ja klar, das ist sein Spitzname." Die Hitze schießt mir in die Wangen, ich kriege einen hochroten Kopf.

Suze sieht mir unverwandt in die Augen.

„Ach, das ist ein kleiner Witz zwischen uns, den verstehen nur Insider."

„Issa …“ Die Sorgenfalten auf ihrer Stirn vertiefen sich.

„Hör zu, ich muss mich vor dir nicht rechtfertigen, okay? Du kennst ihn nicht. Das ist meine Beziehung, nicht deine. Davon verstehst du nichts, wie auch. Du hast ja noch nicht mal einen Freund.“

Suze blinzelt und sieht mich an, als hätte ich sie geohrfeigt.

Im selben Moment ertönt der Gong, und ich springe auf, ehe Mrs Sheperd uns sagen kann, wir sollen sitzen bleiben. Ohne Suze noch einmal anzusehen, hänge ich mir meinen Rucksack über die Schulter und stürme aus dem Klassenzimmer hinaus.

Ich kann echt nicht fassen, dass sie mich das mit Andy gefragt hat. Und andeuten wollte, unsere Beziehung wäre nicht perfekt. Denn das ist sie. Wir sind ein Traumpaar. Davon bin ich überzeugt.

Wieso kann sie sich nicht für mich freuen? Wenn es umgekehrt wäre, würde ich ihr doch auch gratulieren zu ihrem Glück. Ich wollte ihr sogar vorschlagen, sie mit Rish zu verkuppeln, aber dafür ist der Zug jetzt wohl abgefahren. Offenbar hätte sie lieber, dass ich mein Leben als Single friste und nur gelangweilt herumsitze und mich zusammen mit ihr über mein mangelndes Liebesleben beschwere. Offenbar gönnt sie mir mein Glück nicht.

Es ist nicht zu fassen. Wie kann sie nur so eifersüchtig sein? Und ich habe sie für meine beste Freundin gehalten.

Ich verschwinde in der Toilette und stelle vor dem Spiegel fest, dass der Eyeliner unter meinen Augen verlaufen ist. Gerade säubere ich mein Lid mit einem Taschentuch und will den Lidstrich auffrischen, als mich jemand von hinten anspricht.

„Was tust du hier?“

Fast wäre mir vor Schreck der Eyeliner aus der Hand gefallen.

Oh nein. Das ist Amber.

Sie treibt sich ständig in dieser Oberstufentoilette herum, total merkwürdig. Alle an der Schule gehen ihr aus dem Weg, aber mit mir spricht sie gelegentlich, weil Suze immer nett zu ihr ist.

Ich antworte nicht auf ihre Frage und versuche, möglichst schnell fertig zu werden.

„Was tust du hier?", fragt sie erneut. Ihre Stimme klingt seltsam monoton.

„Äh, was? Nichts." Ich schniefe.

„Du weinst", stellt sie fest.

„Nein, tu ich nicht. Ich frische nur mein Make-up auf."

„Du …"

Ich lasse Amber keine Gelegenheit, weiterzusprechen, sondern schraube hastig mein Mascara zu und marschiere schnurstracks aus dem Raum. Bevor die Tür hinter mir zufällt, merke ich noch, wie sie mir mit regungsloser Miene nachstarrt.

KAPITEL 33
Lily

Die folgenden vierzehn Tage vergehen wie im Flug, ich verbringe sie mit stundenlangen Meetings und sitze meist bis tief in die Nacht vor meinem Laptop.

Endlich ist für meine morgige Lippenstift-Launch-Party alles vorbereitet, aber aus irgendeinem Grund bin ich weiterhin rastlos. Immer wenn ich mich entspannen will, fängt mein Herz an zu rasen, und sobald ich die Augen schließe, sehe ich nur noch Taglines und Hashtags.

Ich hatte noch nicht die Gelegenheit, ernsthaft über Bryan und mich nachzudenken, aber eigentlich läuft es zwischen uns ganz okay. Er ist sogar ein paarmal bis tief in die Nacht mit mir aufgeblieben, um mir bei den Planungen für die Party zu helfen. Ich finde, er ist wie verwandelt. Vielleicht haben wir genau diese kleine Auszeit voneinander gebraucht. Vor ein paar Tagen hat mir Chris auf Facebook geschrieben, nur leider war ich so tierisch beschäftigt, dass ich noch nicht mal dazu gekommen bin, seine Nachricht zu lesen.

Meine Kehle ist wie zugeschnürt, als ich an den gemeinsamen Abend mit Chris zurückdenke. Wie konnte ich zulassen, dass er mich heimträgt? Ich kann nicht aufhören, an unseren Spaziergang am Fluss zu denken. Wie dämlich von mir, dass ich nicht auf die Idee gekommen bin, er könnte eine Freundin haben.

Ich bin schon seit fünf Uhr morgens wach, um organisatorische E-Mails wegen der Party zu beantworten. Eins meiner Augen ist blutunterlaufen, ich hoffe sehr, das verschwindet bis morgen Abend. Schließlich will ich auf den Fanfotos möglichst gut aussehen. Ich drücke ein paar Tropfen einer lindernden Lösung ins Auge und werfe einen kritischen Blick in den Spiegel. Ich sah wirklich schon besser aus.

Mein Outfit liegt auf dem Bett im Gästezimmer bereit. Ich plane, einen kurzen, ärmellosen roten Blümchen-Overall zu tragen, dazu Strumpfhose und flache Stiefeletten, kombiniert mit ein paar langen goldenen Halsketten und diesen großen Federohrringen, die perfekt zu meinem Pixie-Cut passen.

Während ich mich im Spiegel betrachte, versuche ich mir ein Lächeln ins Gesicht zu zwingen. Ich sollte mir keine Sorgen machen, das wird morgen schon schiefgehen. Doch aus irgendeinem Grund zittern meine Finger, als ich mit ihnen über meinen flachen Bauch streiche. Mein Magen gibt ein Gurgeln von sich. Mist. In zehn Minuten muss ich in das erste Meeting, und ich habe ganz vergessen, was zu essen. Langsam atme ich aus.

Kein Problem. Ich schnappe mir einfach einen Schokoriegel.

KAPITEL 34

Melissa

Mich überkommen heftige Schuldgefühle, als ich Suze im Werkunterricht ganz allein an ihrem Platz sitzen sehe. Schweigend schreibt sie ab, was Mrs Burke an die Tafel gekritzelt hat. Die wilde Mähne über ihrem Heft hängend, malt sie alles fein säuberlich ab. Pünktlich mit dem Gongschlag nimmt sie ihren Stapel Bücher und marschiert zur Tür hinaus, ohne mich eines Blickes zu würdigen. Ich höre, wie sich ihre Schritte über das Laminat des Flurs entfernen, die niedrigen Absätze ihrer Schuhe klappern vernehmlich.

Auch ich sammle meine Bücher zusammen und mache mich auf den Weg nach draußen zu unserem Baum auf der Wiese. Dort angekommen erwarten mich die üblichen Gestalten. Andy hat sich rücklings ins Gras gelegt, während Rish irgendeine Story zum Besten gibt und dabei rhythmisch auf seinem Rucksack herumtrommelt.

Ich setze mich zu ihnen, hole mein Handy heraus und öffne meinen Instagram-Account, ohne sie groß zu begrüßen. Suze nutzt ihr Instagram so gut wie gar nicht. Sie hat nur ein paar

Fotos von irgendwelchen prähistorischen Fossilien, die sie sammelt, und ein paar vereinzelte Schnappschüsse von ihrer Swing-Band hochgeladen. Es findet sich kein einziges Bild, auf dem ihr Gesicht zu sehen wäre. Wenn ich nicht wüsste, dass sie Fossil-Girl269 ist, würde ich nie im Leben auf die Idee kommen, dass das ihr Konto ist.

Mit einem Klick wechsle ich auf meine Homepage und scrolle durch die Liste der Beauty-Blogger und Promis, denen ich folge. Da ist zum Beispiel dieses dunkelhaarige Mädchen mit dem Kurzhaarschnitt und dem Schmollmund, das auf ihrem Profilbild verführerisch in einen Müsliriegel beißt. Darunter steht „#Werbung". Ihre Haut schimmert golden und sieht makellos aus. Ihre Lippen sind voll, pfirsichfarben und glänzen ganz leicht.

Ich seufze voller Neid.

Rish beugt sich über meine Schulter. „Oh Mann, sag nicht, dass du der folgst."

Ich werfe ihm einen misstrauischen Blick zu. „Wieso, was hast du gegen Ky? Sie ist toll."

Rish stößt ein verächtliches Schnauben aus. „Ja, logo. Lass mal sehen."

Er schnappt mir das Handy weg und fängt an, durch meinen Feed zu scrollen.

„Sie sieht aus, als hätte sie sich die Lippen aufspritzen lassen. Und das Bild hier wurde so stark bearbeitet, dass man den Eindruck bekommt, sie hätte gar keine Nase." Auf dem letzten Bild zoomt Rish ihre Brüste heran. „Und die sind einfach nur hässlich, daran ist nichts echt. Irgendwie erinnert sie mich an eine von diesen aufblasbaren Sexpuppen."

Meine Wangen fangen an zu glühen. „Das stimmt doch gar nicht! Sie sieht klasse aus. Ich wäre gern wie sie."

Rish starrt mich entsetzt an. „Im Ernst?"

Ich wende mich Andy zu. Er liegt immer noch desinteressiert im Gras und versucht, seinen Schuh auf einem Finger zu balancieren. Ich stoße ihn mit dem Ellbogen an.

„Was denkst du?", frage ich. „Sehen diese Mädchen nicht super aus?"

Andys Schuh plumpst auf den Rasen.

„Los, sag schon!" Jetzt packe ich ihn und schüttle ihn grob, um irgendeine Reaktion zu provozieren.

„Sie sehen nicht aus wie echte Menschen", mischt Rish sich wieder ein. „Dich hat man doch einer Gehirnwäsche unterzogen."

Sengende Wut kocht in mir hoch. Wie kann er es wagen, so etwas zu sagen? Nur weil ich weiß, was wahre Schönheit ist. Ich wette, wenn ich ungeschminkt und mit ungemachten Haaren daherkäme, würden Andy und Rish mich keines Blickes würdigen. Nie im Leben hätten sie mich dann beachtet.

„Jeder macht das Beste aus sich. Daran ist nichts Verwerfliches. Das ist vollkommen normal, es ist …"

Andy stößt ein lautes Stöhnen aus. „Mann, könnt ihr beide nicht endlich mal die Klappe halten, euer ständiges Gelaber nervt!"

Jetzt wendet sich mein Ärger gegen ihn. „Findest du diese Mädchen attraktiv oder nicht, jetzt sag endlich."

Andy wirft einen kurzen Blick auf den Bildschirm. „Na ja, schon, sieht aus, als hätten sie eine ganz gute Figur."

Triumphierend grinse ich Rish an.

Der gibt kopfschüttelnd einen verächtlichen Ton von sich.

Ich hole mir mein Handy zurück und schließe Instagram. Meine Foto-Galerie füllt das Display, mein Blick fällt auf ein Bild, das ich gestern Abend auf meinen Blog hochgeladen habe. Es zeigt mich und Andy vor dem Borough Market in London.

Unwillkürlich versteife ich mich. Das darf auf keinen Fall einer von ihnen sehen.

Hastig aktiviere ich die Bildschirmsperre und werfe Rish einen verstohlenen Blick zu. Leider bin ich mir nicht sicher, ob er es bemerkt hat.

Bis zum Ende der Mittagspause halte ich den Kopf gesenkt. Als Andy und ich uns verabschiedet haben und zurück in den Unterricht gehen wollen, tippt Rish mir auf die Schulter und hält mich zurück.

„Ey, du hast doch gleich Bio, oder?"

Ich zucke die Achseln. „Ja, warum?"

Rish starrt mich für meinen Geschmack ein wenig zu eindringlich an, ich fühle mich total unwohl und wende verlegen den Blick ab. Als ich wieder losgehen will, packt er mich am Ellbogen.

„Okay. Was läuft da?"

Sein warmer Atem streift mein Ohr, er ist mir viel zu nah. Ich befreie mich aus seinem Griff.

„Was meinst du?"

„Ich nehme an, Andy hat nichts mitbekommen? Das mit den Fotos und Videos? Was führst du im Schilde, richtest du einen Gedenkschrein für ihn ein oder wie?"

Das Blut schießt mir in die Wangen. „Was? Nein! Ich führe gar nichts im Schilde!"

Rish sieht mich forschend an. „Im Ernst, nichts davon findet sich bei dir auf Facebook oder Instagram. Was stellst du damit an?"

„Was? Nichts, ich …" Seinem Blick ausweichend starre ich stur geradeaus.

„Du bist eine furchtbar miese Lügnerin, weißt du das?" Jetzt breitet sich ein Grinsen über sein Gesicht aus.

„Ich … es ist nicht … es hat nichts mit dir zu tun. Warum lässt du mich nicht in Ruhe?"

Rish zuckt mit den Schultern, und gerade als Mr Packham an uns vorbeigeht, spuckt er seinen Kaugummi auf den Boden.

„Wenn du meinst“, sagt er. „Aber … mach nichts Falsches, okay?“

Was soll das denn bedeuten? Ob er etwas ahnt?

Er fängt meinen Blick ein. Meine bereits geröteten Wangen glühen noch mehr. Es ist beinahe dasselbe Gefühl, als würde Suze mich ansehen. Als könnte er meine Gedanken lesen.

Laut pfeifend schwingt Rish sich den Rucksack über die Schulter, zieht an mir vorbei und stürmt ins Schulgebäude. Als ich reinkomme, sehe ich, wie er ein paar Jungs aus der Oberstufe mit Umarmungen begrüßt, etwas zu ihnen sagt und den Kopf in den Nacken wirft, um schallend zu lachen.

Missmutig starre ich auf seinen sonnenverbrannten Nacken und kaue auf der Innenseite meiner Wange herum. Ich würde nur zu gerne wissen, wie er mir auf die Schliche gekommen ist.

KAPITEL 35

Melissa

„Jetzt komm schon. Das wird lustig … Nein, ich zeige es niemandem. Klar … nein, schon gut. Ich werde es einfach nur auf meinem Handy behalten. Ja, ich werde so tun, als würde ich mit jemandem reden. Wir können uns ja Decknamen zulegen. Das wird total cool. Ich nenne dich Jack. Haha, ja, klingt bescheuert, nicht wahr? Das wird ein Spaß!"

„Hallo zusammen … Hallo? Hal-lo? Oh Mann, das klang jetzt doof. Jedenfalls, ja, also, ich und mein Freund Jack sind heute hier, um den örtlichen Park zu erkunden. Wir planen sogar ein Picknick, ich bin total aufgeregt, das wird so megatoll …!"

Ich sehe mir den Clip auf meinem Laptop noch einmal an und mache mich daran, Teile rauszuschneiden und das Material zu bearbeiten. In den meisten Einstellungen gefalle ich mir überhaupt nicht, mein Make-up ist leicht verwischt, und meine Stimme klingt viel zu schrill. Aber ich kann Andy schlecht bitten, dass wir das noch einmal drehen.

Die Szenen, in denen ich mit meinem Aussehen nicht zufrieden bin, schneide ich heraus, und reduziere nach und nach alles auf ein

Drei-Minuten-Video. Einen kurzen Moment verharrt meine Hand zögernd über dem Feld, mit dem man das Video veröffentlicht. Eigentlich mache ich mir keine Sorgen, dass Andy oder irgendjemand von der Schule das sehen könnte. Zwischen Suze und mir herrscht zudem Funkstille, und sie ist ohnehin der einzige Mensch, dem ich je von meinem Blog erzählt habe. Rish hat kein Wort mehr darüber verloren, ich schätze, ich habe in seinen Kommentar zu viel hineininterpretiert und ein bisschen hysterisch reagiert. Kein Mensch wird es je herausfinden.

Mein Blog geht total ab, seit ich fast täglich Fotos von mir und Andy (beziehungsweise Jack) poste. Ich habe mittlerweile fast 2000 Follower. In vielen Kommentaren ist die Rede davon, was für ein süßes Paar wir sind, dass wir absolut #relationshipgoals wären und dass er den Eindruck macht, als wäre er der perfekte Freund.

Angesichts der vielen Komplimente von meinen Fans wird mir ganz warm ums Herz. Ein Kommentar hat mich sogar vor lauter Freude durchs Zimmer tanzen lassen. Er kam von einer meiner liebsten Blogger-Freundinnen, LizzieAbFab:

Ihr beide seid mit Abstand das hübscheste, verliebteste Pärchen, das ich je gesehen habe. Bin tierisch neidisch. #relationshipgoals <3

Mir ist immer noch unbegreiflich, dass das alles wirklich passiert. Ich hätte nie für möglich gehalten, dass ich einmal so glücklich sein würde oder dass andere auf mich neidisch sein könnten. So müssen sich Lily und Bryan die ganze Zeit fühlen.

In letzter Zeit habe ich mir sehr viele von Lilys älteren Videos angesehen, als sie noch ganz frisch mit Bryan zusammen war. Darin hole ich mir Inspiration für Dinge, die ich mit Andy unternehmen könnte, um Material für meine Videos zu sammeln. Mittlerweile habe ich den Eindruck, dass sich mein Leben gar nicht mehr so sehr von Lilys unterscheidet, und ich kann es kaum erwarten, sie zu treffen.

In diesem Moment kündigt ein Vibrieren eine neue Nachricht auf meinem Handy an. Sie kommt von Suze. Zögernd öffne ich die Nachricht.

S: Hey, tut mir irrsinnig leid. Ich weiß, ich habe versprochen mitzukommen, aber ich befürchte, ich schaffe es nicht zu dieser Launch-Party. Ausgerechnet an dem Abend habe ich Bandprobe, und unser Auftritt auf der Abschlussfeier rückt immer näher. Ich hoffe, du bist mir nicht böse. xx

Langsam atme ich aus und presse die Zähne zusammen. Ohne ihr zu antworten, lösche ich die Nachricht und öffne mit einem Klick den Chat mit Chloe.

I: Ein bisschen spontan, aber ich hätte ein Ticket für die LilyLoves-Party am Samstag übrig. Hast du Lust mitzukommen? X

Chloe antwortet postwendend.

C: Voll gern x

KAPITEL 36

Lily

Mindy hat extra ein Taxi mit getönten Scheiben organisiert, das mich zur Veranstaltung bringen soll. Auf dem kühlen Leder der Rückbank sitzend schließe ich meine Finger um das dünne Goldkettchen um meinen Hals, als plötzlich ein durchdringender Schrei zu hören ist.

Draußen auf dem Gehweg stehen reihenweise Menschen, die Schlange reicht bis um die nächste Straßenecke. Durch die Scheiben ist das gedämpfte Gemurmel Hunderter von Stimmen zu hören.

Der Taxifahrer dreht sich zu mir um, sieht mich an und öffnet den Mund.

„Sind die alle Ihretwegen hier?"

Ich weiß nicht, was ich darauf antworten soll. Meine Kehle ist staubtrocken. Ich versuche zu schlucken, doch es geht nicht.

Plötzlich dreht sich ein Mädchen in der Schlange in meine Richtung und fängt an, aufgeregt auf das Taxi zu deuten, trotz der verdunkelten Scheiben. Mein Herz beginnt wie wild zu schlagen.

Immer weiter scheint sich das Gerücht zu verbreiten, ich könnte in diesem Taxi sitzen. Ein paar Leute lösen sich aus der Menge und laufen neben dem Fahrzeug her. Im Bruchteil einer Sekunde wendet sich das Blatt, und mit einem Mal werden wir von einer Menschenlawine überrollt.

Tausende von kreischenden Teenies werfen sich gegen die Fenster. Durch das getönte Glas dürften sie mich eigentlich nicht sehen, aber ich sehe sie: ihre wilden, aufgeregten Blicke, die weit geöffneten, schreienden Münder. Ich wende mich von dem Schauspiel ab, doch auch auf der anderen Seite drängen sich Menschen gegen das Taxi. Sie fangen an, mit Fäusten gegen die Scheiben zu hämmern, das Fahrzeug gerät ins Wanken. Panisch ziehe ich den Kopf ein und gehe in Deckung.

„So etwas habe ich noch nie gesehen!“, übertönt der Taxifahrer den Lärm draußen, aber ich achte nicht auf ihn.

Voller Angst presse ich meine Stirn gegen meine Knie, kneife die Augen fest zu und tue so, als wären sie alle gar nicht da.

Wump. Wump. Wump.

Im Geiste höre ich Mum sagen: *„Beruhige dich, Lily. Du schaffst das. Alles ist gut.“*

Wump. Wump. Wump.

Oh Gott, was wollen diese Leute hier? Für die Party benötigt man doch eine Eintrittskarte! Ich dachte, das Kontingent wäre begrenzt!

Wump. Wump. Wump.

„Gut festhalten“, sagt der Fahrer.

Der Lärm der Hupe ist ohrenbetäubend, er hält sie gedrückt und versucht, den Weg auf diese Weise freizubekommen.

Das Fahrzeug schlingert und wendet dann schlagartig. Ich klammere mich an der Sitzbank fest, als ginge es ums nackte Überleben.

Zum Glück hat das Fluchtmanöver funktioniert. Nur noch vereinzelt treffen die Schläge den Wagen, die Menge hat sich bereits gelichtet.

Ich muss an Bryan denken. Wie gern hätte ich ihn jetzt hier an meiner Seite. Er ist an große Menschenansammlungen gewöhnt, bei seinen Gigs wird er selbst jedes Mal von einem Mob überrannt. Er wüsste genau, was zu tun ist.

Unwillkürlich taucht ein Bild von ihm vor meinem geistigen Auge auf, wie er Nina im Arm hält, sie tröstet und ihr über den Rücken streicht. Sofort steigt mir die Galle hoch.

Endlich herrscht Ruhe, wir haben die Massen meiner Fans hinter uns gelassen. Vorsichtig hebe ich den Kopf und spähe durch die getönte Scheibe nach draußen.

Wir befinden uns jetzt in einem ruhigen, durch ein Tor abgetrennten Parkbereich auf der Rückseite des Gebäudes, in dem die Party stattfindet. Wir sind in Sicherheit.

Ich schaue runter auf meine Fingernägel und stelle fest, dass ich sie mir vor lauter Panik wieder einmal abgekaut habe. Ich bin in keiner guten Verfassung. Wie soll ich in dem Zustand da reingehen und Menschen treffen?

„Tja, das war knapp, aber wir haben es geschafft", sagt der Fahrer zufrieden.

Aus dem Augenwinkel mustert er mich neugierig. Als mein Blick in den Rückspiegel fällt, merke ich, dass ich weiß wie ein Laken bin und am ganzen Leib zittere.

„Ich hoffe, es stört Sie nicht, wenn ich frage, aber …", sagt er und sieht mich aus zusammengekniffenen Augen an. „Wer sind Sie?"

Blinzelnd sehe ich ihn an, ich bin wie benommen. Wer ich bin? Tja, gute Frage. Was soll ich darauf antworten?

„Ich, äh, drehe Videos", murmle ich abwesend. Bedrückt presse ich mir die Faust gegen die Wange und versuche, mein Make-up nicht zu verwischen.

„Und für wen drehen Sie diese Videos?"

Ich habe wirklich keine Lust auf dieses Gespräch.

„YouTube", antworte ich tonlos, dann öffne ich die Tür zu meiner Linken.

„Ach so. Diese witzigen Filmchen? Katzenvideos?"

Ich blinzle verständnislos.

„Nein, nicht ganz."

Im selben Moment kommt Mindy zur Hintertür herausgestürmt, ein Clipboard in der Hand. Braune Haarsträhnen kleben ihr an der Stirn, ihr Lippenstift ist leicht verschmiert.

Wie eine Schraubzwinge schließt sich ihre Hand um meinen Arm, nachdem sie die Taxitür aufgerissen hat.

„Lily." Sie ringt sich ein angespanntes Lächeln ab. „Wir müssen dich schleunigst in die Maske bringen."

„Was ist da los? Eigentlich sollte es doch nur dreitausend Tickets geben. Aber es sieht eher danach aus, als wären dreihunderttausend gekommen", stammle ich. „Ich kann doch nicht vor so viele Menschen treten …"

„Nein, natürlich nicht. Wir bedauern das wirklich sehr. Die Verantwortlichen wurden bereits gefeuert. Die vom Sicherheitsdienst sind schuld. Es sind immer mehr Leute ohne Tickets aufgekreuzt. Ich hab denen ja gesagt, wir brauchen eine Straßensperre, aber sie wollten nicht auf mich hören."

Als ich mich bereits taumelnd vom Taxi entferne, lehnt sich der Fahrer zum Fenster heraus.

„Sieht so aus, als würden die Leute Ihre Katzenvideos lieben, oder?"

Mindy würdigt ihn keines Blickes, sondern führt mich mit fester Hand in das Gebäude. Trotzdem höre ich ihn noch vor sich hin kichern, während die Tür hinter uns langsam zufällt.

KAPITEL 37

Melissa

Endlich ist er da, der lang ersehnte Tag, an dem ich LilyLoves zum ersten Mal in echt sehen werde. Kaum zu glauben, aber die Zeit ist nun doch wie im Flug vergangen.

Es ist sieben Uhr morgens, der knappe, enge Rock, in den ich mich gezwängt habe, reicht nicht aus, um mich vor dem eisigen Wind zu schützen. Zitternd zerre ich an meinem kurzen Oberteil, aber es geht mir nicht mal bis zum Bauchnabel. Ein paar achtlos weggeworfene leere Bierdosen kullern an der Bushaltestelle geräuschvoll über den Boden. Ich verschränke die Arme und halte sie mir vor den Bauch, aber trotzdem klappern mir vor Kälte die Zähne.

Seit ich diese Tickets vor ungefähr einem Monat gekauft habe, hat sich so vieles verändert – ich fühle mich beinahe wie ein anderer Mensch. Lily ist in meinen Augen nicht mehr einfach nur toll; inzwischen fühle ich mich ihr sogar in gewisser Weise verbunden, ich verstehe sie. Wie sie weiß ich jetzt, wie es ist, in einer Beziehung zu sein, einen Videoblog zu betreiben und Tausende von Followern zu haben. Wir führen beide ganz ähnliche Leben.

Nervös kaue ich auf einem Fingernagel herum. Aus irgendeinem Grund ist mir nicht ganz wohl dabei, Chloe mitgenommen zu haben. Immerhin haben wir noch nie etwas ohne die anderen unternommen, und wenn ich ehrlich bin, verbringt sie den Großteil des Unterrichts damit, sich mit Tom zu schreiben. Sie zeigt so gar kein Interesse an mir.

Außerdem wollte ich eigentlich unbedingt zusammen mit Suze herkommen, als ich die Karten besorgt habe. Meine Stirn legt sich in Falten. Nein, ich habe mir nichts vorzuwerfen. Sie ist diejenige, die sich eigenartig benimmt und sich rarmacht. Immerhin habe ich sie gefragt, ob sie mitkommen will. Warum macht sie jetzt plötzlich einen Rückzieher? Ich wünschte, wir würden uns wieder vertragen. Aber sie ist wegen Andy auf mich losgegangen. Außerdem, was erwartet sie von mir? Soll ich mit ihm Schluss machen? Oh Mann, ich wünschte, das wäre alles nicht passiert.

Ein weiterer eisiger Windstoß bringt meine Beine zum Schlottern. Im selben Moment taucht Chloe auf der anderen Straßenseite auf und sieht total glamourös aus – ich werde blass vor Neid. Sie trägt ein locker fallendes weißes Kleid und dazu einen keltischen Anhänger. Ihre glänzenden Locken bewegen sich beim Gehen federnd auf und ab.

„Hey", ruft sie mir mit einem strahlenden Lächeln zu.

„Hey!"

Als sie vor mir steht, versuche ich sie unbeholfen zu umarmen, dabei knalle ich mit dem Wangenknochen an ihr Auge.

Sie lächelt verkniffen.

„Hübsches Kleid", sage ich.

„Ach, das? Ja, das ist echt Vintage."

Ich nicke wissend, als hätte ich total die Ahnung von Vintage-Mode.

„Hattest du den Rock nicht schon mal an? Der ist süß", sagt sie.

Ich merke, wie ich erröte. Das ist das einzige annähernd schicke Outfit, das ich habe, ich hatte es tatsächlich auch schon zu Ricks Party an.

„Ähm, kann sein. Sollen wir uns ein paar von Lilys Videos ansehen, während wir warten?“

Sie lächelt, und es bilden sich feine Fältchen um ihre schwarz umrandeten Augen.

„Jep, das ist die perfekte Einstimmung.“

Als der Bus wenige Minuten später vor uns hält, sind Chloe und ich so in ein Video vertieft, dass wir ihn fast nicht bemerkt hätten.

„Gott, neben Bryan sieht Tom total unreif aus“, sagt Chloe, während sie dem Busfahrer ihren Fahrausweis hinhält.

„Findest du? Tom sieht doch viel älter aus.“

„Quatsch, er ist total kindisch“, beharrt Chloe. „Er interessiert sich für nichts anderes als Fußball und Partys. Voll peinlich.“

Ich merke, wie ich mich von ihrem Geläster über die Jungs anstecken lasse.

„Ich weiß, was du meinst. Andy hat letzte Woche die ganze Mittagspause lang versucht, seinen Turnschuh auf dem Finger zu balancieren.“

Chloe prustet los. Sie lacht so hemmungslos, dass sie sich den Bauch hält und sich ihr hübsches Gesicht zu einer hässlichen Grimasse verzieht.

„Wahnsinn, das ist echt witzig. Der gute alte Andy, er ist so ein Traumtänzer.“

Ich muss jetzt ebenfalls lachen, doch als wir uns in eine Sitzreihe quetschen, wird meine Miene wieder ernst, und ich ziehe unwillkürlich die Nase kraus. Was soll das denn heißen? War das etwa gemein? Ich grüble eine Zeit lang vor mich hin, traue mich aber nicht zu fragen, was sie damit gemeint hat.

Vierzig Minuten und acht Videos später steigen wir aus dem Bus.

Hm, okay, das Bild, das sich mir präsentiert, ist nicht unbedingt das, was ich mir vom Stadtzentrum von London erwartet habe. Wo sind die ganzen hübschen weißen Häuser und die von Bäumen gesäumten Straßen, wie ich sie auf Instagram immer sehe? Sind wir etwa in einem zwielichtigen Stadtteil gelandet? Wir stehen direkt vor einem leeren Parkplatz, in der Ecke liegt ein verrosteter Einkaufswagen. Nach einigen zaghaften Schritten bemerke ich einen auf den Kopf gestellten Fahrradrahmen ohne Räder, und nicht weit von uns stehen zwei Typen in ausgewaschenen Sweatshirts gegen eine Wand gelehnt da und beobachten uns im Vorbeigehen.

Verlegen zerre ich an meinem viel zu kurzen Röckchen, um mich vor den neugierigen Blicken der Männer zu schützen, aber es hat keinen Zweck.

„Ähm, sind wir hier richtig?", frage ich Chloe verunsichert.

Die verzieht ratlos das Gesicht. „Hat der Busfahrer Crack geraucht? Das kann doch nicht stimmen. Hier irgendwo soll Lilys Party steigen?"

Ich hole mein Handy heraus und schaue mit zusammengekniffenen Augen aufs Display.

„Okay, ich hab die Adresse auf Maps. Das müsste gleich dort um die Ecke und dann links sein."

Gerade als wir abbiegen wollen, schlägt uns lautes Gemurmel und Stimmengewirr entgegen. Kaum haben wir die Ecke umrundet, bleiben wir unwillkürlich stehen – dicht gedrängt stehen dort Massen von Menschen und blockieren die Straße. Dabei recken sie die Köpfe, als gäbe es weiter vorn etwas Interessantes zu sehen.

Findet hier ein Festival statt? Oder ein Straßenrave? Oh Mann, das ist ja wieder mal typisch! Da fahre ich ein Mal nach London, und dann gerate ich mitten in eine Parade und komme nicht vorwärts.

„Wie sollen wir denn an den ganzen Leuten vorbeikommen?“, jammere ich genervt.

Chloe legt den Kopf schief. „Ich glaube ehrlich gesagt nicht, dass wir an denen vorbei*müssen*.“

Ich folge Chloes Blick und bemerke eine Gruppe von Mädchen mit gerahmten Fotos und Tragetaschen, auf denen Lilys Gesicht zu sehen ist.

Mir klappt vor Fassungslosigkeit der Mund auf. Das soll die Einlassschlange zur Party sein?

„Oh Gott“, flüstere ich, doch Chloe beachtet mich nicht mehr.

Sie wirft kokett die Haare über die Schulter zurück, stemmt die linke Hand in die Hüfte und marschiert auf ein Mädchen ganz am Ende der Reihe zu.

„Entschuldige bitte, wie lange wartest du schon?“, fragt sie mit zuckersüßer Stimme.

Das Mädchen blinzelt verständnislos.

„Äh, gerade kam ein Mann vorbei, der meinte, wir müssten noch mindestens drei Stunden warten. Die Leute stehen schon seit drei Uhr morgens Schlange. Das ist so was von ärgerlich – wir haben zwar Tickets, kommen aber vielleicht gar nicht mehr rein!“

Alle Kraft weicht aus meinem Körper. Das war sie, meine einzige Chance, LilyLoves je in echt zu erleben. Ich stehe mir vielleicht den ganzen Tag die Beine in den Bauch und komme trotzdem nie ans Ziel. Wie konnte ich nur so dämlich sein? Wir hätten schon viel früher herkommen sollen. Wir hätten bereits gestern Nacht ein Zelt aufschlagen und uns in den frühen Morgenstunden anstellen sollen.

Chloe hat nachdenklich die Unterlippe vorgeschoben. Dann wendet sie sich plötzlich mir zu und senkt verschwörerisch die Stimme.

„Auf gar keinen Fall bleibe ich drei Stunden lang hier stehen und warte, um Lily am Ende möglicherweise doch nicht zu sehen. Gib mir die Tickets – wir finden einen anderen Weg da rein."

Kapitel 38

Lily

„Wo steckt Bryan?“

Mindy drückt mich mit sanfter Beharrlichkeit auf den roten Plüschsessel vor dem riesigen beleuchteten Schminkspiegel. Eine Visagistin mit langen, seidigen blonden Haaren kommt herbeigeeilt und fängt unverzüglich an, eine Grundierung auf meiner trockenen Haut zu verteilen.

Ich will mich nach Mindy umdrehen, aber die junge Frau schnalzt nur tadelnd mit der Zunge und dreht meinen Kopf wieder nach vorn. Dann öffnet sie das nächste Döschen und macht sich daran, mir irgendein Öl unter die Augen zu tupfen. Ihre Finger fühlen sich kalt und klamm an, und als sie mit dem Oberlid weitermacht, kratzt sie mich versehentlich mit ihren langen Fingernägeln.

„Mindy“, sage ich, diesmal mit mehr Nachdruck. „Wo steckt Bryan?“

Mindy, die ihrer Assistentin gerade Anweisung gibt, die Lippenstift-Displays anders anzuordnen, dreht sich zu mir um.

„Bryan?“, meint sie nur beiläufig und wirft einen kritischen Blick auf das Lippenstift-Arrangement. „Er ist mit Jerry drüben im Hauptraum und hilft bei den Vorbereitungen.“

Ich rümpfe die Nase. Die Visagistin schnaubt genervt, also schaue ich wieder nach vorn und versuche, meine Gesichtszüge zu entspannen.

„Was hat Jerry denn hier zu suchen?"

„Bryan wollte nicht allein spielen", sagt sie, ohne von ihrem Klemmbrett aufzublicken.

„Wie bitte?"

Mit dicken Concealer-Spuren im Gesicht bin ich aufgesprungen. Die junge Frau, die mich schminken soll, atmet hörbar aus.

„Ich verstehe nicht. Wie kommst du darauf, dass Bryan und Jerry spielen?"

Mindy, die gerade geschäftig auf ihrem Handy herumtippt, hält endlich inne und sieht zu mir auf. Ihre strahlend blauen Augen weiten sich.

„Lily, was soll das? Bryan und Jerry spielen heute, das weißt du doch. Bryan hat uns schon vor über einer Woche angesprochen. Er meinte, du hättest ihn gebeten, heute aufzutreten."

„Was? Ich … Nein, das hab ich nicht … Das ist meine Party."

Ein panischer Ausdruck legt sich auf Mindys Züge.

„Bryan hat behauptet, du hättest darauf bestanden, dass seine Band heute spielt. Ich musste extra umdisponieren."

Das Herz klopft mir bis zum Hals.

„Er missbraucht also meine Party, um seine Band zu promoten?", frage ich ungläubig. Dieser Mistkerl!

Mindy sieht die Visagistin hinter mir ratlos an.

„Jetzt mach mal halblang. Ist doch alles kein Problem. Das ist bestimmt nur ein Missverständnis. Wir bitten die beiden einfach, nach Hause zu gehen." Sie redet besänftigend auf mich ein, als wäre ich ein kleines Kind kurz vor einem Tobsuchtsanfall.

Mit einem Mal schießt mir die Zornesröte ins Gesicht. Ohne lange nachzudenken, drehe ich mich auf dem Absatz um und marschiere durch die Doppeltür nach draußen in den Hauptsaal.

Bryan und Jerry stehen auf einer erhöhten Bühne zur Linken und schleppen Verstärker und E-Gitarren heran. Als Jerry mich bemerkt, grinst er breit und hebt grüßend die Hand. Ein paar dunkle Dreadlocks haben sich aus dem lockeren Knoten oben auf seinem Kopf gelöst.

Im nächsten Moment entdeckt auch Bryan mich, doch er verzieht keine Miene.

„Was hast du vor? Das ist meine Party, mit meinen Fans."

Wortlos zieht Bryan den Gitarrengurt von der Schulter und lässt das Instrument mit lautem Krachen zu Boden fallen. Seine Kiefermuskeln mahlen, er ist sichtlich angespannt. Jerry lässt die Hand sinken und stiert betreten zu Boden. Er wagt es nicht mehr, mich anzuschauen.

„Du hast also ein Problem damit, dass ich mit meiner Band auf deiner Party auftrete?", fragt Bryan schließlich.

„Nein, ich habe ein Problem damit, dass du mich nicht vorher gefragt hast. Das ist ja Erpressung."

Wie aus dem Nichts ist Mindy hinter mir aufgetaucht. „Lily! Wir brauchen dich in der Maske. Bryan, kannst du das bitte mit Rebecca klären? Es gab eine kleine Planänderung."

Bryan verdreht genervt die Augen.

Ohne weiter auf ihn zu achten, nimmt Mindy mich energisch am Ellbogen und führt mich zurück zu dem Sessel vor dem Spiegel. Verschwörerisch beugt sie sich zu mir und flüstert mir ins Ohr. Ihr warmer Atem kitzelt mich an der Wange.

„Keine Sorge. Das mit Bryan und Jerry regeln wir schon. Reg dich bitte nicht auf. Denk an deine Fans. Sie haben alle sehr viel auf sich genommen, um dich heute zu treffen."

„Ja, *meine* Fans!", ereifere ich mich. Meine Stimme bricht. „Meine. Nicht Bryans. Sie sind nicht gekommen, um sich seine Band anzuhören."

Mindy sieht mich mit ausdrucksloser Miene an.

„Ich kann mich nur entschuldigen für das, was passiert ist. Es ist natürlich allein unsere Schuld. Was soll ich jetzt deiner Meinung nach tun? Willst du, dass wir sie vor die Tür setzen?"

Ich habe Mühe, nicht laut loszulachen. Sie fragt mich allen Ernstes, ob ich will, dass sie meinen Freund rauswirft? Auf meiner eigenen Party?

„Nein, schon gut."

Meine Schultern sacken nach unten. Ich bin so wahnsinnig erschöpft und hab das alles so verdammt satt. Als Bryan all die Nächte mit mir aufgeblieben ist und mir bei den Planungen für die Party geholfen hat, da hat er das also nicht mir zuliebe gemacht; es war reiner Eigennutz, er hat kostenlose Publicity gewittert. Ich kann unmöglich mit ihm zusammenbleiben, nicht, nachdem er mich so hintergangen hat, oder? Es war von vornherein ein großer Fehler. In letzter Zeit geht alles schief, was ich anpacke.

Völlig entkräftet lasse ich mich auf den nächsten Stuhl sinken, und Mindy wechselt wieder einen Blick mit der Visagistin.

„Besorg uns doch bitte ein Glas Wasser."

Die langen blonden Haare der jungen Frau schwingen hin und her, als sie sich bückt und eine Flasche Wasser aus dem Schminktisch holt. In ihrer Umhängetasche hat sie Hunderte von hübschen Tiegeln, Tuben und Pinseln.

Während ich ihr zusehe, wie sie die Haare wieder zurück über die Schulter schleudert, überkommt mich unvermittelt der sehnliche Wunsch, mit ihr tauschen zu können. Ich wünschte, ich müsste nicht gleich da rausgehen und all diese Menschen sehen. Ich wünschte, ich müsste mich nicht um Bryan und Jerry und den ganzen Mist kümmern. Und ich habe die Schnauze gestrichen voll davon, mich ständig zu filmen und zu fotografieren und dabei so tun zu müssen, als wäre ich megaglücklich, dabei geht es mir echt mies, weil ich nicht genug Schlaf bekomme – denn schließlich muss ich dafür sorgen, dass mein Leben nach außen hin rundum perfekt wirkt.

Wenn ich mir im Vergleich dazu ein Leben als Visagistin vorstelle: Da hat man keine Sorgen, man muss nur zusehen, dass man Schauspieler und Promis gut aussehen lässt. Gerade als ich einen Schluck Wasser trinke, trifft mich die Erkenntnis: Ich packe das alles nicht mehr, die vielen Leute, den Trubel. Ich kann unmöglich da rausgehen und so tun, als wäre zwischen Bryan und mir alles in bester Ordnung – nur damit er gute Promotion für seine Band bekommt.

Was mache ich jetzt nur?

Ich presse die Faust gegen mein Auge, bis ich Sternchen sehe.

„Lily!" Mindy funkelt mich böse an. „Sieh mich an! Lass das bitte – schau mich an!"

Sie stößt ein genervtes Seufzen aus.

„Okay, ich geb's zu, das war nicht der ideale Start in diesen Tag. In deinen großen Tag. Aber wir kriegen das hin. Vertrau uns. Die Security sorgt dafür, dass nicht zu viele Leute reinkommen. Und wir lassen Bryan nicht auftreten. Denk an deine Fans, sie verehren dich, Lily. Sie brauchen dich heute. Und Bryan auch. Ihr beide bedeutet ihnen alles. Ich rede mit ihm, wir regeln das schon. Momentan liegen nur die Nerven bei allen etwas blank. Mehr ist es nicht, ihr seid nur nervös."

Blinzelnd sehe ich sie an. Nur nervös? Ist es das, liegen meine Nerven wirklich blank? Habe ich deswegen seit zwei Wochen ständig Herzrasen? Keine Ahnung. Ratlos schüttle ich den Kopf.

„Tut mir leid", flüstere ich, während mir eine Feuchtigkeitslotion auf die Haut unter den Augen getupft wird. „Die letzten Wochen waren wirklich ziemlich hart für mich."

Mindy schlägt nun einen komplett anderen Ton an. „Ich weiß, ich weiß. Es ist nicht einfach, so extrem in der Öffentlichkeit zu stehen. Normalerweise hast du ja auch nicht mit solchen

Menschenansammlungen zu tun. Aber diese Party bedeutet deinen Fans wirklich sehr viel. Uns allen bedeutet sie sehr viel. Das weißt du doch, oder?“

Als ich aufsehe und ihrem eindringlichen Blick begegne, ist mir beinahe nach Lachen zumute. Dort draußen stehen im Moment Tausende von Teenagern Schlange, und zwar nur, weil sie mich und Bryan sehen wollen. Sie halten uns immer noch für das absolute Traumpaar.

Mindy hat natürlich längst begriffen, dass das alles nur noch Show ist, genau wie die Visagistin, und Bryan sowieso. Aber sie alle wollen, dass wir mit dieser Farce weitermachen – weil sie nämlich ohne mich alle kein Geld mehr verdienen.

Der Druck, weiterzumachen und niemanden zu enttäuschen, ist groß.

„Okay, ich mach’s, versprochen“, flüstere ich.

Sofort lösen sich Mindys angespannte Züge sichtlich, und sie lächelt.

Ich aber habe die Hände auf meinem Schoß möglichst unauffällig zu Fäusten geballt, um sie am Zittern zu hindern.

KAPITEL 39

Melissa

Seit einer halben Ewigkeit irren wir nun schon durch irgendwelche Seitenstraßen. Meine Beine tun schrecklich weh, und ich habe schmerzhafte Blasen an den Füßen, weil meine neuen Pumps scheuern. Trotzdem beiße ich tapfer die Zähne zusammen. Als der Wind mir die Haare ins Gesicht peitscht, kriecht mir eine Gänsehaut über die nackten Oberschenkel.

Chloe verzieht ratlos das Gesicht. „Wo sind wir hier?"

Hinter einem riesigen Lagerhaus haben wir haltgemacht, neben uns zwei Müllcontainer in Industriegröße. Bei einem steht der Deckel offen, ich rümpfe die Nase, als mir der Gestank nach verfaulten Lebensmitteln entgegenschlägt. Das scheint mir nicht der passende Ort für eines von Lilys Fantreffen zu sein. Ich ziehe mein Oberteil so weit wie möglich runter, um meinen Bauch zu bedecken, und reibe mir die fröstelnden Arme. Inzwischen ist mein ganzer Körper von einer Gänsehaut überzogen.

„Äh, vielleicht … Na ja, ich weiß auch nicht, aber vielleicht ist es besser, wir gehen wieder zur Vorderseite?", schlage ich vor.

Chloe bleibt wie angewurzelt stehen. Ihre Mundwinkel heben sich ganz leicht, dann stößt sie ein leises Lachen aus.

„Keiner zwingt dich hierzubleiben, Melissa."

„Nein, nein! Ich meinte doch nicht … Wir sind sicher bald am Ziel. Lass uns einfach weitergehen …"

Also setzen wir unseren Weg die dunkle, enge Gasse entlang fort. Nicht weit von uns sitzt ein Mann im Schneidersitz am Boden, den Mantel zum Schutz gegen die Kälte bis über die Nase hochgezogen. Leise murmelt er vor sich hin. Als er meinen neugierigen Blick einfängt, scheint das Weiß seiner Augen größer zu werden. Sofort beginnt mein Herz zu rasen, und ich schaue hastig weg.

Oh Gott, wie gruselig.

Ich bemerke, wie Chloe die Stirn runzelt und unvermittelt einen Zahn zulegt. Mit jedem federnden Schritt springt auch ihr Haar, sie sieht aus wie ein Model aus einem Werbespot für Shampoo.

Ich werde ebenfalls schneller, um wieder mit ihr Schritt zu halten, bis sie an einem Tor abrupt haltmacht. Neugierig späht sie zwischen den Maschen des Zauns hindurch auf den Parkplatz dahinter. Er ist menschenleer, bis auf den Wachmann vor der kleinen Hintertür des Gebäudes.

„Warum bleibst du denn stehen …"

„Psst!", zischt Chloe, die Augen weit aufgerissen.

Als ich ihrem Blick folge, sehe ich es auch. Oh mein Gott, dort auf dem Parkplatz …

„Das ist Bryans Wagen!", flüstere ich aufgeregt.

Chloes Mund verzieht sich zu einem selbstgefälligen Grinsen.

Mit einem Mal fühlen sich meine Hände vor Nervosität total klamm an. Das muss die richtige Location sein! Gleich werden wir Lily und Bryan leibhaftig begegnen!

Ich mustere den hohen Zaun mit dem Stacheldraht. Im selben Moment hört man aus dem Gebäude jemanden rufen, der bullige Security-Typ soll nach drinnen kommen. Sofort folgt er der Anweisung, geht hinein und zieht die Tür hinter sich zu. Na prima, damit hätten wir schon mal ein Problem weniger.

„Wie sollen wir da reinkommen?“, flüstere ich.

Links von dem Tor ist eine kleine Lücke im Zaun zu sehen, darunter lockeres Erdreich.

Einen Moment herrscht absolute Stille. Dann sieht Chloe mich vielsagend an, die Stirn ganz leicht in Falten gelegt.

„Ähm, und was ist mit unseren Klamotten?“, frage ich verunsichert und streiche mein weißes Oberteil glatt.

Chloe macht ein nachdenkliches Gesicht. Ihr Blick wandert zwischen der Lücke im Zaun und meinem Outfit hin und her.

Wenig später schnaubt sie und zuckt achtlos mit den Schultern.

„Ach, was soll's. Wir haben keine andere Wahl. Ist es dir lieber, wir fahren unverrichteter Dinge nach Hause? Ohne mich.“

Voller Bewunderung sehe ich zu, wie Chloe entschlossen die Zähne zusammenbeißt, auf die Knie geht, das Drahtgeflecht so weit wie möglich anhebt und fast schon elegant darunter hindurchkriecht. Schließlich richtet sie sich auf der anderen Seite wieder auf, ihr weißes Kleid immer noch makellos.

Suze hätte eine solche Aktion niemals mitgemacht. Sie wäre schnurstracks wieder zurückmarschiert und hätte sich ganz hinten in der Schlange eingereiht, kein Zweifel. Eigentlich kann ich froh sein, dass sie keine Zeit hatte.

Mit entschlossen zusammengekniffenen Augen geht Chloe auf die Hintertür zu. Leichten Schrittes überquert sie den gekiesten Parkplatz, und ehe ich mich's versehe, ist sie auch schon im Gebäude verschwunden.

Mein Herz fängt an zu hämmern. Chloe hat es tatsächlich geschafft. Jetzt muss ich mich sputen, wenn ich sie einholen will.

Doch aus irgendeinem Grund fühlen sich meine Beine plötzlich an, als wären sie mit dem Boden verwurzelt. Ich versuche sie kraft meiner Gedanken zu zwingen, sich endlich in Bewegung zu setzen, doch es ist, als würden mich schwere Gewichte auf der Stelle fixieren. *Kommt schon! Los jetzt!*

Ich hole tief Luft, gehe auf die Knie und versuche die Öffnung im Zaun vorsichtig zu vergrößern.

„Ey! Was hast du vor?"

Sofort lasse ich den Maschendraht los, als würde er glühen. Der Wachmann ist zurück auf seinem Posten an der Tür und kommt jetzt schnurstracks auf mich zu.

„Für diese Veranstaltung benötigt man eine Eintrittskarte! Der Eingang für Gäste ist vorn."

Mit einem Mal gefriert mir das Blut in den Adern. Als ich langsam zurückweichen will, verfangen sich meine Haare im Zaun, und ich kann mich nur unter großen Schmerzen losreißen.

„Du hast hier nichts zu suchen. Nicht ohne ein Ticket."

„I-ich habe ein Ticket!", antworte ich mit piepsiger Stimme.

Hastig krame ich in meiner Tasche, doch das Reißverschlussfach, in dem die Karte eigentlich stecken sollte, ist leer. Moment mal, was … wo sind die Karten?

Du lieber Himmel! Chloe hat mich doch vorhin gebeten, sie ihr zu geben, als wir die endlos lange Schlange gesehen haben. Sie hat sie! Unwillkürlich versteife ich mich.

„Meine Freundin hat die Tickets! Sie ist schon drin. Ich muss sie nur rasch suchen."

Der Wachmann mustert mich von oben bis unten, die Arme vor der massiven Brust verschränkt. Beinahe mitleidig schüttelt er den Kopf.

„Ich weiß, wie begehrt diese Veranstaltung ist. Es waren schon sehr viele Mädchen ohne Eintrittskarte da. Aber wir können leider nicht mehr Leute reinlassen, als zulässig sind. Da sind uns die Hände gebunden. Und selbst wenn du ein Ticket hättest, dürfte ich dich nicht durch den Hintereingang reinlassen. Ich muss dich leider bitten, dich wie alle anderen vorn am Haupteingang anzustellen. Und jetzt geh bitte von diesem Tor weg. Das hier ist Privatgrund."

Ungläubig weiche ich zurück, und ich spüre, wie mir alle Farbe aus dem Gesicht weicht.

Die Straße hinter mir ist wie leer gefegt, nur etwas weiter entfernt sind Verkehrsgeräusche zu hören. Sogar der Typ von vorhin, der Selbstgespräche geführt hat, ist verschwunden. Jetzt bin nur noch ich da. Mutterseelenallein.

Was soll ich jetzt tun? Wie komme ich nach Hause? Ich habe keinen Handyempfang und kann somit weder ins Internet noch telefonieren. Ratlos zwirble ich mir eine Haarsträhne um den Zeigefinger.

Ist es zu fassen? Chloe lässt mich einfach ohne Ticket hier draußen stehen!

Ein Kloß bildet sich in meiner Kehle. Suze hätte mich nie im Leben im Stich gelassen. Niemals! Enttäuscht lasse ich mich gegen die Wand sinken und umklammere zitternd meine Ellbogen. Dass die rauen Ziegel dabei meine Haut aufscheuern, registriere ich nur am Rande.

KAPITEL 40

Lily

Langsam bekomme ich Gesichtskrämpfe von dem starren Lächeln auf meinen Lippen. Kleine schwarze Punkte tanzen vor meinen Augen. Schuld daran ist das nicht enden wollende Blitzlicht der Kameras. Ich müsste dringend zur Toilette, aber die nächste Pause ist erst in einer Stunde geplant. Deshalb schlage ich krampfhaft meine Beine übereinander und rutsche unruhig auf meinem Stuhl hin und her.

Seit gut zweieinhalb Stunden sitze ich hier und begrüße einen Fan nach dem anderen, und dabei habe ich noch nicht einmal ein Drittel der Leute in der Schlange geschafft. Es sind Hunderte, die mich um Umarmungen, Fotos oder Unterschriften auf ihren Lieblingsumhängetaschen, natürlich mit dem LilyLoves-Logo, bitten.

Auf der gegenüberliegenden Seite des großen Saals, an einem separaten Tisch, sitzen Bryan und Jerry. Mindy hat ihnen die Erlaubnis erteilt zu bleiben und ihre Fans zu begrüßen, aber sie haben strikte Anweisung, keine Musik zu machen. Bryan lächelt jeden Einzelnen artig an, doch zwischendurch bemerke ich immer wieder aus dem Augenwinkel, wie sein Blick zu mir huscht.

Als Nächstes tritt ein kleines Mädchen mit einem breiten Grinsen und einem von meinen T-Shirts vor den Tisch, an dem ich sitze. Sie trägt einen dicken rosa Haargummi um ihren Pferdeschwanz, und an ihren Armen klimpern unzählige Armreifen. Völlig atemlos bittet sie mich um eine Umarmung. Ich beuge mich vor und lasse mir von ihr die dünnen Ärmchen um den Nacken schlingen.

Nachdem ich auf ihrem T-Shirt unterschrieben habe, fällt mir auf, dass sie ein Foto von mir und Bryan an die Brust gedrückt hält. Ich finde es offen gestanden beängstigend, mich und Bryan auf diesem Bild eng umschlungen und mit glücklich strahlenden Gesichtern zu sehen, wo ich doch in Wahrheit am liebsten zu ihm rübergehen und seine Gitarre gegen die Wand donnern würde, bis sie auseinanderfällt.

Ich lächle ihr noch einmal aufmunternd zu, doch sie scheint noch nicht gehen zu wollen. Ihre rosigen Lippen fangen an zu beben.

Jetzt greift Mindy ein und versucht sie weiterzuschieben.

„I-ich w-wollte n-nur …“ Das Mädchen errötet. „Tut mir leid, ich bin nur so … Es ist so toll, dich und Bryan endlich kennenzulernen. Ich dachte nur, na ja, besteht vielleicht die Möglichkeit, ein Foto mit euch beiden zusammen zu machen?“

Mit glänzenden Augen sieht sie mich durchdringend an, und sofort bekomme ich Schuldgefühle. Alles in mir krampft sich zusammen.

Mindy packt sie entschlossen am Arm.

„Tut mir leid, wir haben nicht genügend Zeit für Gruppenfotos. Das machen wir später.“

Die Unterlippe des Mädchens schiebt sich vor und zittert stärker. Unwillkürlich zerknüllt sie das Foto von unseren dämlich grinsenden Gesichtern, das sie in der Hand hält.

Oh Mann, wie ich Bryan hasse!

„Ist schon gut. Ein gemeinsames Foto kriegen wir hin“, sage ich.

Mindy wirft mir über den Kopf des kleinen Mädchens hinweg einen giftigen Blick zu.

„Aber Lily, das hält uns doch viel zu lange auf …“

„Quatsch. Ist doch schnell erledigt.“

Das Mädchen sieht mich aus großen Augen dankbar an.

„Im Ernst?“, kreischt sie vergnügt. „Ist das wirklich dein Ernst?“

Ich habe noch nie einen Menschen so glücklich gesehen. Sie hüpft vor Freude ausgelassen auf und ab.

Mindy winkt unterdessen Bryan energisch zu uns rüber. Er wirft mir einen misstrauischen Blick zu, während das kleine Mädchen von einem zum anderen sieht und immer noch strahlt.

Als Bryan sich in Bewegung setzt und endlich neben uns steht, gehe ich in die Knie und lege dem Mädchen eine Hand auf die Schulter, während Bryan unbeholfen ihren anderen Arm ergreift. Dabei hält er sich so weit wie möglich von mir fern.

Das kleine Mädchen kriegt davon nichts mit und lächelt weiter, während sie ihre Hand in seine schiebt.

„Lächeln!“, ruft Mindy und knipst mit dem Handy des Mädchens ein Foto, während wir alle um die Wette grinsen wie die Bekloppten.

„Darf ich mal sehen! Bitte, bitte!“

Das Mädchen stürzt auf Mindy zu und muss sich auf Zehenspitzen stellen, um aufs Display schauen zu können. Als es sein Telefon wieder in Händen hält, kommt es noch einmal auf mich zugeflitzt und fällt mir um den Hals. Das tut die Kleine mit derart viel Schwung, dass sie mich um ein Haar zu Fall bringt.

Ich gehe auf die Knie. Sie hält mich ganz fest umklammert, ihr Gesicht an meinem Hals vergraben, und murmelt so leise, dass niemand sonst es hören kann: „Du bist für mich der liebste Mensch auf der ganzen Welt, Lily.“

Zwei Stunden später sind meine Batterien restlos leer, ich bin körperlich und emotional völlig ausgepowert. Nachdem ich mich in den Backstage-Bereich begeben habe, um meine wohlverdiente Pause zu genießen, lasse ich mich in den nächstbesten Sessel sinken und spüre sofort, wie meine Muskeln sich entspannen. Meine Sicht verschwimmt, ich habe Schwielen an den Händen, und meine Finger tun mir weh vom endlosen Autogrammegeben.

Aber eigenartigerweise fühle ich mich gar nicht mal so schlecht. Die Sorgen und der Stress der vergangenen Tage haben sich schlagartig in Luft aufgelöst, es ist, als hätte ich irgendwelche Drogen eingeworfen. Meine vielen Fans zu sehen hat mich daran erinnert, worum es uns YouTubern tatsächlich geht und warum mir persönlich das Vloggen so viel bedeutet.

Gerade leere ich meine dritte Flasche Mineralwasser und wische mir mit dem Handrücken über die Stirn, als mein Smartphone aufleuchtet. Eine neue Nachricht. Ich wette, sie kommt von Mum, die mir viel Glück wünschen will. Doch als ich aufs Display schaue, stelle ich fest, dass Chris sich im Chat gemeldet hat.

C: Hast du meine Nachricht bekommen? Ich stehe draußen vor der Location, in der deine Party stattfindet, komme aber nicht rein! Hier sind so irre viele Leute! Das ist megaabgefahren. Gratuliere!

Ich ziehe die Stirn kraus. Sofort klicke ich mich durch den Chatverlauf im Facebook-Messenger und finde eine Nachricht von letzter Woche.

C: Hattest du das gemeint? Ich bin an dem Tag zufällig in London – ich schau mal vorbei.

Er hat mir einen Link zu der Anzeige für meine Launch-Party geschickt, die er auf meiner Instagram-Seite gefunden hat. Ein Lächeln stiehlt sich auf mein Gesicht.

Chris ist da, ist das zu glauben! Er findet also das, was ich tue, nicht total daneben. Ich kann es kaum erwarten, ihn herumzuführen und ihm alles zu zeigen. So etwas hat er noch nie gesehen, wetten? Die vielen Fans. Das dichte Gedränge. Die ausgelassene Stimmung. Ich möchte ihm gern zeigen, worum es bei solchen Online-Communitys wirklich geht. Es dreht sich nicht alles nur um hübsche Fotos und um irgendwelche Eitelkeiten, wie die Leute immer zu glauben scheinen – was zählt, ist, dass all diese Menschen das Gefühl haben dazuzugehören.

Ich antworte postwendend.

L: Komm zur Rückseite des Gebäudes – ich schicke dir gleich die genaue Lage auf Google Maps. Jemand von meinem Team wird dich reinlassen. Ich freue mich tierisch, dass du gekommen bist! :)

Schnell schnappe ich mir eine von Mindys Assistentinnen und zeige ihr die Nachricht. Sie eilt sofort los, um ihm aufzumachen, und ich stehe auf und folge ihr.

„Nein, bleib hier. Wir hatten schon diverse unerwünschte Besucher am Hintereingang. Die sollen dich auf gar keinen Fall sehen, sonst kreuzen die da hinten bald in Scharen auf“, sagt sie.

„Na schön.“ Ich nehme wieder Platz. Mir ist, als würde ich schweben. All diese Leute … sie sind nur meinetwegen hier. Das kommt mir plötzlich alles so unwirklich vor.

Wenige Augenblicke später kommt Chris zur Tür herein. Sein rotbraunes Haar ist völlig zerzaust, und er trägt eine alte, abgetragene und ziemlich weite Jeans, die unten am Saum ausgefranst ist. Über seiner Schulter hängt ein leuchtend oranger Anorak, der überhaupt nicht zu seinen roten Haaren passt.

Aus irgendeinem Grund bin ich derart hibbelig vor Aufregung, dass ich auf ihn zuspringe und mich ihm unumwunden an den Hals werfe.

„Hey!“ Lachend taumelt er einen Schritt zurück.

„Unglaublich, du bist wirklich gekommen!“, juble ich.

Ein Lächeln legt sich auf sein Gesicht, und ich habe das Gefühl, wie auf Wolken zu schweben.

Plötzlich aber geht sein Blick an mir vorbei, und seine Züge spannen sich kaum merklich an. Ich stelle fest, dass jemand hinter mir steht und uns beobachtet. Ich mache mich von Chris los und folge seinem Blick.

Es ist Bryan. Seine Mundwinkel sind zu einem spöttischen Grinsen verzogen.

„Na, wen haben wir denn da?“

KAPITEL 41

Lily

Bryans dunkle Augen wandern zwischen mir und Chris hin und her, bis er mich fixiert.

„Ich möchte kurz mit dir reden, Lil. Komm bitte her."

Ich werfe Chris einen verunsicherten Blick zu und massiere mir die Schläfe. Bitte nicht jetzt. Ich will mich nicht schon wieder mit ihm streiten.

Bryan packt mich am Arm und zerrt mich unsanft beiseite.

Chris beobachtet ihn mit durchdringendem Blick, wie mir nicht entgeht. Ich ziehe ein grimmiges Gesicht, und Bryan reißt noch energischer an meinem Arm.

„Hey, Freundchen, sei nicht so grob zu ihr", sagt Chris mit einem warnenden Unterton in der Stimme und macht einen Schritt auf ihn zu.

„Freundchen?", wiederholt Bryan spöttisch und imitiert dabei Chris' unüberhörbar ländlichen Akzent. Dann stößt er ein verächtliches Lachen aus. „Entschuldige bitte, aber was geht dich das an?"

Mein Kopf pocht. Ich mache den Mund auf, um etwas Beschwichtigendes zu sagen, aber ich kriege keinen Ton heraus.

„Lass sie einfach in Ruhe, okay." Chris legt Bryan eine Hand auf die Schulter.

Der mustert ihn verächtlich von oben bis unten. „Nimm deine Pfoten da weg, sofort", knurrt er dann.

Schlagartig steigt Chris die Zornesröte ins Gesicht. Bryans Fingernägel graben sich so fest in meinen Arm, dass es wehtut.

„Schon gut, ich komme", knurre ich.

Ich wende mich in Richtung Tür. Doch plötzlich stolpert Bryan an mir vorbei und kracht um ein Haar mit dem Kopf voraus gegen die Wand.

Hoppla, was war das denn?

Bryan hält sich die rechte Backe, die bereits eine tiefrote Färbung anzunehmen beginnt. Sein Blick wirkt mit einem Mal finster wie die Nacht. Chris atmet schwer und ballt die Hände zu Fäusten, er ist sichtlich aufgebracht.

Oh Gott, Chris hat ihn doch nicht etwa geschlagen, oder? *Bitte nicht.*

„Was machst du denn?!" Meine Stimme klingt panisch.

Jetzt sieht Chris mich an, mit einem Mal ernüchtert. Diese Gelegenheit nutzt Bryan sofort, um sich nun seinerseits auf ihn zu stürzen. Doch Chris blockt ihn ab und schubst ihn zurück, gerade als Mindy wieder in den Raum kommt.

„Was ist denn hier los?" Sie macht ein entrüstetes Gesicht, als würde sie am liebsten beide umbringen.

Im Bruchteil von Sekunden kommen Sicherheitskräfte angerannt und ringen Chris zu Boden.

Bryan wendet sich mir zu. „Was läuft hier, verdammt? Dieser Typ ist doch vollkommen gestört, sieh zu, dass er von hier verschwindet."

Fassungslos starre ich ihn an. Mir fehlen die Worte.

„Lily!" Mindy nimmt mich am Arm.

Sie führt mich hinaus auf den Flur, und ich höre noch, wie Bryan die Sicherheitsleute wüst beschimpft. Leise schließt Mindy die Tür hinter uns, bleibt stehen und dreht mich zu sich herum. Sie holt tief Luft, legt eine Hand in dramatischer Geste an ihre Brust und sieht mir unverwandt in die Augen.

„Gibt es etwas, das du mir zu sagen hast?" Die Ader auf ihrer Stirn pulsiert.

Mittlerweile läuft mir eine dicke, klebrige Mascaraspur über die Wangen.

„Ich packe das alles nicht mehr. Es ist einfach zu viel. Ich brauche …"

Mindy setzt mich auf den nächstbesten Stuhl und reicht mir eine Flasche Wasser. „Glaub mir, du schaffst das. Deine Fans zählen auf dich. Wir alle verlassen uns auf dich."

Sie greift nach meiner Hand und sieht mich flehend an.

„Du kriegst das hin, ganz bestimmt. Wir müssen uns nur ganz schnell um dein Gesicht kümmern, dann kann es weitergehen."

Als ich dreißig Minuten später frisch geschminkt aus der Maske komme, ist der Backstage-Raum menschenleer. Auch die Sicherheitskräfte sind verschwunden. Genau wie Bryan. Durch das hintere Fenster höre ich Chris draußen mit den Wachleuten diskutieren.

„Ich muss da wieder rein … Nein, ich habe keine Eintrittskarte! Wo ist Lily?"

Ich spähe zum Fenster hinaus. Er steht hinten auf dem Parkplatz und wird von zwei Leuten vom Sicherheitspersonal davon abgehalten, das Gebäude zu betreten. Hastig öffne ich das Fenster und beuge mich hinaus.

„Hey, Leute, ist schon gut. Er ist ein Freund von mir. Lasst ihn bitte rein!", rufe ich.

Als Chris das hört, schießen seine Augenbrauen nach oben.

Ein Wachmann schaut aus zusammengekniffenen Augen zu mir hoch. „Er ist da drin gewalttätig geworden. Deshalb hat er Hausverbot."

Ich blinzle ungläubig. Chris hat Hausverbot? Auf meiner eigenen Party? Das wird ja immer schöner. Erschöpft reibe ich mir die Stirn und atme langsam aus.

„Okay, wie ihr wollt. Dann komme ich eben nach draußen."

Ich ziehe mich vom Fenster zurück, gehe hinaus auf den Flur und begebe mich zum Hintereingang, vorbei an den dort postierten Wachleuten.

In dicken Schutzwesten und mit vor der Brust verschränkten Armen stehen sie da und beäugen Chris und mich.

„Ähm, könnten wir uns vielleicht kurz unter vier Augen unterhalten?", frage ich.

Die Wachleute wechseln einen Blick, dann verziehen sie sich widerstrebend nach drinnen. Oh Mann, was soll das denn? Immerhin werden sie von mir bezahlt!

Endlich richte ich den Blick auf Chris. Der Wind fegt pfeifend über den leeren Parkplatz, während sich zwischen uns beklommenes Schweigen breitmacht. Schließlich ringe ich mir ein schiefes Lächeln ab. Chris hat die buschigen Augenbrauen fest zusammengezogen und mustert mich mit angespanntem Kiefer.

„Ich … Tut mir leid, was da drinnen passiert ist", sage ich.

Der Anflug eines Lächelns tritt auf seine Züge und lässt sein Gesicht etwas sanfter wirken. „Du brauchst dich nicht zu entschuldigen", sagt er mit hochgezogenen Augenbrauen. „Das ist also dein Freund Bryan? Er scheint … ähm … ein ganz netter Kerl zu sein."

Beschämt vergrabe ich das Gesicht in den Händen.

Im selben Moment ist das Schlagen einer Tür zu hören.

Wir reißen beide die Köpfe hoch. Auf einmal steht Bryan vor uns, die schwarzen Haare wieder perfekt gestylt, je einen kirschroten Fleck auf beiden blassen Wangen.

Bryans Blick zuckt erst zu Chris, dann zu mir. „Scheiße, was hat der denn immer noch hier zu suchen?“

Ich blinzle hastig. „Bryan, ich pack das alles nicht mehr.“ Zwar höre ich meine Stimme laut und deutlich, habe aber das Gefühl, als würde sie gar nicht zu mir gehören. Irgendwie kommt es mir so vor, als würde ich mich selbst von außen beobachten.

Bryan atmet vernehmlich aus. „Was packst du nicht mehr?“

„Das mit uns, alles. Ich ertrage es nicht länger. Zwischen uns ist nichts mehr, wie es war.“

Bryan macht einen Schritt auf mich zu und senkt die Stimme. „Lily, sei nicht dumm. Denk an deine und meine Follower. Da draußen stehen schätzungsweise dreihunderttausend Fans. Sie sind nicht allein deinetwegen hier, sondern wegen *uns*. Vergiss das nicht.“

Er schaut mich eindringlich an. Aus dem Augenwinkel sehe ich, dass Chris mich ebenfalls interessiert mustert.

Meine Hände zittern.

„Ich weiß, aber ich pack es trotzdem nicht mehr“, flüstere ich. „Ich glaube, ich habe schon vor einer Weile abgeschlossen. Tut mir wirklich leid, Bryan, aber bei allem, was zwischen uns passiert ist ... Ich kann so nicht weitermachen.“

Bryan verzieht spöttisch den Mund. „Scheiße, das ist doch verrückt. Du willst also allen diesen Teenies da draußen das Herz brechen? Ist es das, was du willst? Du ruinierst alles, was wir uns gemeinsam aufgebaut haben.“

Plötzlich reißt er wütend die Hände hoch. „Es geht um Nina, nicht wahr? Du hast unseren Chat gelesen. Ehrlich, du bist doch geistesgestört – was kann ich dafür, dass sie total von mir besessen ist. Na gut, ich hatte einmal was mit ihr, aber das hatte nichts zu bedeuten.“

Meine Gedanken kommen mit einem Schlag zum Stillstand. Er hat mit Nina geschlafen. Er hat es wirklich getan. Oh mein Gott, ich lag also die ganze Zeit richtig? Diese Nachrichten, der Snapchat … Er hatte allen Ernstes was mit ihr. Warum fühlt es sich plötzlich so falsch an, dass ich den richtigen Riecher hatte?

„Bitte verschwinde, ich will dich nicht mehr sehen“, sage ich mit möglichst fester Stimme.

Bryan schnaubt empört. „Sag du mir nicht, was ich …“

„Verschwinde! Es ist aus zwischen uns!“ Mir ist durchaus bewusst, dass ich ziemlich laut geworden bin.

„Nein, Lily. Das kannst du nicht wollen, denk an deine berufliche Zukunft.“

Er will nach meiner Hand greifen, doch ich entziehe sie ihm. Mit einem Mal bin ich hellwach. Er hat natürlich recht: Alles wäre so viel einfacher, wenn wir zusammenblieben. Die Frage ist nur: Will ich das wirklich?

Doch dann schiebt Chris sich zwischen uns und legt mir eine Hand auf die Schulter.

Bryans Gesicht verzieht sich zu einem höhnischen Grinsen. „Echt jetzt?“ Er lacht. „Der Typ da?“

„Bryan, bitte lass es!“

Chris macht einen Schritt auf ihn zu, und ich habe Angst, er könnte ihn noch einmal verprügeln, doch überraschenderweise nimmt er mich nur an der Hand. Ein Prickeln geht durch meinen Körper, als seine schwieligen Finger meine Haut streifen.

Bryans Blick richtet sich auf unsere ineinander verschränkten Hände. Dann bricht er in schallendes Gelächter aus.

„Herrje, du machst einen großen Fehler.“

Seine Augen blitzen, und sofort versteife ich mich am ganzen Körper. *Was hat er vor?*

Für einen kurzen Augenblick denke ich, dass er mich packen will, doch dann schüttelt er nur den Kopf, wendet sich um und schlendert einfach davon.

„Viel Glück mit ihr, *Freundchen*", ruft er Chris über die Schulter zu. Und dann sagt er noch, diesmal an mich gewandt: „Wir sind fertig miteinander, Lily. Bis ich morgen zurück bin, will ich, dass du deine Sachen aus meiner Wohnung geräumt hast. Ich bleibe so lange bei Nina."

Damit öffnet er die Tür zu seinem Wagen, steigt ein und braust durch das jetzt geöffnete Tor davon.

Ich schaue runter auf meine freie Hand. Kein Zittern. Seltsamerweise ist mir nicht mal nach Heulen zumute. Ich spüre nichts als Erleichterung. Jetzt muss ich mir wegen Bryan keine Gedanken mehr machen. Oder wegen Nina. Auf einmal ist er weg, der ständige Druck, uns als das perfekte Paar zu präsentieren. Endlich kann ich wieder ich selbst sein.

Gewiss werden später auch Tränen fließen, da mache ich mir nichts vor, aber im Moment ist es so, als würde man den blutigen Schnitt in der Hand zwar sehen, das Gehirn den Schmerz aber noch nicht registrieren. Ich stochere in der Wunde herum, doch sie fühlt sich taub an.

Langsam atme ich aus.

Er ist weg. Er ist endlich weg.

Es ist vorbei.

Als ich mich nach Chris umsehe, bemerke ich seine gequälte Miene.

„Lily, ich war nicht ganz aufrichtig zu dir", sagt er und hebt beschwichtigend die Hände. „Was ich dir vor einigen Wochen erzählt habe, das mit Jasmine, das war … es ist nicht …"

Er wendet beschämt den Blick ab.

Ach du Schande. Jasmine – die hatte ich komplett vergessen. Was ist mit ihr? Ist sie schwanger? Sind sie verheiratet? Entsetzt lasse ich seine Hand los.

Chris sieht mich mit verletztem Gesichtsausdruck an. „Weißt du noch, der Tag, an dem wir uns zufällig begegnet sind? Da hast du doch meine Klamotten am Boden gefunden …?"

„Äh, ja …"

„Tja, die hatte Jasmine zum Fenster rausgeworfen – ich bin zurückgekommen, um meine Sachen zu holen, da ist sie ausgerastet. Als du deinen Freund erwähnt hast, da dachte ich … Ich weiß auch nicht. Ich habe keinen Schimmer, warum ich das gesagt habe. Jedenfalls sind Jasmine und ich nicht mehr zusammen – wir haben uns schon vor Monaten getrennt."

Er spricht fast ohne Punkt und Komma, bis er völlig außer Puste ist. So nervös habe ich Chris noch nie erlebt, er ist ja komplett durch den Wind.

„Ich wollte nur nicht, dass du denkst … Keine Ahnung. Ich …"

Er unterbricht sich, doch mein Herz klopft schon die ganze Zeit wie wild.

Ich schüttle den Kopf. Doch nach und nach beginne ich zu begreifen.

Vorsichtig berühre ich Chris' Brust und merke, dass ich von Kopf bis Fuß zittere. Überrascht blickt er zu mir auf, dann schlingt er seine kräftigen Arme sanft um meine schmalen Schultern und zieht mich an sich. Ich streichle versonnen über den hässlichen orangen, wächsernen Stoff seines Anoraks.

Aus großen Augen sieht er mich wie benebelt an. Bei mir ist es vermutlich nicht anders.

Es ist, als würde ein Funke zwischen uns überspringen, irgendwie elektrisierend. Er streicht eine Haarsträhne aus meinem Gesicht, eine Geste, die mir eine Gänsehaut über den Rücken jagt.

Millimeter für Millimeter beugt er sich auf mich zu. Um ihm entgegenzukommen, hebe ich das Kinn an, und als seine Lippen sich auf meine legen, spüre ich, wie die Hitze durch meinen Körper schießt. Ein Schauder rieselt über meinen Rücken. Ich will, dass dieser Moment niemals endet …

Doch dann unterbricht ein klickendes Geräusch meine Gedanken.

Hey, was war das?

Ich mache mich von Chris los und sehe mich ratlos um. Wieder ist ein Klicken zu hören, unmittelbar gefolgt von einem grellen Blitz.

Was geht denn jetzt ab?

„Was ist los?", murmelt Chris an meinem Ohr.

Da bemerke ich am Rande des Parkplatzes ein Mädchen mit braunen Haaren. Sie hält ein Smartphone hoch und schaut stirnrunzelnd aufs Display, während sie ein Foto nach dem anderen schießt.

Mein Herz gerät ins Stolpern. Sie muss wissen, wer ich bin. *Oh bitte, das darf nicht wahr sein!*

„Halt! Warte!"

Ich stürze auf sie zu, doch mit einem leisen Aufschrei springt sie zurück und rast zum Tor hinaus auf die Straße.

Sie muss ein Fan sein, warum sollte sie uns sonst heimlich fotografieren? Sie war vermutlich Gast auf der Party. Mist!

„Warte!", rufe ich erneut. Meine Stimme klingt heiser, fast hysterisch.

Am Ende des Parkplatzes angekommen, stelle ich fest, dass sie fort ist. Ich suche die Straße in beide Richtungen ab, aber sie ist nirgends zu sehen.

Chris ist mir gefolgt und legt mir die Hand an die Hüfte, um mich zurückzuholen. Mit klopfendem Herzen stoße ich ihn zurück. *Wir dürfen nicht zusammen gesehen werden!*

„Sie hat Fotos von uns gemacht", japse ich völlig außer mir und merke, wie mich die schreckliche Erkenntnis mit voller Wucht niederdrückt.

Er zuckt nur lässig mit den Schultern. „Na und?"

Wieder spüre ich diese Enge um die Brust. Es fühlt sich an, als hätte sich ein Seil um mich gelegt und würde meine Arme an den Körper drücken, sodass meine Lungen wie eingeschnürt sind und ich kaum mehr Luft kriege.

„Ich bin so was von erledigt", presse ich schließlich mühsam hervor und kneife die Augen fest zu.

KAPITEL 42

Melissa

Fünfzehn Minuten stehe ich schon hier, und Chloe ist immer noch nicht wieder aufgetaucht. Ist das zu fassen? Wie kann sie nur so fies sein!

Der Wind peitscht mir die Haare ins Gesicht, vor Kälte stellen sich mir die Härchen an der Rückseite meiner Oberschenkel auf. Der Boden unter meinen Füßen ist schmutzig grau und voller schwarzer Teerklumpen. Der Straßenbelag und meine Füße fangen an, vor meinen Augen ineinander zu verschmelzen.

Mit einem letzten empörten Schnauben mache ich mich auf den Rückweg. Ich tippe aufs Display meines Handys, muss aber zu meinem Leidwesen feststellen, dass ich immer noch kein Signal habe. Was tue ich eigentlich hier? Ich wollte doch nichts weiter als Lily und Bryan sehen. Und ihnen sagen, wie viel sie mir bedeuten. Dass sie mich aufheitern, wenn alles andere unerträglich scheint.

Doch dank Chloe kann ich das jetzt vergessen. Ich habe für die Tickets bezahlt, und trotzdem ist sie diejenige, die es da reingeschafft hat und mittlerweile wahrscheinlich dick mit Lily befreundet ist.

Das ist so irrsinnig unfair. Chloe ist noch nicht mal die Sorte Mensch, mit der jemand wie Lily befreundet sein möchte. Sie denkt immer nur an sich selbst. Suze hätte sich niemals ohne mich da Zutritt verschafft.

Ein älterer Herr geht an mir vorüber, beide Hände tief in den Manteltaschen vergraben. Obwohl er mich nicht einmal registriert, weiche ich vorsichtshalber einen Schritt zurück und schlinge die Arme schützend um meinen Oberkörper. Toll. Chloe trifft Lily, während ich mich mit den Freaks und Perversen der Großstadt begnügen muss und vielleicht entführt werde oder sogar Schlimmeres!

Für einen kurzen Moment frage ich mich, was wohl wäre, wenn ich sie am Montag in der Schule damit konfrontiere.

„Weil du einfach abgehauen bist, hat ein Mann versucht, mich in sein Auto zu zerren! Ich musste mich mit Händen und Füßen gegen ihn wehren!" So ungefähr stelle ich mir meine Schimpftirade vor.

Und was würden die Jungs dazu sagen? Andy würde sie vermutlich ordentlich zur Schnecke machen, und Rish würde sie in Zukunft auf keine von seinen Partys mehr einladen. Wahrscheinlich würde sie weinend wegrennen. Das geschähe ihr recht.

Der sonderbare Mann verschwindet torkelnd in die andere Richtung.

Oh Mann, wem mache ich eigentlich etwas vor? Warum sollte es Andy oder Rish kümmern, dass Chloe mich mitten in London allein hat stehen lassen? Sie würden mir wahrscheinlich nicht mal richtig zuhören. Und falls doch, würde Rish mich vermutlich nur auslachen, weil ich so maßlos übertreibe.

Gott, ich wünschte, Suze wäre hier.

Im selben Moment hallt ein erstickter, spitzer Schrei durch die Straße.

Mir rutscht das Herz in die Hose.

Suze?

Nein, so ein Quatsch. Warum sollte das Suze sein?

Aber da war jemand. Ein Mädchen. Was ist da los?

Ich recke den Hals und höre einen weiteren unterdrückten Schrei, gefolgt von Türenschlagen.

Oh Mann, da stimmt was nicht. Was mache ich jetzt?

„Verschwinde!“, höre ich eine weibliche Stimme rufen.

Moment mal. Diese Stimme kenne ich doch. Ich höre sie seit sechs Jahren fast jeden Tag. Es ist diese Stimme, die mich zum Lachen bringt, die mich beruhigt, wenn ich nervös bin, und die mir beim Einschlafen hilft.

„Nein, Lily!“, entgegnet eine männliche Stimme.

Oh mein Gott! Es ist Lily!

Meine Brust schnürt sich zusammen. Ob sie Hilfe braucht?

Ohne zu zögern, renne ich los. Als ich zurück am Parkplatz bin, öffnet sich gerade das Tor, und ich stelle fest, dass Bryans Wagen nicht mehr da steht, wo ich ihn vorhin gesehen habe.

Es muss was Schlimmes passiert sein. Ob sie überfallen worden sind? Das Auto gestohlen wurde? Mein Herz schlägt mir bis zum Hals.

Gedanklich male ich mir aus, wie Bryan Lily in die Arme nimmt und sie wegen des gestohlenen Autos tröstet, während sie an seiner Schulter herzzerreißend schluchzt.

Das Bild ist so real, dass ich förmlich seine Hand in meinen Haaren zu spüren glaube, die besänftigenden Worte in meinem Ohr, mein Gesicht an seiner Brust geborgen.

Als ich Lily dann tatsächlich sehe, bleibt mir fast die Luft weg. Sie ist noch viel schöner als in ihren Videos. Und Bryan ist natürlich bei ihr und redet leise auf sie ein, die Arme um sie gelegt, genau wie ich es mir vorgestellt habe.

Eine Woge inniger Zuneigung für die beiden geht über mich hinweg.

Doch als Bryan den Kopf hebt, stockt mir das Herz.

Es ist gar nicht Bryan!

Es ist irgendein eigenartiger Typ in einem orangefarbenen Anorak, der total ätzend aussieht zu seinen fuchsroten Haaren. Der hat bestimmt noch nie ein Modemagazin in der Hand gehabt. Was hat der hier zu suchen? Da stimmt doch was nicht. Wo ist Bryan?

Es ist, als würde sich unmittelbar vor meinen Augen ein Unfall abspielen, nur im Zeitraffer. Ich weiß zwar genau, dass gleich etwas Fürchterliches passieren wird, kann aber die Augen nicht abwenden.

Lily zieht sich von dem Kerl zurück, und er streicht ihr zärtlich die Ponyfransen aus der Stirn.

Nein. Nein. NEIN!

Sie hebt das Gesicht zu ihm.

Es zerreißt mir fast das Herz. Am liebsten würde ich „Aufhören!“ rufen, doch die Worte kommen mir nicht über die Lippen.

Kurz lächelt er sie an, dann küssen sie sich.

In diesem Moment kommt es mir so vor, als würde meine Welt in die Brüche gehen. Ich will hinüberlaufen und die beiden trennen, Lily aus vollem Halse anbrüllen, damit sie zur Vernunft kommt.

WAS ZUM TEUFEL TUT SIE DA?

Ich hebe mein Handy, versuche mich halbwegs zu beruhigen, damit meine Finger nicht so zittern, und drücke den Auslöser der Kamera.

SECHS JAHRE
VORHER

KAPITEL 43

Lily

Irgendwie bin ich mit meinem Zimmer immer noch nicht richtig zufrieden. Die weihnachtliche Lichterkette an dem Balken über meinem Bett, die ich aufgehängt habe, verrutscht immer wieder. Ich bräuchte mehr Nägel, damit sie besser hält, aber ich habe schon das ganze Haus abgesucht, es gibt keine mehr. Warum schaffe ich es nicht, mein Zimmer richtig behaglich aussehen zu lassen?

Die Kissen auf dem Bett gefallen mir auch nicht. Ich zupfe ein paar Flusen von dem hellrosa Stoff. Würde das cremefarbene Kissen sich auf Video besser machen? Oder hätte ich nur weiße nehmen sollen? Rosa ist zugegebenermaßen arg kitschig. Ich knipse meine Nachttischlampe an, und sofort ist der ganze Raum in ein sanftes, warmes Licht getaucht. Hmm, eindeutig das cremefarbene.

Aber wie das Ganze wohl über Webcam wirkt … es ist extrem schummrig. Blinzelnd betrachte ich das Bild auf meinem Computer, und meine Schultern sacken nach unten – man sieht die Kissen noch nicht mal. Die Lichterkette kommt auf dem Monitor auch nicht gut zur Geltung: Da sind nur kleine weiße Lichtpunkte zu sehen. Fast ein bisschen wie Sterne in der Nacht.

Ich brauche dringend mehr Licht hier drin; vielleicht sollte ich zusätzlich das Deckenlicht im Flur einschalten. Auf Zehenspitzen schleiche ich durchs Zimmer, drücke die schwere Holztür auf und keile sie mit einem dicken alten Wörterbuch fest. Dann drücke ich auf den Lichtschalter. Hoffentlich wird Mum nicht wach.

Das Bild auf dem Monitor ist zum Glück viel heller. Hurra, es hat geklappt.

So leise wie möglich lege ich auf meinem Schreibtisch einen Kamm, das Haarspray und die Lockenwickler bereit und streiche meine langen Haare über die Schultern nach vorn. Wo soll ich die Webcam denn positionieren? Wenn ich sie oben am Computer befestige, sieht mein Gesicht eigenartig aus – total riesige, hervorquellende Augen und die Lippen viel zu schmal. Ich probiere es anders und befestige die Kamera seitlich am Laptop. Eindeutig besser.

Um sicherzugehen, dass Mum auf der anderen Seite des Flurs tief und fest schläft, werfe ich noch einen kurzen Blick zur Tür und blicke dann direkt in die Kameralinse.

„Hallo zusammen", sage ich im Flüsterton. „Heute will ich euch eine Frisur zeigen, zu der mich Cheryl Tweedy inspiriert hat. Dazu kämmen wir das Haar zurück und legen es in Locken. Ihr braucht nur einen Kamm wie diesen hier und Haarspray. Ich benutze das hier, es gehört eigentlich meiner Mum …"

Nachdem ich das Video fertig gedreht habe, spiele ich die Aufnahme noch einmal ab. Total ätzend. Das Licht aus dem Flur ist zu grell, mein Gesicht sieht zur Hälfte schneeweiß aus, während die andere Hälfte im Dunkeln liegt. Außerdem versteht man rein gar nichts, weil ich viel zu leise rede. Die Lichterkette im Hintergrund ist nur noch zu erahnen. Diesen Mist sieht sich garantiert kein Mensch an.

Ich presse die Faust gegen die Wange. Oh Mann, langsam geb ich's auf.

Bei Leuten wie Glitterbuzz sieht das alles immer so einfach aus. In einem ihrer Videos bringt sie den Zuschauern einen Trick bei, wie man die Mascarabürste so verbiegt, dass sie die Wimpern viel effektiver anhebt. Den wende ich mittlerweile regelmäßig an. In einem anderen Video erklärt sie, wie man sich mit einem Kamm und zwei Haarklammern eine hübsche Tolle frisiert. Seitdem gehe ich nur noch so gestylt in die Schule.

Ich habe mich sogar schon mal im Chat mit Glitterbuzz unterhalten. Na ja, nicht direkt, aber fast. Letzte Woche stand die Kommentarleiste zu ihrem neusten Video für Fragen zur Verfügung, und sie hat tatsächlich eine von meinen beantwortet! Sie lautete folgendermaßen: „Ist es gut, wenn man sich jeden Tag schminkt?“ Worauf sie schrieb: „Ich versuche mindestens einen Tag in der Woche kein Make-up aufzulegen, damit meine Haut zwischendurch atmen kann.“

Ich klicke auf meine Profilseite und lese mir ihren Kommentar noch einmal durch. Ein angenehmes Prickeln im Nacken macht sich bemerkbar. Kaum zu glauben, dass sie mir wirklich geantwortet hat. Da dreht sie diese unglaublichen Videos, und dann spricht sie mit mir, Lily Henshaw!

Ich würde so wahnsinnig gerne Videos drehen wie sie. Meine Freundinnen in der Schule löchern mich permanent, wie ich meine Frisur so hinbekomme oder wo ich meinen Lidschatten kaufe. Ich habe unheimlich viel gelernt, einfach indem ich zu Hause herumexperimentiert habe. Oft verwende ich zwei Farben übereinander oder tauche den Pinsel kurz in Wasser, bevor ich den Lidschatten auftrage, dann erhält man farblich ein intensiveres Resultat. Schwer zu erklären, wie ich das genau anstelle, ohne es den Leuten zeigen zu können. Jedenfalls mache ich das irrsinnig gern.

Kunst ist in der Schule mein Lieblingsfach, und als meine Lehrerin, Mrs Larsson, zufällig mitbekam, wie ich die Feinheiten der von mir kreierten Lidschattenmischungen erklärte, schlug sie vor, ich solle für mein Abitur-Portfolio ein Kunstwerk schaffen, das komplett mit Make-up-Utensilien gemalt ist.

Ich kann es kaum erwarten, damit endlich loszulegen. Vielleicht frisiere ich meiner Freundin Emily sogar die Haare und schminke sie und mache Fotos davon, quasi als Teil des Projekts. Sie ist rothaarig, auf ihrer blassen Haut wirkt jedes Make-up gleich eine Spur dramatischer. Im Nu schießen mir unzählige Ideen durch den Kopf. Ich könnte einen Post zum perfekten Eyeliner für verschiedene Augenformen verfassen und den Leuten zeigen, wie man Lipliner auflegt, damit die Lippen voll, aber gleichzeitig natürlich wirken. Die perfekte Methode habe ich letzte Woche entdeckt. Oder ich filme mich dabei, wie ich mir Locken zaubere, und zwar ganz ohne Lockenwickler und Trockenhaube oder Lockenstab, einfach indem ich die nassen Haare über Nacht in Socken eindrehe.

Ich lasse den Blick zur Webcam wandern und runzle die Stirn. Das kann doch nicht so schwer sein. Es muss einen Weg geben, wie ich das Licht perfekt hinbekomme. Glitterbuzz benutzt auch nur eine Webcam, und obwohl einige ihrer Videos zugegebenermaßen ein klein wenig überbelichtet sind, erkennt man doch ganz gut, was sie vor der Kamera macht.

Ich ziehe das Kamerakabel möglichst straff und bewege mich damit durch den Raum, wobei ich den Blick auf den Bildschirm gerichtet halte.

Sofort verändert sich das Licht auf meinem Gesicht. Erst schimmern meine Wangen, dann meine Haare … und dann wird auf dem Monitor schlagartig alles dunkel. Als ich direkt unter dem Deckenlicht stehe, ist mein Gesicht überbelichtet, zwei schwarze Augen, aber keine Nase und kein Mund mehr.

Endlich finde ich die perfekte Stelle, an der es nicht zu dunkel und nicht zu hell ist, nur blöderweise befindet die sich mitten im Zimmer. Wo soll ich denn hier die Webcam platzieren? Nach kurzem Grübeln errichte ich einen Stapel aus Wörterbüchern und Lexika, die ich aus der Küche stibitzt habe, und setze mich im Schneidersitz auf den Boden. Hmm, immer noch nicht hoch genug.

Wieder schleiche ich durchs Zimmer und ziehe vorsichtig mein Bücherregal in die Zimmermitte. Wenn ich den Bücherstapel obendrauf lege, hat die Webcam genau die richtige Höhe.

Mein Gesicht ist perfekt ausgeleuchtet, auf dem Bildschirm umspielen meine Haare die Schultern, das sieht sehr gut aus. Ich stelle auch einen Spiegel aufs Regal, direkt hinter die Kamera, damit ich mich selbst beobachten kann. Perfekt.

Noch ein hastiger Blick zur Tür, dann lege ich los.

„Hallo zusammen“, sage ich so laut, wie ich es für vertretbar halte. „Heute will ich euch zeigen, wie ich meine aktuelle Lieblingsfrisur style, die Cheryl Tweedy nachempfunden ist …“

SECHS JAHRE SPÄTER

KAPITEL 44
Melissa

Oh Gott, sie hat mich gesehen.

Ich stehe in einer Seitenstraße mit dem Rücken gegen eine Wand gepresst und bin vor Angst wie erstarrt. Ich zittere unkontrolliert, meine Brust hebt und senkt sich hektisch. Angestrengt versuche ich, die Tastensperre an meinem Telefon rauszunehmen, nur leider zittern meine Finger so, dass ich es nicht schaffe, den Code korrekt einzugeben.

Mist.

Ich spitze die Ohren und lausche auf Lilys Schritte, doch es ist nur das Rauschen des Verkehrs im Hintergrund zu hören.

Nachdem es mir doch endlich gelungen ist, die Tastensperre zu entfernen, schnappe ich hastig nach Luft und öffne die Bildergalerie.

Es ist nicht das beste Foto, total körnig und unscharf, aber man kann Lily eindeutig erkennen. Und man sieht genau, dass sie jemanden küsst. Jemanden, der keine helle Haut und keinen ordentlich gestutzten schwarzen Bart wie Bryan hat.

Unwillkürlich krampft meine Hand sich um das Telefon. Ohne dieses Foto als Beweis wird kein Mensch mir die Story glauben.

Ich muss so schnell wie möglich an einen Computer und eine Sicherungskopie erstellen. Am besten lade ich es gleich auf meinen Blog hoch.

Auf meinem Weg die schmale Gasse entlang erreicht mich eine Benachrichtigung von Google Maps, und die Route zurück zur Bushaltestelle erscheint auf dem Display. Zum Glück. Wenigstens weiß ich jetzt, wie ich nach Hause komme.

Moment mal … das heißt doch, dass ich jetzt wieder Internet habe, oder? Dann kümmere ich mich am besten gleich um das Foto.

KAPITEL 45

Lily

Im Hintergrund ist ein schwaches Brummen zu hören, es scheint von weit her zu kommen, als hätte es nichts mit mir und dem Ort, an dem ich mich befinde, zu tun. Allmählich aber dringt das penetrante Geräusch in mein Bewusstsein vor, und mein Verstand erwacht nach und nach.

Mit einem Schlag verstummt das Gebrumm, worauf ich zurück in den Schlaf gleite. Nur um wenig später abermals einzusetzen, dringlicher diesmal. Blinzelnd öffne ich ein Auge und stelle fest, dass es mein Handy ist, das mein Nachtschränkchen zum Beben bringt. Es vibriert so beharrlich, dass es sich immer näher an den Rand schiebt.

Woher dieses Gefühl der Leere in meinem Magen kommt, kann ich mir nicht erklären. Auch meine Erinnerung scheint wie ausgelöscht. Verschlafen taste ich die Matratze neben mir ab, aber Bryans Seite ist kalt. Hm. Möglicherweise ist er schon aufgestanden und bereitet unten in der Küche das Frühstück vor.

Das brummende Telefon fällt polternd auf den Parkettboden und reißt mich endgültig aus meinem Dämmerzustand.

Als ich die Augen aufreiße, treffen mich die Erinnerungen an gestern Abend mit voller Wucht. Er ist weg. Bryan ist nicht in der Küche. Er ist nicht im Bett. Das mit uns ist Geschichte. Er hat mir gestern Nacht per WhatsApp mitgeteilt, dass er bei Nina übernachtet.

Eine eisige Kälte legt sich um meine Brust. Da ist noch etwas anderes, das spüre ich. Etwas viel Schlimmeres.

Ich werfe einen Blick auf mein Smartphone. Warum hört es nicht auf zu brummen? Mit einem Schlag kommt meine Erinnerung vollends zurück, die Bruchstücke fügen sich aneinander. Ich und Chris. Dieses Mädchen. Sie hat ein Foto von uns gemacht. Sie weiß Bescheid.

Wer ist sonst noch im Bilde?

Ich schnappe mir mein Handy und stelle fest, dass ich zwanzig Anrufe von Mindy verpasst habe. Sofort fängt es in meiner Hand wieder energisch zu vibrieren an, weshalb ich den Anruf unverzüglich entgegennehme.

„Hallo", melde ich mich mit krächzender Stimme.

„Lily! Wo warst du die ganze Zeit? Ich versuche schon den halben Vormittag, dich zu erreichen. Die Zeitungen haben von der Sache Wind bekommen, wir müssen so schnell wie möglich reagieren. Warum hast du mir gestern nichts davon erzählt? Sag schon: Bist du das? Das auf dem Foto – ich muss es wissen. Wenn das nicht du bist, werde ich unverzüglich rechtliche Schritte einleiten. Lily … Bist du noch dran?" Sie haspelt diese Worte so schnell herunter, dass mir das Telefon versehentlich aus der Hand fällt und in meinem Schoß landet.

Kraftlos lege ich meine Arme um die Knie und ziehe sie an meine Brust, weil sie angefangen haben zu zittern. Mit klammen Fingern greife ich nach dem Handy und halte es mir wieder an die Wange.

„W-welche Zeitungen?"

„Also wirklich! Hast du das denn nicht gesehen? Wobei, lies es besser nicht. Das ist es gar nicht wert. Wir müssen unbedingt … Hallo? Lily? Bist du noch dran?"

Abermals ist mein Handy klappernd auf dem Boden gelandet, ich höre Mindys Stimme nur noch äußerst schwach. Nervös beiße ich mir auf die Unterlippe und ziehe meinen Laptop heran.

Fieberhaft tippe ich „Lily Henshaw" in die Google-Suchleiste. Dann ergänze ich noch „LilyLoves", um auch ganz sicher zu sein, dass ich die richtigen Ergebnisse bekomme, was allerdings gar nicht nötig gewesen wäre: Der Browser hat bereits reihenweise Treffer ausgespuckt.

YouTube-Star LilyLoves offenbar in Dreiecksbeziehung verwickelt!

Und CHEESE! Fans empört, nachdem YouTube-Berühmtheit LilyLoves dabei erwischt wurde, wie sie ihren Freund Bryan betrügt.

Skandal! YouTube-Star Lily Henshaw von Fan beim Fremdgehen überrascht!

Eine nicht enden wollende Flut an Artikeln präsentiert sich mir auf dem Bildschirm, aus der *Daily Mail*, der *Sun*, dem *Star* – selbst der *Guardian* hat einen Kommentar zu dem Vorfall gebracht und die ketzerische Frage gestellt, ob YouTube-Stars die richtigen Vorbilder für junge Mädchen seien.

Mit bebenden Händen klicke ich auf den ersten Artikel.

Vlogging-Superstar LilyLoves von völlig verstörtem Fan beim Fremdgehen erwischt.

Mit klopfendem Herzen scrolle ich ans Ende der Seite.

Sie hat mit ihren Alltagsvideos ein beachtliches Vermögen angehäuft, doch YouTube-Sensation LilyLoves – die von Sponsoren monatlich angeblich 30.000 Pfund erhält – hat ihre Fans schwer enttäuscht. Wie es aussieht, hat sie ihren ebenfalls vloggenden Freund Bryan mit einem mysteriösen Fremden betrogen.

Inmitten des Artikels prangt, vielfach vergrößert, das Bild, das das Mädchen von uns gemacht hat. Ich habe den Kopf in den Nacken gelegt, und Chris hat die Arme um meine Taille geschlungen. Unsere Lippen sind zwar nicht zu sehen, aber es lässt sich nicht leugnen, was wir tun.

Das Foto ist stark unterbelichtet, die Qualität ist miserabel, total körnig, aber man erkennt meinen geblümten Jumpsuit und die kurzen blonden Haare. Im Internet finden sich Hunderte Fotos von mir von gestern auf der Party, auf denen ich genau dieses Outfit trage. Es besteht kein Zweifel: Das auf dem Foto bin ich.

Ich scrolle weiter zu den Kommentaren. Es sind bereits weit über fünfhundert. Meine Schläfen beginnen zu pochen.

Wen interessiert das überhaupt? Sie ist doch nur ´ne billige Nutte.

Da bemühen wir uns, unseren Töchtern (und Söhnen) Werte wie Beständigkeit und Treue in Beziehungen zu vermitteln – und dann sehen unsere Kinder sich mit derartigen Flittchen konfrontiert, die unsere Erziehungsarbeit im Nu zunichtemachen. Wenn wir dieses Verhalten zur Normalität werden lassen, welche Hoffnung gibt es dann noch für die kommende Generation? Teenager sind so leicht zu beeinflussen … LilyLoves findet es also in Ordnung, in die Kiste zu springen, mit wem sie will. Wenn die Zielgruppe von diesem schändlichen Blog erwachsene Frauen wären, hätte ich kein Problem damit, sie sind alt genug, um sich selbst ein Urteil über die möglichen Konsequenzen zu bilden. Aber junge Menschen müssen erst lernen, wie wichtig Treue ist. Das Problem ist nur: Wie sollen sie das verinnerlichen, wenn sie sich jemanden wie sie zum Vorbild nehmen?

Der Artikel ist durchsetzt mit Fotos von Bryan und mir, wie wir einander anstrahlen. Sie stammen überwiegend von unserer Instagram-Seite und aus unseren Videos. Die Überschrift lautet

LilyLoves mit ihrem Freund Bryan, bevor sie beim Knutschen mit einem anderen Mann erwischt wurde.

Seltsamerweise kommt es mir so vor, als hätte ich mit alldem nichts zu schaffen. Ich lese die Worte, habe aber keinen Bezug zum Inhalt, als ginge es um das Liebesleben irgendeiner prominenten Person. Damit kann unmöglich ich, Lily Henshaw, gemeint sein. Ganz bestimmt ist die Rede von jemand ganz anderem.

Wie in Trance öffne ich das TweetDeck auf meinem Handy. Ich habe 21.000 neue Benachrichtigungen auf Twitter. In rascher Folge strömen die neuen Tweets herein.

@LilyLoves Wie konntest du uns das antun?! Du und Bryan, ihr wart das perfekte Paar!

Was bist du nur für ein verlogenes Biest. Wie man sich in Menschen täuschen kann! @LilyLoves. Du solltest dich schämen. Ich kündige mein Abo.

Es folgt eine wütende Fandebatte darüber, ob die Presse vielleicht einer Falschmeldung aufgesessen ist.

Das sieht ihr überhaupt nicht ähnlich! Keine Sorge, Lily – deine wahren Fans wissen, dass du so etwas nie tun würdest. Achte nicht auf die ganzen Hasskommentare. Wir lieben dich!

Dann lese ich den bislang schlimmsten Beitrag.

HAU AB UND STIRB, DU SCHEISSNUTTE. DU VERDIENST ES, DASS MAN DICH FESSELT, VERGEWALTIGT UND DEN KOPF ABSCHLÄGT, BEVOR …

Schwer atmend klappe ich meinen Laptop zu. Ich ertrage kein weiteres Wort mehr.

Eine blecherne, körperlose Stimme tönt mir vom Boden her entgegen, begleitet von einem Vibrieren.

„*Lily?* Bist du noch da?“

Die Stimme ruft meinen Namen und ist trotzdem kaum zu hören.

Ich presse meine rechte Faust in die Augenhöhle und klaube das Telefon vom Boden auf.

„Ich hab's gesehen", krächze ich mit erstickter Stimme.

Eine Woge der Panik schwillt in mir an und lässt alles vor meinen Augen verschwimmen. Ich habe ein megaflaues Gefühl im Magen, mir ist kotzübel. Mit aller Kraft bohre ich meine Fingerknöchel in mein Auge, bis es unerträglich wird. Mindys Stimme reißt mich zurück in die Realität.

„... Du hast diese Abonnenten nur verloren, weil du dich noch nicht dazu geäußert hast. Wir müssen so schnell wie möglich eine Stellungnahme abgeben. Oder du schreibst einen längeren Tweet auf Twitter. Wir haben bereits zwei Darstellungen in deinem Namen verfasst. Wirklich überzeugend, sehr emotional. Typisch Lily eben. Damit holst du dir deine Fans garantiert zurück. Zur Not kann ich dir auch einen neuen Text zuschicken, den müsstest du mir dann innerhalb einer Stunde absegnen. Ich brauche nur endlich Fakten von dir."

„Moment – was? Wie viele Abonnenten habe ich denn verloren?"

Plötzlich scheint es Mindy die Sprache verschlagen zu haben.

„Ich dachte, du sagtest, du hättest es gesehen ..."

„Nein, ich habe nur ... Sekunde ..."

Ich spüre einen trockenen Kloß in der Kehle, während ich meine YouTube-Seite öffne.

2.990.756 Abonnenten.

Voller Entsetzen starre ich auf den Monitor und aktualisiere die Seite.

2.989.023.

Mit jedem einzelnen Mausklick verringert sich die Zahl.

2.987,765.

2.982.654.

Das muss ein Albtraum sein, und ich kann ihn nicht stoppen.

Jedes Fünkchen Leben weicht aus meinem Körper. Alles, wofür ich so schwer geschuftet habe, alles, was ich mir über die Jahre aufgebaut habe, schwindet vor meinen Augen dahin, ohne dass ich etwas dagegen unternehmen könnte.

Ich versuche zu schlucken, aber meine Kehle ist so trocken, dass es schmerzt. Mindy redet derweil ununterbrochen weiter, nur dass kein einziges ihrer Worte bei mir ankommt. Es ist wie weißes Rauschen in meinen Ohren.

Ich bin wie gelähmt und bekomme keinen klaren Gedanken zustande.

„… wir müssen so schnell wie möglich eine Pressemeldung rausgeben, um den Schaden für deine Marke so gering wie möglich zu halten. Ich habe bereits Telefontermine mit BeautyCult, Wendy's Wishes und den anderen Sponsoren arrangiert, um sie von der Loyalität deiner Fans zu überzeugen, aber ich sage dir das jetzt im Vertrauen: Wir müssen uns darauf gefasst machen, dass sie angesichts der aktuellen Lage neue Gagen aushandeln oder die Verträge vollständig auflösen könnten. Ich hatte eben eine Telefonkonferenz mit Superdrug; sie haben nicht vor, die Lippenstift-Kollektion der kommenden Saison zurückzunehmen, das sind also schon mal gute Neuigkeiten. Wenn du mir jetzt einfach erzählst, was Sache ist, dann veröffentliche ich schleunigst eine Stellungnahme auf deinem Twitter-Account. Oder auf deinem Blog, auf Instagram, Snapchat, was auch immer du für das Beste hältst. Wir posten das für dich. Nenn mir einfach die Fakten, dann kann ich …"

Ich habe das Gefühl, im Auge des Sturms gefangen zu sein, um mich herum wird alles in den Himmel emporgewirbelt. Nur ich bleibe als Einzige auf dem Boden zurück. Eine wachsende, unkontrollierbare Kraft drückt mich nieder, sie legt sich bleischwer auf meine Brust. Es ist, als gerate der Boden unter meinen Füßen ins Wanken, mir schnürt es die Luft ab.

Im selben Moment bemerke ich die Benachrichtigung neben dem Tab mit meiner YouTube-Seite.

Tempest hat ein neues Video hochgeladen – Bryan: Wie es mir mit der Sache geht.

Auf dem winzigen Bild sitzt Bryan mit hängendem Kopf auf einem Bett, die Ellbogen auf die Knie gestützt. Ich nehme an, das ist in Ninas Wohnung. Als Nächstes klicke ich auf den Kanal seiner Band und stelle fest, dass sich die Zahl der Abonnenten in den letzten vierundzwanzig Stunden annähernd verdoppelt hat und inzwischen schon bei 440.187 liegt.

Mir kommt vor Wut die Galle hoch. Er muss das gestern Nacht noch gefilmt haben. Wahrscheinlich war es das Erste, was er nach unserer Trennung getan hat – weil er mir einen Schritt voraus sein wollte. Ich will mir das nicht länger ansehen, ich finde es einfach unerträglich.

Wenn ich doch nur alles ungeschehen machen könnte. Die Geschehnisse ausradieren, wie einen hässlichen Fleck. Ich will nicht, dass sich mein Leben auch nur eine Sekunde länger im Internet abspielt. Es soll alles verschwinden.

Bitte, bitte, kann irgendjemand das alles rückgängig machen?

„Ich muss auflegen“, flüstere ich heiser, und zum ersten Mal überhaupt beende ich ein Telefonat mit Mindy ohne große Verabschiedung.

Sofort versucht sie mich wieder anzurufen, doch ich drücke sie weg und wähle die einzige Nummer, die ich auswendig kenne. Von dem einzigen Menschen, mit dem ich im Moment zu sprechen bereit bin.

„Hallo?“, meldet Mum sich, und schon breche ich in Tränen aus.

KAPITEL 46

Melissa

Mein Blog geht so was von ab, es ist der helle Wahnsinn. Wir haben erst Montagmorgen, und trotzdem wurde mein Post mit dem Foto von Lily (das Bryan auf seiner Seite als Retweet gebracht hat!!!) bald eine halbe Million Mal angesehen. Die Zahl meiner Follower ist auf fast 10.000 hochgeschossen.

Etwas Besseres als dieses Bild hätte mir gar nicht passieren können. Selbst Chloe kriegt sich kaum mehr ein, sie schickt mir am laufenden Band neue Nachrichten, seit ich den Blogpost auf meinem Facebook-Profil veröffentlicht habe. Mehr als hundert Leute aus meinem Jahrgang und aus der Oberstufe haben meinen Beitrag kommentiert, er ist das Gesprächsthema Nummer eins bei uns an der Schule.

Diese ganze Sache hat mir total die Augen geöffnet, was die Gemeinschaft der YouTuber betrifft. Allein anhand eines fünfminütigen Videos sollte man sich kein Urteil über jemanden erlauben. Lily hat sich als manipulative Schwindlerin entpuppt. Fast alles, was sie je über Bryan und sich behauptet hat, war erstunken und erlogen. Wäre ich nur nicht so naiv gewesen, das alles für bare Münze zu nehmen.

In der ersten Schulstunde spüre ich regelrecht die dunklen Ringe unter meinen Augen. Ich habe gestern Nacht kaum ein Auge zugetan, weil ich die ganze Zeit vor dem Laptop saß, um die Entwicklung meiner Blogstatistik zu verfolgen. Wieder und wieder ging ich auf Aktualisieren, man konnte förmlich zusehen, wie die Zahlen höher und höher kletterten.

Doch seltsamerweise bin ich kein bisschen müde. Es ist, als stünde mein Körper komplett unter Strom, ich erlebe jede einzelne Empfindung um ein Vielfaches intensiver.

Zwar mag ich Lily für immer verloren haben, dafür habe ich etwas Entscheidendes erreicht. Immerhin habe ich Millionen und Abermillionen Menschen die Wahrheit offenbart. Ich hätte genauso gut auch einfach die Augen vor den Tatsachen verschließen und nichts unternehmen können. Deshalb freut es mich umso mehr, dass ich mir ein Herz gefasst und dieses Foto von den beiden gemacht und veröffentlicht habe.

Es muss so was wie Bestimmung gewesen sein, eine schicksalhafte Fügung.

Ich spüre mein Smartphone in der Tasche vibrieren. Sofort ziehe ich es raus und stelle fest, dass Bryan soeben ein Video mit dem Titel „*Wie es* mir *mit der Sache geht*" gepostet hat. Ich stoße Chloe den Ellbogen in die Seite und rutsche auf meinem Stuhl ein Stück tiefer, damit wir uns das zusammen unter dem Tisch ansehen können, natürlich stumm geschaltet. Bryan hält in dem Video die Augen gesenkt, seine Schultern hängen, und eine einzelne Träne glitzert in seinem Augenwinkel.

Mir wird schwer ums Herz. Ach, Bryan, was hat sie dir nur angetan.

Beinahe fühle ich mich ein wenig schuldig, während ich ihn seine Tränen runterschlucken sehe, aber dann kommt mir der Gedanke, dass es so tatsächlich das Beste ist. Er hätte doch niemals weiterhin mit dieser Lüge leben wollen – davon bin ich überzeugt.

Nachdenklich kaue ich auf der Innenseite meiner Wange herum, als Chloe mir plötzlich den Ellbogen in die Rippen rammt.

„Sieh mal", zischt sie. „Die *Daily Mail* hat was darüber geschrieben. Sie haben sogar dein Foto verwendet. Wahnsinn!" So bewundernd, wie sie mich ansieht, möchte man glatt auf die Idee kommen, ich hätte mich urplötzlich in ein Hollywoodsternchen wie Jennifer Lawrence verwandelt. „Das ist ja der Hammer!"

In der ersten Pause spielen die Leute dann so richtig verrückt. Einer nach dem anderen kommt auf mich zu und erkundigt sich nach der Sache mit dem Foto. Unzählige Mädchen aus dem Jahrgang unter mir scharen sich um mich und wollen die ganze Geschichte von mir haarklein erzählt bekommen, während eine Gruppe von Oberstufenschülern an mich herantritt und mich zu ihrer Abschlussparty einlädt.

Chloe weicht die ganze Zeit nicht von meiner Seite und berichtet jedem lautstark von dem Moment, als ich das Foto geschossen habe. Als wäre sie dabei gewesen. Bis der Gong das Ende der Pause ankündigt, kommt es mir so vor, als hätte ich mit jedem einzelnen Mädchen an der Schule gesprochen. Dabei wusste noch am Freitag keine von ihnen etwas von meiner Existenz.

Draußen vor dem Französischtrakt legt Miss Anderson mir im Vorbeigehen eine Hand auf die Schulter und zwingt mich zum Stehenbleiben.

„Melissa", sagt sie leise, „auf ein Wort."

Chloe wirft mir über die Schulter einen fragenden Blick zu und formt dann lautlos mit den Lippen: „Wir sehen uns in Französisch."

Innerlich seufze ich auf und verschränke die Arme vor der Brust. Was sie mir wohl mitzuteilen hat?

Miss Anderson presst unsicher die Handflächen aneinander.

„Melissa, mir ist zu Ohren gekommen, was passiert ist, und ich kann sehr gut nachvollziehen, dass alle völlig aus dem Häuschen sind …"

Ehrlich, ich muss mich tierisch am Riemen reißen, um nicht genervt mit den Augen zu rollen. Als hätte sie irgendeine Ahnung.

„Trotzdem wollte ich mich vergewissern, ob bei dir alles in Ordnung ist. Du weißt, dass du jederzeit auf mich zukommen kannst, wenn du im Internet irgendwelche unschönen Erfahrungen machst. Du kannst dich jederzeit an mich oder einen der anderen Lehrer wenden. Wir werden dir helfen."

Ich neige den Kopf zur Seite.

Ernsthaft, was *will* sie von mir?

Miss Anderson gehört zu den jüngsten Lehrerinnen an unserer Schule, und trotzdem scheint sie wie alle Leute jenseits der dreißig keinen Schimmer zu haben, wie es in der Welt des Internets läuft.

„… wenn du bedroht oder beschimpft wirst, wüssten wir gerne darüber Bescheid. Mir ist bewusst, dass dein Blog inzwischen große Beachtung findet, deshalb wollte ich dich wissen lassen, dass du auf unsere Unterstützung zählen kannst …"

„Danke, Miss Anderson", unterbreche ich sie. „Aber alles ist in bester Ordnung, wirklich. In der Regel werden im Netz nur Leute angegriffen, die etwas, ähm, fragwürdiger sind als ich. Tatsächlich ist die Resonanz auf meinen Blog sogar überwältigend positiv."

„Oh." Sie wirkt ein wenig überrascht. „Nun, ich nehme an, du kommst gut mit der Situation zurecht."

Ich nicke. „Ja, bislang habe ich alles im Griff. Aber ich muss jetzt wirklich los, ich habe gleich Französisch. Wir wiederholen heute den prüfungsrelevanten Stoff, da will ich nichts verpassen."

„Ach so, natürlich, dann lass dich nicht aufhalten." Miss Anderson bedeutet mir mit einer Geste, dass ich jederzeit gehen könne, doch mir entgeht nicht, wie sich eine leichte Sorgenfalte auf ihrer Stirn abzeichnet.

Ich spitze entschlossen den Mund, erwidere ihr Lächeln und marschiere in den Französischtrakt. Als ich die Tür aufmache, schrecke ich eine Gruppe Achtklässlerinnen auf.

„Da ist sie – die mit dem Blog!“, zischelt eine von ihnen den anderen zu, und sie starren mich allesamt an, als wäre ich eine Heilige.

KAPITEL 47

Lily

Als ich endlich wieder an unserem Cottage ankomme, zittere ich von Kopf bis Fuß. Ich bin dick eingepackt in einen flauschigen Pulli, Leggings und Wollmütze, aber trotzdem klappern mir ununterbrochen die Zähne.

Ich wollte im Zug keinen Fans (oder Ex-Fans) über den Weg laufen, deshalb habe ich mir für die zweieinhalbstündige Fahrt aus dem Stadtzentrum hinaus aufs Land ein Taxi geleistet. Die Kosten sind mir piepegal, ich wollte nur so schnell wie möglich raus aus London.

Ich muss damit rechnen, dass mich alle meine Sponsoren fallen lassen. Höchstwahrscheinlich verdiene ich nie wieder einen müden Cent mit einem von meinen Videos. Meine Werbeeinnahmen sind im Vergleich zu den Sponsorengeldern verschwindend gering, der Hauptanteil, fast fünfundneunzig Prozent meines Einkommens, stammt von Sponsoren und von meinen Kosmetiklinien.

Aber wer kauft schon Produkte, die von einer Person promotet werden, deren Name die Schlagzeilen sämtlicher Zeitungen dominiert, weil sie des Fremdgehens beschuldigt wird? Den einzigen anderen Job jemals hatte ich mit fünfzehn – da habe ich Mum im Antiquitätenladen bei der Auszeichnung von Möbelstücken geholfen. Ansonsten habe ich noch nie irgendetwas anderes als YouTube-Videos gemacht, um mir meinen Lebensunterhalt zu verdienen. Ich verfüge über keinerlei Talente.

Ist meine berufliche Karriere jetzt am Ende?

Als wir die breite Autobahn hinter uns gelassen haben und über ruhigere und kurvigere Landstraßen sowie über von dichtem Gestrüpp gesäumte Feldwege fahren, beruhigt sich mein Puls allmählich. Ich presse die Nase an die kühle Scheibe und sehe zu, wie das Grün der mir jetzt vertrauten Vegetation draußen vorbeizieht. Wir nähern uns dem Dorf.

Wie aus einem Zwang heraus drücke ich meine Wange gegen das Autofenster, bis meine Haut zu pulsieren beginnt. Sie fühlt sich fettig und pickelig an, weil ich am Morgen nicht geduscht habe. Als ich mich von der Scheibe löse, hinterlasse ich einen glänzenden Fettfilm. An manchen Stellen juckt mein Gesicht, und meine Augen sind derartig trocken, dass jeder Wimpernschlag schmerzhaft reibt.

Die Bäume draußen vor dem Fenster verschwimmen vor meinen Augen. Erst als das Taxi, am Ende der Straße ankommt, abrupt hält und ich das vertraute Knirschen des Kieswegs höre, weiß ich, dass ich wirklich zu Hause bin.

Ich habe es nicht eilig auszusteigen. Ganz langsam schäle ich meine Gliedmaßen aus dem Sitz. Mein Körper fühlt sich bleischwer an.

Mum erwartet mich bereits am Gartentor. Schwerfällig schleppe ich mich auf das Haus zu und lasse mich von ihr in eine feste Umarmung ziehen. Lautlos rinnen mir die Tränen über die Wangen, und ich merke, dass mir Rotz aus der Nase läuft und auf ihrer hübschen Strickjacke landet.

Sie schiebt mich auf Armeslänge von sich weg und nimmt mein Gesicht in beide Hände, um mir prüfend in die Augen zu sehen.

„Komm jetzt, Lily, das reicht."

Im selben Moment fällt mir ein Erlebnis aus meiner Kindheit ein. Ich war gerade in den Kindergarten gekommen und wollte nicht aufhören zu weinen, weil ich an diesem Morgen meinen Hamster Starbust tot in seinem Käfig gefunden hatte.

Auch damals hatte Mum mein Gesicht genau wie jetzt mit beiden Händen gehalten und gesagt: „Komm jetzt, Lily, das reicht", bis ich das Gefühl hatte, mein kompletter Vorrat an Tränen wäre aufgebraucht.

Beinahe zwei Jahrzehnte später ist auf Mum immer noch Verlass, sie ist für mich da: älter, fülliger, mit grauen Strähnen in den Haaren, aber ihre Worte sind nach wie vor die gleichen. Und auch ihr einfühlsamer Blick ist der gleiche.

„Das reicht nun wirklich. Ich möchte kein Wort mehr darüber hören."

Das Problem ist, dass ihre Worte diesmal nicht ausreichen, um mich zu trösten. Alles, wofür ich so schwer gearbeitet habe, löst sich zusehends auf. Jahrelange harte Arbeit ist in wenigen Sekunden zunichtegemacht.

„A-aber meine Fans …", stammle ich mit brüchiger Stimme. Ich stelle mir vor, wie die Zahl meiner Follower immer weiter sinkt, bis nichts und niemand mehr übrig ist. Ich presse mir die Fingerknöchel fest gegen die Wangen.

„Hör auf damit!", fährt sie mich an. „Nichts von alledem ist wichtig. Du bist hier, du bist zu Hause, dir geht es gut. Das ist alles, was zählt. Also mach nicht so ein Drama aus der Sache."

Im selben Moment ertönt ein leises Muhen von den Kühen auf der Weide hinter dem Cottage, als wollten sie ihr beipflichten.

Eine von ihnen trottet auf das nächstgelegene Gatter zu, um ihre Schnauze über den Zaun zu strecken.

Beim Anblick dieser Kuh und ihres friedlichen schwarzen Gesichts am knarzenden Gatter halte ich inne. Vielleicht hat Mum recht und es spielt wirklich keine Rolle. Die Zahlen, die Likes, meine Karriere, Bryan – vielleicht ist das alles total unwichtig. Vielleicht finde ich anderswo mein Glück.

„Das Leben ist zu kurz, um Trübsal zu blasen. Hilf mir lieber, diese Tasche ins Haus zu tragen. Wir haben noch viel vor uns, ich plane, das gesamte Cottage einer Generalreinigung zu unterziehen", sagt Mum augenzwinkernd und deutet mit dem Kinn auf meinen Koffer. „Aber bevor wir uns an die Arbeit machen: Möchtest du eine Tasse Tee?"

Drei Stunden später haben wir das komplette Cottage blitzblank geputzt. Wir haben uns auf den harten Boden gekniet und bei den Fliesen angefangen, und wir haben geschrubbt und geschrubbt, bis meine Finger wund waren und ich heftigste Rückenschmerzen hatte. Anschließend haben wir in sämtlichen Schlafzimmern die Bettwäsche gewechselt, die Vorhänge abgenommen und sie von Hand gewaschen. Und zu guter Letzt haben wir die kleinen dekorativen Töpfe und Pfannen in der Küche auf Hochglanz poliert.

Jetzt liege ich vollkommen erledigt auf dem Fußboden der Küche und kann keinen Finger mehr rühren. Jede einzelne Faser in meinem Körper tut weh, doch seltsamerweise fühle ich mich kein bisschen schlecht dabei. Mir geht es sogar ausgesprochen gut. Da ist eine ganz neue Unbeschwertheit. Und ich fühle mich plötzlich nicht mehr als totale Versagerin.

Mum kommt mit einer weiteren dampfenden Tasse Tee auf mich zu und stellt sie neben mir ab.

„Und, was hab ich dir gesagt? Putzen hilft!"

Ich ringe mir ein schwaches Lächeln ab und richte mich mühsam auf, um mich in den Schneidersitz zu begeben. Dann nehme ich einen vorsichtigen Schluck von dem heißen Tee.

Mum hat eine eigenartige Theorie, was das Putzen betrifft: Dass es die Gedanken befreit und alle Sorgen wegfegt. Wann immer sie gestresst ist oder ihr etwas durch den Kopf geistert, schnappt sie sich einen Putzlumpen oder den Wischmopp und fängt an zu putzen, bis kein Staubkorn und kein bisschen Schmutz mehr übrig sind.

Ich betrachte den Boden: Er ist so sauber, dass man davon essen könnte. Ich merke, wie mir sofort leichter ums Herz wird. Beherzt greife ich nach der Teetasse, reibe mir die schmerzenden Glieder und rapple mich schließlich auf.

Mum ist schon wieder damit beschäftigt, den Wasserkocher zu füllen, dann lässt sie sich auf den nächstbesten Stuhl fallen. Sie ist genau wie ich: immer in Aktion. Ich ziehe mir einen Stuhl heran und stelle meinen Becher auf dem Tisch ab.

„Wie wäre es, wenn du dir jetzt ein schönes Bad gönnst?“, schlägt sie vor.

Meine Mundwinkel heben sich zu einem schiefen Lächeln. „Hm, ich weiß nicht. Ich glaube, ich sitze lieber erst mal.“

Aber Mum ist bereits aufgesprungen und rennt schnurstracks ins Badezimmer.

Erschöpft lasse ich den Kopf auf die Tischplatte sinken und starre auf das grüne Muster der Tischdecke, bis es ineinanderzufließen scheint.

„Mum … meine Fans …“ Ich spüre, wie mir abermals die Tränen in die Augen schießen.

Sofort schneidet sie mir das Wort ab. „Ich will nichts mehr davon hören.“

Mit einem mitleiderregenden Schniefen blicke ich sehnsüchtig zu meinem Handy, das auf der Arbeitsplatte in der Küche liegt.

„Vielleicht kann ich schnell nachschauen, ob ich neue Nachrichten habe, und zumindest Mindy zurückrufen."

„Du sprichst kein Wort mehr mit dieser Frau", warnt Mum mich mit düsterer Stimme.

Sie klingt beinahe wütend, deshalb hole ich tief Luft, um Mindy zu verteidigen, aber Mum bringt mich mit einem warnenden Geräusch zum Verstummen, zieht mich am Ellbogen hoch und lenkt mich in Richtung Badezimmer.

„Los, mach dich frisch, später unternehmen wir dann einen kleinen Streifzug durch die Antiquitätenläden."

Ihre Worte dulden keinen Widerspruch.

Seufzend lasse ich mich ins Badezimmer schleifen. Insgeheim habe ich natürlich nichts dagegen, mich in die heiße Wanne zu legen und einfach nur den Tränen ihren Lauf lassen. Doch andererseits bin ich nicht willens, mich so gehen zu lassen.

Ich bin so was von am Ende. Alles geht den Bach runter, meine Karriere, meine Beziehung. Aber andererseits will ich nicht heulend herumsitzen und Trübsal blasen. Entschlossen entledige ich mich meiner Kleider und steige in die Wanne. Dann ziehe ich den Reißverschluss meiner Kosmetiktasche auf und hole das teuerste, luxuriöseste Produkt heraus, das ich besitze. Nach einem ganzen Vormittag anstrengender Arbeit, bei der ich mir den Rücken kaputt gemacht habe, habe ich mir das mehr als verdient. Ich lasse mich ins warme Wasser sinken und seufze wohlig auf, weil ich sofort merke, wie gut das meinen armen, geschundenen Muskeln tut.

Fünfzig Minuten später bin ich frisch gebadet, geschminkt und bereit, mit Mum Antiquitäten gucken zu gehen. Ich tupfe mir noch rasch Lipgloss auf die Lippen und setze zum krönenden Abschluss Mums Sonnenhut auf, weil die Wolken sich soeben verzogen haben.

„Oh Lily, du siehst bezaubernd aus“, schwärmt Mum, als ich die Treppe herunterkomme, und um ihre Augen herum bilden sich kleine Fältchen.

„Danke“, flüstere ich verlegen und umarme sie.

Ich bin immer noch leicht geknickt, aber es ist längst nicht mehr so schlimm wie noch vor einigen Stunden, als ich hier ankam. Es gibt jetzt Wichtigeres zu tun.

Mum hakt sich bei mir unter, obwohl sie einen ganzen Kopf kleiner ist als ich, wir schnappen uns unsere Handtaschen, und schon verlassen wir das Haus.

„Ich habe das Auto am Ende der Straße geparkt, weil es vorhin noch wie aus Kübeln geschüttet hat. Ich hoffe, es macht dir nichts aus, ein Stück zu gehen“, sagt sie.

Ich schüttle den Kopf. „Nein, nein, ich laufe gern.“

Eine warme Brise streift um meine Knöchel, während wir über das platt getretene Gras des Feldwegs marschieren. Als ich sehe, wie misstrauisch mich die Kühe beäugen, muss ich schmunzeln. Ihr leises Muhen löst ein Gefühl unendlicher Ruhe in mir aus. Glücklich drücke ich Mums Arm, und sie erwidert die Geste und lächelt mir zu.

Mir geht es gut. Mir geht es wirklich richtig gut. Wer hätte das gedacht.

Endlich haben wir Mums kleinen Wagen erreicht. Gerade als ich die Tür öffne, um einzusteigen, dringt aus der Nähe ein dumpfes Geräusch an mein Ohr. Ich runzle die Stirn. Der Lärm wird lauter. Was ist das?

„Lily!“, sagt Mum in alarmiertem Ton.

Sie deutet auf etwas hinter meinem Rücken.

Ich drehe mich um und bin sofort geblendet vom grellen Blitz der Kamera.

„Lily!“, ruft jemand mit schroffer Stimme.

Drei Fotografen mit riesigen Rucksäcken und Kameras eilen die kleine Landstraße entlang, die in unser Dorf führt.

„Was zum ...“

Mum packt mich entschlossen am Ellbogen, und ehe ich weiß, wie mir geschieht, treibt sie mich über den Pfad zurück zum Cottage. Währenddessen brüllt sie die Männer wütend an, uns doch bitte in Frieden zu lassen.

Ich fange an unkontrolliert zu zittern, als wir uns endlich ins Haus retten können. Wir sind in Sicherheit.

Jemand hämmert lautstark gegen die Haustür.

„Sie befinden sich hier auf Privatgrund!“, schreit Mum und schiebt hastig den Riegel vor.

Doch das Hämmern hört nicht auf.

„Keine Sorge, die gehen schon wieder“, tröstet Mum mich mit einem tiefen Seufzen. Trotzdem wirkt sie besorgt.

Das Klopfen wird lauter.

Wir werfen beide einen verunsicherten Blick zur Tür, dann sehen wir uns ratlos an.

KAPITEL 48
Melissa

Andy kapiert es einfach nicht. Und damit will ich nicht sagen, dass es ihn nicht interessieren würde oder er einfach keine Lust hat – er hat tatsächlich nicht den blassesten Dunst, was hier abgeht. Langsam glaube ich, Chloe hatte doch recht, was ihn angeht.

Es ist Mittagspause, wir sitzen auf der Wiese unter dem Baum ganz hinten, damit die Jungs rauchen können, ohne dass die Lehrer etwas davon mitbekommen. Ich und Chloe wurden auf dem Weg dorthin unzählige Male von irgendwelchen Leuten aufgehalten, es war deshalb ein harter Kampf, einen ungestörten Platz zu finden.

Natürlich freue ich mich insgeheim über die ganze Aufmerksamkeit, aber manchmal wünsche ich mir, sie würde wieder nachlassen. Denn auf Dauer finde ich es ziemlich anstrengend, ständig im Mittelpunkt zu stehen. Chloe würde das nicht verstehen, sie genießt es sichtlich, stolziert die ganze Zeit mit gereckter Brust durch die Gegend und wird nicht müde, meine Geschichte wieder und wieder zum Besten zu geben.

„Wahnsinn, du bist das Gesprächsthema Nummer eins", schwärmt sie und schleudert ihre Lockenmähne über die Schulter zurück, während Tom ihr über den Rücken streichelt.

„Issa: prominenteste Schülerin des Planeten", witzelt Rish mit einem schiefen Grinsen.

Ich merke, wie sich mir die Nackenhaare aufstellen. Allein wie er mich ansieht, nervt total. Er findet die ganze Sache wohl komisch? Dabei ist es das Beste, was ich je getan habe!

Ach, egal. Wenigstens kapiert Rish, was abgeht. Andy hat sich bislang mit keinem Wort zu der Sache geäußert.

„Interessiert es dich denn gar nicht? Du könntest ruhig ein bisschen mehr beeindruckt sein!", maule ich und reiße entnervt die Arme hoch.

Andy, der bislang flach im Gras lag, stemmt sich auf einen Ellbogen hoch und stützt den Kopf in die Hand.

„Du hast ein Foto von einem Mädchen gemacht, das einen Jungen geküsst hat. Na und? Ganz toll."

Er bettet seinen Kopf wieder auf den Rasen. Am liebsten würde ich ihm eine reinhauen.

„Sieh dir das an, du Schwachkopf. Das Bild hat zweitausend Kommentare …" Rish hält Andy sein Telefon unter die Nase. „Und die *Daily Mail*, die *Sun* … die ganzen Zeitungen haben darüber berichtet."

Andy nimmt Rish das Handy weg und schaut blinzelnd aufs Display.

„Die ganzen großen Zeitungen haben über deinen Blog berichtet?"

Ich seufze. *Na endlich.*

„Du hast es erfasst."

Chloe sieht mich an und rollt verständnisvoll mit den Augen. Langsam glaube ich wirklich, dass Andy und ich doch nicht das optimale Paar sind. Er hat noch nie von LilyLoves oder von der Gemeinschaft der YouTuber gehört, außerdem interessiert ihn mein Blog nicht im Geringsten.

Wenigstens scheint er nun doch ein wenig neugierig geworden zu sein, denn er scrollt auf dem Rücken liegend auf Rishs Smartphone herum. Auf einmal zieht er verwundert die Augenbrauen hoch.

„Wann waren wir beide denn bitte in London?", fragt er zögernd.

Ich verziehe das Gesicht. Wir waren doch nie in … Ach du Schande! Mir gefriert das Blut in den Adern. Er hat sich meine anderen Blogposts angesehen!

„Nein, nein. Nicht lesen, gib das her!", kreische ich und will ihm das Telefon aus der Hand reißen.

Rish wirft mir einen entgeisterten Blick zu.

„Was ist denn los?", will Chloe wissen.

Andy schlägt meine Hand weg und springt auf. Dann fängt er an, laut vorzulesen.

„Ich hatte einen wunderbaren Tag und bin mit Jack über den Borough Market geschlendert …" Er reißt den Kopf hoch und sieht mich fragend an.

Mein Mund ist plötzlich staubtrocken.

„Wer zum Geier ist Jack? Das auf dem Foto bin doch ich. Aber wir waren nie zusammen auf diesem Markt, geschweige denn in London."

Mir schlägt das Herz bis zum Hals. Wie konnte ich nur so dämlich sein? Ich hätte meine früheren Posts allesamt löschen sollen, bevor ich mit dieser Sache an die Öffentlichkeit gehe. Sogar auf meinem Facebook-Profil habe ich das Foto geteilt. War ja klar, dass alle Welt sich meinen Blog ansieht. Was für eine Schnapsidee!

„Gib das her!“ Ich rapple mich auf und versuche, ihm das Handy abzuknöpfen, aber Andy ist schneller und entwischt mir immer wieder.

Jetzt springt auch Rish auf und packt mich am Arm, um mich zurückzuhalten.

„Lass ihn, das ist mein Handy“, sagt er und linst aufs Display.

„Ach du Scheiße!“ Er lacht schallend. „Hast du ihm diese Bartstoppeln verpasst? Ich glaube nicht, dass du irgendwo am Körper so viele Haare hast wie am Arsch, Andy, stimmt doch, oder?“

Rish prustet wieder los und hält sich den Bauch vor Lachen, aber Andy achtet gar nicht auf ihn. Er hat aufgehört zu lesen und sieht mich voller Entsetzen an.

„Was zum Teufel soll das?“ Seine Stimme klingt schneidend. „Rish hat recht: Ich hatte noch nie einen Dreitagebart, und ich war auch nie in Brighton oder auf diesem …“ – er späht auf das Display – „Borough Market.“

Mir wird flau im Magen. Ich schaue mich nach Chloe um in der Hoffnung, sie möge mir beispringen, aber ich sehe nur, dass sie über Toms Smartphone gebeugt dasitzt – offenbar ebenfalls in meinen Blog vertieft – und die Hand vor den Mund geschlagen hat.

Tom sieht an mir vorbei zu Andy.

„Sie nennt dich Jack? Mann, das ist ja krank.“

Andy blinzelt hektisch, alle Farbe ist aus seinem Gesicht gewichen. Er wirbelt herum und schleudert mir Rishs Telefon entgegen.

„Nimm das aus dem Netz. Nimm alles raus. Sofort. Was auch immer du getan hast, mach das wieder rückgängig. Du bist doch total geistesgestört.“ Mit großen Augen schaut er die anderen an.

„Woher hast du überhaupt diese Fotos? Oh mein Gott!“ Er klatscht sich die Hand an die Wange, als würde er kapieren.

Ich habe Andy noch nie so aufgebracht erlebt. Mir stehen Schweißperlen auf der Stirn.

Rish beobachtet mich aus dem Augenwinkel. Als er mir eine Hand auf die Schulter legen will, schüttle ich ihn ab.

„Es ist … es ist nicht so, wie ihr denkt." Verzweifelt lasse ich den Blick von einem zum anderen huschen, bis ich ihn schließlich auf Chloe hefte. Allerdings sieht es so aus, als wäre ich jetzt keine Jennifer Lawrence mehr für sie – stattdessen starrt sie mich an, als hätte ich ihr soeben offenbart, dass ich cracksüchtig bin.

„Die Sache mit Lily hast du auch nur erfunden, oder?", fragt sie leise. Dann schlägt sie die Hände vors Gesicht. „Oh Gott, ich komme mir so bescheuert vor. Warum hab ich ihr die Story abgenommen? Sie ist ja so was von gestört!"

Tom legt ihr besänftigend die Hand auf den Arm. „Es ist doch nicht deine Schuld. Sie hat die ganze Schule an der Nase herumgeführt. Sogar die *Daily Mail* ist auf sie hereingefallen. Das waren waschechte Fake News …"

„Ich habe niemanden getäuscht!", protestiere ich mit brüchiger Stimme. „Es ist die Wahrheit! Ich habe nicht … Okay, ich geb's zu, die Sache mit Brighton war ein Schwindel, aber ich habe nie behauptet, wir wären da gewesen. Der Rest aber stimmt. Es ist alles wahr …"

„Was, stimmt es dann auch, dass mein Name Jack ist und ich einen Dreitagebart trage?", fragt Andy spöttisch. „Weißt du noch, als ich auf dem Borough Market war, Rish?" Seine Stimme klingt völlig überdreht und schrill, fast schon komisch.

Rish wirft mir einen bedauernden Blick zu. „Issa …"

Alles vor meinen Augen verschwimmt, ich blinzle ein paarmal kräftig. „Ich habe nicht …"

Chloe steht auf und baut sich dicht vor mir auf. „Lass uns in Frieden, okay? Es ist einfach nur widerlich, was du dem armen Andy angetan hast."

Meine Wangen glühen vor Scham. Ich ertrage ihre vorwurfsvollen Blicke nicht mehr. Blitzartig mache ich auf dem Absatz kehrt und renne über die Wiese zurück zum Schulgebäude, weiter über den Personalparkplatz, bis ich außer Sichtweite bin.

Nicht einmal als ich das Schulgelände längst verlassen habe, denke ich ans Stehenbleiben. Ich laufe immer weiter, am Sportplatz entlang über die Straße und am Gemeindezentrum vorbei. Erst an einem Weidegatter knicken meine Knie ein, und ich lasse mich völlig entkräftet auf den Boden sinken, ein Häufchen Elend.

Ratlos starre ich ins Gras und will den Tränen schließlich freien Lauf lassen. Doch meine Wangen bleiben trocken, aus meinem Mund kommt nicht das leiseste Flüstern. Da ist nichts, keine Tränen, kein Schluchzen.

Ich lasse die Schultern hängen, umfasse meine Knie mit den Armen und ziehe die Beine an die Brust, um wie ein kleines Kind vor- und zurückzuwippen. Als könnte ich auf diese Weise Trost finden.

KAPITEL 49

Lily

Ich weiß nicht, wie lange ich das alles noch ertrage.

Gerade habe ich mit unseren Anwälten telefoniert und versucht, eine Beschränkung der Berichterstattung zu erwirken. Es sind bereits die ersten Fotos von Mum und mir draußen vor unserem Haus auf Twitter aufgetaucht, und jetzt weiß alle Welt, wo wir wohnen. Heute Nachmittag sind zwei weitere Journalisten aufgekreuzt, mittlerweile stehen sie schon Schlange auf der Straße.

Wir haben die örtliche Polizei verständigt, um die Journalisten daran zu hindern, unser Grundstück zu betreten, und Mindy hat extra ein paar Sicherheitsleute engagiert, die sie dabei unterstützen sollen. Sie müssten jeden Moment hier eintreffen. Trotzdem wage ich mich nicht in die Nähe der Fenster, nicht dass sie mich sehen. Mum hat jede Jalousie im Haus geschlossen. Selbst die Kühe draußen auf der Weide wirken eingeschüchtert. Diese Leute zerstören mit ihrer Rücksichtslosigkeit den einzigen Ort auf der Welt, an dem ich mich noch sicher fühlen konnte.

Mir ist fürchterlich kalt, ich ziehe den Ärmel meines Pullis über die Finger. Auch wenn ich noch so viele Schichten Kleidung anziehe, ich zittere trotzdem am ganzen Leib. Um mich zu wärmen, schiebe ich die Hände zwischen die Rillen der Heizung und sehe hinüber zu Mum, die am Küchentisch sitzt. Sie nippt gerade an einer Tasse Tee und starrt zur Haustür, die Lippen zu einer feinen Linie zusammengepresst. Als sie meinen Blick bemerkt, bemüht sie sich um ein Lächeln, doch es reicht nicht bis zu ihren Augen.

„Tut mir leid, Mum. Das tut mir alles so wahnsinnig leid", sage ich und deute mit dem Kinn in die Richtung, aus der von draußen leises Gemurmel ertönt.

Immer wieder hört man einen der Polizeibeamten „Zurück!" rufen, was uns beide jedes Mal aufschrecken lässt.

Wieder wirft Mum einen Blick zur Tür. „Erzähl nicht solchen Unsinn. Es ist nicht deine Schuld", sagt sie leise. „Die Sache macht mich nur unsagbar wütend. Wie können die sich nur so in unser Leben drängen? Schlagen einfach vor unserem Haus ihr Lager auf. Und hämmern ungeniert gegen die Tür. Das können die doch nicht bringen!"

„Ich weiß, ich weiß." Angestrengt reibe ich mir die Schläfen. „Mindy hat unsere Anwälte damit beauftragt, eine einstweilige Verfügung wegen Betretens von Privatgrund zu erwirken. Ich gehe davon aus, dass sie bald das Feld räumen müssen."

„Nun, das will ich verdammt noch mal hoffen! Sieh dir doch an, was sie aus unserem Cottage gemacht haben, das reinste Gefängnis. Und was sie dir angetan haben!"

„Mum, schon gut", sage ich, doch mein Magen ist plötzlich wie zugeschnürt.

Das ist alles meine Schuld.

„Ach, Lily." Mum steht auf und nimmt mich in die Arme.

Ich lasse den Kopf hängen und sinke an ihre Brust, als wäre ich ein kleines Kind, dabei überrage ich sie um ein ganzes Stück.

„Es tut mir so leid, Mum“, sage ich, meine Stimme kaum mehr als ein Flüstern.

„Das reicht!“, ereifert sie sich und greift nach meinem Kinn, um es anzuheben. „Was geschehen ist, ist geschehen. Du kannst es nicht rückgängig machen. Also schau nach vorn. Versuch die Sache endlich zu vergessen.“

Sie legt mir die Hand aufs Haar, als wollte sie mir die Sorgen nehmen und wegfegen.

„So. Jetzt ist es fort.“

„Aber es geht ja nicht nur um mich. Ich mache auch dir das Leben schwer. Meinem Team, weil ihr Job in Gefahr ist. Warum musste ich Chris in aller Öffentlichkeit küssen? Das war so wahnsinnig dumm von mir, total unüberlegt.“

Mum schüttelt den Kopf. „Du kannst es nicht ändern. Was du aber sehr wohl beeinflussen kannst, sind deine nächsten Schritte.“

Ich sehe in Mums starke, strahlend blaue Augen. „Ich wünschte, das alles wäre vorbei.“

Sie schlingt ihre Arme um mich und wiegt mich wie ein Kind. Ich spüre das sanfte, tröstliche Pochen ihres Herzens unter ihrer Kleidung.

Das Summen meines Handys unterbricht unsere Umarmung. Schniefend reibe ich mir die müden Augen und nehme den Anruf entgegen.

Es knistert in der Leitung, und ich höre, wie jemand tief Luft holt. Es ist Mindy.

„Okay, Lily, Folgendes: Ich will dir nicht unnötig Angst machen, aber wir müssen noch heute eine Stellungnahme rausgeben. Ich habe mit den Leuten von BeautyCult und Wendy's Wishes telefoniert, sie wollen beide ihre Verträge mit LilyLoves zum Monatsende auflösen. Ich habe den Verantwortlichen versprochen, dass wir bis heute Nachmittag alles regeln, indem wir eine Erklärung rausgeben, aber um ehrlich zu sein: Sie werden wahrscheinlich trotzdem einen Rückzieher machen. Wir haben fünf verschiedene Entwürfe, du entscheidest, welche Richtung du einschlagen willst. Du kannst entweder leugnen, dass das auf dem Bild du bist, auch wenn ich persönlich dir dringend davon abraten würde. Oder du behauptest, du hättest Chris lediglich umarmt. Aber auch das ist nicht richtig überzeugend, weil die Story bereits viel zu hohe Wellen geschlagen hat. Oder du erklärst, du und Bryan hättet euch schon vor einiger Zeit getrennt, lange vor der Launch-Party. Das ist ebenfalls nicht ganz unproblematisch, weil man euch an diesem Tag zusammen gesehen hat. Wofür auch immer du dich entscheidest, wir haben außerdem eine ganz persönliche Stellungnahme verfasst, nach dem Motto, kein Mensch ist perfekt und du hättest das Gefühl, alle enttäuscht zu haben, was du natürlich sehr bedauerst. Wir wollen uns zunutze machen, dass deine Fans glauben, dich durch und durch zu kennen, dir voll und ganz vertrauen zu können. Wir finden, ein Video wäre das geeignetste Medium dafür. Sprich zu ihnen, als würdest du dich bei einer lieben Freundin entschuldigen. Aber wozu erzähle ich dir das, du bist die Expertin … Allerdings brauchen wir dieses Statement von dir noch heute. Wenn du dir am Nachmittag eine halbe Stunde Zeit nimmst, um das zu filmen, dann setze ich mein Team daran, es so schnell wie möglich zu überarbeiten, dann ist es spätestens um sieben raus. Wir stehen alle in den Startlöchern, du musst nur dein Okay geben …“

Mindy leiert das alles ohne Punkt und Komma herunter.

Was soll ich dazu sagen? Um ehrlich zu sein, will ich nur, dass das alles endlich ein Ende hat. Die Abonnentenzahl für meinen Kanal ist bereits auf knapp über zwei Millionen gesunken. Im Moment will ich nie wieder in meinem Leben eine Kamera in die Hand nehmen. Am liebsten wäre ich einfach nur mit Mum allein im Cottage, ich will sonst keine Menschenseele sehen.

Das Display leuchtet auf.

„Lily?“, höre ich Mindy sagen. „Kriegst du das hin?“

„Hör zu, i-ich bin mir nicht sicher, ob … ich …“

Meine Stimme bricht, ich senke den Blick auf meine schlotternden Knie.

„E-es ist alles zu viel – ich kann in diesem Zustand nichts drehen.“

Mindy holt scharf Luft. „Okay, verstehe. Mit dieser Antwort haben wir gerechnet. Deshalb haben wir eine schriftliche Stellungnahme vorbereitet. Es ist nicht der optimale Weg, aber besser, als nichts zu tun. Wir schicken sie dir gleich rüber, damit du sie freigeben kannst …“

Mindys Stimme wird von plötzlichem Lärm von draußen übertönt. Die Fotografen rufen wild durcheinander, irgendetwas scheint die Menge in Aufregung zu versetzen.

Ich runzle die Stirn und folge dem, was Mindy sagt, nur noch mit halbem Ohr.

Ein tiefer, energischer Ruf ertönt. Ich begebe mich vorsichtig ans Fenster.

„Aus dem Weg!“, blafft der Neuankömmling.

Mein Puls fängt an zu rasen. Die Stimme kenne ich doch.

„Erteilst du uns deine Freigabe?“, höre ich Mindy fragen.

Es folgt Stille.

„… LILY?“

Ohne weiter auf sie zu achten, lege ich das Telefon beiseite und ziehe den Vorhang ein Stück zurück, doch Mum packt mich an der Schulter und will mich daran hindern.

„Weg vom Fenster!“, faucht sie. „Ich habe gerade zum Küchenfenster rausgespäht. Es ist Chris. Er will offenbar zu uns rein.“

Durch einen Spalt sehe ich Chris’ zerzausten rotbraunen Haarschopf aufblitzen.

„Seit wann haben Sie und Lily eine Affäre?", ruft einer der Journalisten.

„Wie ist Lily so im Bett?", will ein anderer wissen.

Ich höre Chris fluchen und die Meute beschimpfen.

Er macht kehrt und entfernt sich wieder, dabei wirft er wütend die Hände in die Luft. Die Fotografen nehmen sofort die Verfolgung auf und heften sich ihm an die Fersen, die Kameras gezückt.

KAPITEL 50
Melissa

Nachdem es einige Minuten lang stockfinster um mich herum war, rapple ich mich mühsam vom Boden auf. Schlagartig weicht mir das Blut aus dem Kopf, mir wird schwarz vor Augen.

Als ich wieder klar sehe, überkommt mich ein flaues Gefühl, der Wind, der mir über die Wangen streicht, scheint mich wie aus weiter Ferne zu berühren, es ist, als wäre ich gar nicht ich selbst. Ich senke den Blick auf meine Beine und fahre mit dem Fingernagel über meinen Oberschenkel, den Schmerz registriere ich kaum. Dann beiße ich mir ein eingerissenes Stück Haut am Daumen ab und zucke mit keiner Wimper, obwohl es wehtut. Blut sammelt sich in der Rille um den Nagel herum.

Chloe, Rish, Tom, Andy – warum verstehen sie mich nicht?

Ich habe nicht gelogen. Mein Blog ist mein Leben. Okay, zugegeben, er spiegelt meinen Alltag vielleicht nicht eins zu eins wider, aber was im Internet entspricht schon der Realität? Und nein, ich war noch an keinem dieser Orte, aber das hole ich baldmöglichst nach. Was ich auf dem Blog zeige, ist nicht mein derzeitiges Leben, sondern wie es eines Tages sein wird. Irgendwann mache ich diese Fotos tatsächlich.

Das da auf dem Blog, das bin ich.

Ich blicke auf die aufgerissene Erde. Rufe mir Andys Gesicht in Erinnerung, als er den Namen „Jack" unter seinem Foto stehen sah.

Was ist daran denn so schlimm? Heutzutage benutzt doch keiner mehr seinen Klarnamen im Netz, oder? Hätte er es weniger schlimm gefunden, wenn dort „Andy Butcher" gestanden wäre? Bei mir ist es doch nicht anders, ich heiße Melissa Davies, aber auf meinem Blog ist nur von „IssaAdores" die Rede. Es findet sich nirgends mein wirklicher Nachname. Überwiegend nenne ich mich nur „Issa".

Und trotzdem bin das ich. Das sind trotz allem wir. Die Fotos sind echt.

Ich und Andy, er war dabei, als ich diese Fotos gemacht habe. Er ist *wirklich* mein Freund, ich habe das nicht erfunden.

Na ja, ich gehe mal schwer davon aus, dass er es jetzt nicht mehr ist, aber was macht das für einen Unterschied. Dieser schockierte Gesichtsausdruck … vermutlich redet er nie wieder ein Wort mit mir. Dasselbe gilt für Chloe. Louise wird in Kürze ebenfalls Bescheid wissen, und dann dauert es nicht mehr lange, bis ich zum Gespött der Leute werde. Bis zur vierten Stunde weiß es garantiert die ganze Schule. Bis heute Abend wird es auf Twitter und Facebook die Runde gemacht haben.

Ich muss an das Foto von Louise und mir auf Rishs Party denken, das ich gepostet habe – „Freitagabend mit meinen Girls – Partytime!", hatte ich dazugeschrieben. Ein pochender Schmerz in den Schläfen lässt mich zusammenzucken. Dieser Blogbeitrag entsprach tatsächlich nicht ganz der Wahrheit. Sie sind nicht „meine Girls". Wir sind keine Freundinnen. Das waren sie nie, nicht richtig. Und in Zukunft erscheine ich vermutlich nicht mal mehr auf ihrem Radar.

Ich verziehe das Gesicht, greife nach meinem Smartphone und scrolle durch meine alten Blogposts. Es sind an die Hundert – Fotos, Videos, kurze Textstücke. Da ist der Post zu meinem angeblichen Besuch auf dem Borough Market mit Jack, das Foto von dem Victoria's-Secret-Model, auf dem kein Gesicht zu erkennen ist, die Schnappschüsse von Bobble, meinem Scottish Terrier, den es in Wirklichkeit nie gegeben hat.

Meine Wangen fangen an zu glühen. Wenn ich ehrlich bin, entspricht keines dieser Fotos zu hundert Prozent der Realität. Ja, Andy war mein Freund – aber so wie auf dem Foto sah er in echt nie aus. Er war nie so braun, hatte nie diesen verwegenen Dreitagebart im Gesicht. Selbst die Art, wie er mich auf diesem Foto ansieht … Ich musste ungefähr fünfzigmal auf den Auslöser drücken, bis ich den perfekten bewundernden Blick im Kasten hatte. Ihm wurde schon mächtig langweilig, deshalb hatte er Rish gerade einen Witz erzählt, als mir dieser Schnappschuss gelang. Dieser Blick, dieses Lächeln, galten nicht mir, sondern Rish.

Und selbst die Fotos, auf denen tatsächlich ich zu sehen bin, haben kaum Ähnlichkeit mit mir. Auf allen diesen Selfies wirken meine Augen riesig, meine Lippen sind voll und meine Taille schmal. Ich ziehe den perfekten Schmollmund und habe Unmengen Bronzepuder aufgelegt, damit es so wirkt, als hätte ich wunderschöne ausgeprägte Wangenknochen.

Das, was man da sieht, ist nicht mein Gesicht. In Wirklichkeit bin ich nämlich pausbäckig wie ein Hamster. Meine Beine sind viel zu dick, nicht wohlgeformt. Ich blicke an mir herab. Meine Taille ist zwar hübsch, aber keineswegs schmal zu nennen, und sie ist lange nicht so perfekt wie die von diesem Model.

Ich lese mir einige von den Kommentaren, über die ich mich anfangs so gefreut habe, noch einmal durch.

Ihr beide seid das perfekte Paar #relationshipgoals

Wow, wow, wow, Issa, du siehst echt umwerfend aus!

Doch sie haben ihren Reiz verloren. Verschwunden ist das Gefühl, etwas Besonderes zu sein. Ich fühle mich nur noch bescheuert.

Dieses Leben ist nicht meins, oder?

Dieses wunderschöne, perfekte Leben, das ich mir geschaffen habe … Es ist alles nur eine Ausgeburt meiner Fantasie und hat nichts mit der Realität zu tun. Im Grunde ist es eine Wunschliste, die ich abarbeite.

Keine Ahnung, warum ich das erst jetzt erkenne.

Endlich merke ich, wie mir Tränen in den Augen brennen. Ich kenne die Wahrheit über IssaAdores – aber diesmal wird mir niemand gratulieren, niemand wird mir zuhören, niemand wird meine Geschichte hören wollen. Ich bin eine Schwindlerin, ich habe alle hinters Licht geführt. Niemand wird mehr etwas mit mir zu tun haben wollen.

Und daran bin ich ganz allein schuld.

KAPITEL 51

Lily

Das Schrillen des Festnetztelefons lässt mich hochfahren. Mum hat diesen ultralauten, ohrenbetäubenden Klingelton und leider keinen Schimmer, wie sie den ändern kann. Das vertraute Geräusch hallt durch das gesamte Cottage und erinnert mich daran, wie ich mir als Kind immer die Ohren zugehalten habe, wenn es geläutet hat.

Mum eilt zum Beistelltischchen, auf dem das Telefon steht, und hebt den Hörer ab. Kaum hört sie, wer dran ist, werden ihre Züge weicher.

„Lily", raunt sie mir leise zu, als könnte man es sonst bis draußen hören. „Komm her! Es ist Chris."

Meine Brust ist wie zugeschnürt. Ich habe mitbekommen, dass mein Handy bereits ein paarmal aufgeleuchtet hat, weil diverse WhatsApp-Nachrichten von Chris eingegangen sind, aber ich habe sie bis jetzt nicht gelesen. Mir war nicht danach.

Unsicher beiße ich mir auf die Unterlippe. Ich darf mich auf keinen Fall dabei erwischen lassen, dass ich mit ihm rede, geschweige denn dabei, dass ich mich mit ihm treffe; das käme dem beruflichen Selbstmord gleich.

Hilfe, was soll ich nur tun?

„Hallo?", flüstere ich in den Hörer.

„Lily?" Chris' Stimme klingt gleichzeitig verhalten und wütend. „Was zum …? Diese Leute vor eurem Haus, was ist da los? Hör zu …"

Als eine kurze Pause entsteht, stelle ich mir vor, wie er die Finger spreizt, so wie er es immer tut, wenn er nervös ist. Schlagartig wird mir bewusst, dass diese Beobachtung nicht aus den vergangenen paar Wochen stammt, sondern dass er das schon damals in der Grundschule immer gemacht hat, wenn er gestresst war.

„Ich wollte dich eigentlich besuchen, aber ich bin nicht zu eurer Haustür durchgekommen …"

Wieder herrscht einen Augenblick Stille in der Leitung. Er sagt keinen Ton über die Fotografen, die Journalisten.

Das ist alles meine Schuld.

„Ich habe mir überlegt … erinnerst du dich, wie wir als Kinder immer abgehauen und zum Kirchhof gelaufen sind? Sollen wir uns heute Abend am Zaun treffen?"

Er muss gar nichts weiter sagen, ich habe verstanden. Als wir klein waren, stahlen wir uns regelmäßig davon und rannten diesen überwucherten, längst vergessenen Hohlweg entlang zur Kirche. Es gab da diese Lücke im Zaun, durch die wir kletterten, ohne dass meine Mum etwas davon mitbekam. Wir hatten jedes Mal höllische Angst, waren insgeheim aber auch total aufgeregt und fühlten uns wie große Abenteurer. Deshalb beeilten wir uns immer und liefen, so schnell uns die Füße trugen. Wir rannten Hand in Hand, kreischten vor Vergnügen und machten am Ziel sofort wieder kehrt.

Mum ist uns nie auf die Schliche gekommen, zum Glück, sie wäre nämlich ausgerastet, wenn sie mitbekommen hätte, dass wir mit unseren sechs Jahren allein durchs Dorf streiften. Aber diese kurzen Ausflüge habe ich nie vergessen. Nicht weil das Ziel besonders aufregend gewesen wäre. Es war allein dieses Gefühl grenzenloser Freiheit, das wir in diesen Augenblicken erlebten.

„Denkst du, wir können abhauen, ohne dass sie uns erwischen?"

Chris schnaubt nur verächtlich. „Klar. Wer außer uns weiß schon von dem Loch?"

Ich presse mir die Fingerknöchel an die Wange. Das ist die totale Schnapsidee.

„Welche Uhrzeit?"

„Heute Abend … um zehn?"

KAPITEL 52

Melissa

Die Sonne geht bereits unter, die Luft wird kühler und es dämmert, und trotzdem starre ich immer noch auf den Bildschirm. Mir flirren die Augen von dem schwachen bläulichen Licht. In den letzten fünf Stunden wurden Kommentare mit dem Hashtag #lifegoals abgelöst durch solche mit dem Hashtag #Schlampe.

Die Schule ist vorbei, ich sitze vornübergebeugt auf einer Parkbank und lese jeden einzelnen Kommentar. Sekündlich erscheint ein neuer. Mir ist nur allzu bewusst, dass es das Beste wäre, meine Seite einfach zu löschen, aber es ist wie ein Zwang: Ich kann nicht aufhören, den Browser zu aktualisieren.

Schlampe! Ich hoffe, dir ist klar, was für ein mieses Luder du bist, du ruinierst Lilys Leben! Leute wie du verdienen den Tod, es macht mich rasend vor Wut!!!!!

Was soll der Scheiß?! Ich weiß gar nicht, wo ich anfangen soll. Dieses Mädchen hat sie doch nicht mehr alle …

Ein trockener Kloß sitzt in meiner Kehle.

Das habe ich ja wohl mächtig verbockt. Ich habe die Leute angeschmiert. Ehrlich, ich habe es nicht anders verdient.

Der Wind frischt auf und lässt das Gras rascheln. Es ist so kalt, dass sich mir die Härchen an den Armen aufstellen. Mir kommt es vor, als befände ich mich in großer Höhe, die Entfernung zum Boden scheint unheimlich weit – und ähnlich weit habe ich mich offenbar vom echten Leben entfernt.

Was habe ich nur getan?

Mein Handy fängt an, beharrlich zu brummen. Es ist Mum. Die Schule ist schon seit zwei Stunden zu Ende, und erst jetzt fällt ihr auf, dass ich noch nicht zu Hause bin? Typisch.

Ich tippe aufs Display, um den Anruf entgegenzunehmen.

„*Melissa?* Bist du dran?"

„Ja, bin ich", flüstere ich.

„Wo zum Teufel steckst du?"

„Im Park gleich hinter der Schule."

Sie scheint Dad etwas zuzuraunen, das ich nicht verstehe.

„Was soll das denn? Wieso hockst du in einem Park herum? Du trinkst doch nicht etwa, oder? Bist du mit Jungs zusammen?"

Ich versuche zu antworten, doch es kommt nur ein ersticktes Wimmern heraus. Ich will mich nicht mit Mum zoffen. Nicht jetzt. Nicht wo gerade mein ganzes Leben aus den Fugen gerät.

Am anderen Ende der Leitung herrscht Stille, gefolgt von einem lang gezogenen Seufzen.

„Na schön. Bleib, wo du bist. Ich hole dich ab."

Eigentlich würde ich gern sagen, dass sie sich nicht die Mühe machen soll, aber wenn ich ehrlich bin, habe ich nicht die Kraft, mich auf eine Diskussion mit ihr einzulassen. Und als Mum zehn Minuten später aus ihrem Range Rover springt, bringe ich nicht einmal mehr die Kraft auf, den Kopf zu heben und sie anzusehen.

Sie packt mich am Arm und zieht mich auf die Beine.

„Was ist denn mit dir los?", will sie wissen und mustert mich eindringlich. Ihre Haare sind zu einem strengen Knoten zurückgebunden, auf ihrer Stirn zeichnet sich eine tiefe Zornesfalte ab.

Dann geht plötzlich eine Veränderung in ihrer Mimik vor. „Ist alles in Ordnung mit dir?“

Ich reiße mich von ihr los. „Ja, alles bestens.“

„Du hast dein Handy fallen lassen“, sagt sie verunsichert und hebt es für mich auf.

„Mann, lass mich doch einfach in Ruhe, okay?“, fahre ich sie an.

Mums Nasenflügel blähen sich wütend. „Wirst du wohl aufhören, dich aufzuführen wie ein verzogenes Gör? Ich hatte es in letzter Zeit nicht leicht, weißt du? Ich habe irrsinnig viel um die Ohren. Aidy hat immer noch Angst vorm Schwimmen, und jetzt schämt er sich vor den anderen Kindern, weil er …“

„Bei mir läuft es derzeit auch nicht so gut, falls es dich interessiert.“

Mum setzt ihr typisches besorgtes Gesicht auf, den Kopf leicht zur Seite geneigt, die Unterlippe vorgeschoben. „Ich weiß, ich weiß. Bis zu den Prüfungen sind es nur noch wenige Wochen. Du stehst erheblich unter Druck.“

Das macht mich ein wenig stutzig. „Äh, ja, da hast du wohl recht.“

Ich ringe mit mir und überlege hin und her, ob ich ihr erzählen soll, was los ist. Sie ist nicht wie ich mit dem Internet groß geworden; ich kann mir kaum vorstellen, dass sie die Sache verstehen wird. Ach, egal, ich tu’s. Schließlich könnte ich nicht behaupten, dass ich noch viele Freunde habe, denen ich mich anvertrauen könnte. Wem soll ich es denn sonst erzählen? Mit zitternden Fingern öffne ich auf meinem Handy den Blog.

„Sieh dir das an“, flüstere ich.

Mum nimmt mir das Telefon aus der Hand und zieht die Stirn kraus.

„Ist das …?“ Sie tippt auf das Foto von mir und Andy. „Bist du das? Wer ist dieser Junge?“

Ich seufze. Das ist wieder mal das Einzige, wofür sie sich interessiert. Dass da ein Junge ist.

„Ja, das bin ich.“

Sie scrollt weiter bis zum ersten Kommentar.

Du miese, verlogene Schlampe. Ich würde dir nur zu gern die Faust in die …

Mums Augen weiten sich. „Melissa, was ist das? Warum schreiben diese Leute so was? Ich verstehe nicht …“

Ihre Stimme überschlägt sich, sie klingt schrill. Fieberhaft scrollt sie weiter, und ihre Miene verdüstert sich zusehends.

Ich schlinge die Arme schützend um meinen Oberkörper, lehne mich gegen die Parkbank und wiege mich sanft hin und her.

„Meinen die etwa dich?“, fragt sie schließlich. „Bist du etwa Opfer von Cybermobbing?“

Es entsteht eine längere Pause.

Tränen der Demütigung brennen mir in den Augen.

Wundersamerweise nimmt Mum mich nur wortlos in den Arm, statt mich anzubrüllen, und bettet meinen Kopf an ihrer Brust. Die Berührung ihrer kalten, klammen Haut lässt mich zusammenzucken. Ich würde mich am liebsten von ihr losreißen, habe aber keinen Funken Energie mehr.

Unbeholfen tätschelt sie mir das Haar.

„Komm, ich bring dich zum Auto. Wir fahren nach Hause.“

Widerstandslos lasse ich mich von ihr zum Wagen führen, lasse mich schweigend auf den Beifahrersitz fallen und reibe mir die Augen mit meinem Schulpulli trocken.

Ich möchte vor Mum keine Schwäche zeigen, deshalb ziehe ich einen Taschenspiegel aus meinem Rucksack und versuche, mein gerötetes Gesicht mit den schwarzen Mascaraspuren wieder einigermaßen in Ordnung zu bringen. Mit einem letzten entschlossenen Schniefen klappe ich den Spiegel zu und richte den Blick zum Fenster hinaus.

Mum startet den Motor und starrt auf die Straße.

„Ich weiß, dass du mich für ein gefühlloses Monster hältst, und mir ist durchaus bewusst, dass ich nicht die beste Mutter bin. Du hast recht, ich verstehe dich nicht. Ich verstehe dich nicht im Geringsten."

Mein Blick geht ins Leere, ich erwidere nichts darauf.

„Als kleines Mädchen warst du immer so fröhlich und so süß, alle fanden dich ganz bezaubernd. Ich wurde auf der Straße sogar von Leuten angesprochen, die mir sagten, wie hübsch du doch seist. Du hast es geliebt, dich schick zu machen, jeden Morgen hast du mich gezwungen, dir die Haare zu Zöpfen zu flechten. ‚Frisier mir die Haare, Mami, bitte', hast du jedes Mal gebettelt, und du hast dich stur geweigert, zur Schule zu gehen, bevor ich dir nicht diesen Gefallen getan hatte." Diese Erinnerung zaubert Mum ein Lächeln ins Gesicht. „Du warst so ein niedliches kleines Ding."

Ich versteife mich unwillkürlich. Schon kapiert – aktuell trifft das also nicht mehr zu. Sie muss das gar nicht weiter ausführen, man könnte auch sagen, dass ich ziemlich hässlich bin.

„In letzter Zeit bläst du nur noch Trübsal, bist übel gelaunt und reagierst auf mich und deinen Vater total mürrisch. Ich weiß nicht mehr, was ich tun soll. Vielleicht verbringe ich zu viel Zeit mit Aidy, wenn auch nicht absichtlich, aber mit dir tue ich mich einfach um einiges schwerer. Wenn ich nur wüsste, wie andere Mütter das hinbekommen, woher sie wissen, wie sie mit ihren Töchtern reden sollen. Keine Ahnung, was ich falsch mache."

Mum unterbricht sich. Aus irgendeinem unerfindlichen Grund laufen mir abermals Tränen über die Wangen. Verstohlen tupfe ich sie mir mit den Fingern weg. Ich will nicht, dass Mum das sieht.

Sie wirft mir einen verzweifelten Blick zu.

„Ach, Melissa“, seufzt sie.

„I-ich weiß auch nicht, was ich da eigentlich tue.“

„Gibt es irgendjemanden, mit dem du reden kannst? Einen Lehrer vielleicht? Ich weiß, dass du dich mit mir schwertust.“

Ich schniefe, weil mir die Tränen nun doch wieder ungehindert über die Wangen fließen.

„Na ja, oder mit einer Freundin? Was ist denn mit Suze? Du hast dich doch immer so gut mit ihr verstanden?“

Ich schüttle den Kopf. „Nein, mit Suze kann ich nicht darüber reden; wir sind nicht mehr befreundet. Ich will mit niemandem reden.“

„Das geht nicht“, sagt sie mit fester Stimme. „Du musst darüber reden. Ich fahre mit dir zu Suze. Sie weiß bestimmt, was zu tun ist.“

Ich mache den Mund auf, um zu protestieren, aber es hat keinen Zweck, sich mit Mum anzulegen. Es dauert keine fünf Minuten, dann hält Mum schon vor Suzes Haus. Ohne ein Wort zwingt sie mich zum Aussteigen, schleift mich zur Haustür und klingelt. Suzes Mum öffnet uns und ruft nach Suze, dann verschwindet sie mit meiner Mum in der Küche, und die beiden unterhalten sich lautstark über Aidy und Suzes kleine Schwester.

Etwas verloren drücke ich mich draußen vor der Schwelle herum und starre auf einen verwitterten Blumentopf, bis Suze endlich auftaucht. Sie hat ihre wilde Lockenmähne streng zurückgebunden, trägt ihre Brille mit den kreisrunden Gläsern und eine alte Latzhose mit einem Riss an der Brust.

„Oh. Hi“, sagt sie und sieht sich verunsichert in Richtung Wohnzimmer um.

„Hi“, sage ich, wage es aber nicht, ihr direkt in die Augen zu sehen.

Oh Gott, was hat Mum mir da angetan?

Es ist nur zu offensichtlich, dass Suze mich nicht sehen will. Sie druckst verlegen herum und guckt sich immer wieder um, als wäre ihr die Situation total unangenehm.

Im selben Moment taucht ein großes dunkelhaariges Mädchen mit einer Klarinette in der Hand im Flur auf. Sie trägt einen weiten Kapuzenpulli und eine Brille mit breitem Gestell, dazu einen beinahe quadratisch geschnittenen Afro, der ihr tief in die Stirn hängt. Als ihr Blick auf mich fällt, blinzelt sie verdutzt.

„Hey", sagt sie mit einem Seitenblick auf Suze.

Wer ist sie?! Suze hat doch außerhalb der Schule keine Freunde. Sie hat nie irgendwelche Leute zu Besuch, wirklich nie. Und zur Familie gehört das Mädchen zweifelsohne auch nicht, schließlich kenne ich sämtliche von Suzes Cousins und Cousinen.

Mit großen, fragenden Augen sehe ich Suze an.

„Äh, ja, das ist Abi, meine …" Die Röte kriecht ihr in die Wangen, und sie starrt verlegen zu Boden. „Meine Freundin."

KAPITEL 53

Lily

Das Loch hinten im Zaun ist viel kleiner, als ich es in Erinnerung habe. Die Holzlatten sind völlig überwuchert; wenn man nicht wüsste, dass da eine Lücke ist, würde man sie nie entdecken. Ich gehe auf die Knie und taste im Gestrüpp herum, was sich angesichts der Dunkelheit als schwierig erweist. Doch wegen der Journalisten draußen auf der Straße wage ich es nicht, die Taschenlampe an meinem Handy zu aktivieren.

Autsch. Ich habe mir den Daumen an einem Dorn aufgerissen. Schnell stecke ich ihn mir in den Mund und habe sofort den metallischen Geschmack von Blut auf der Zunge.

Als ich das Loch endlich gefunden habe, schiebe ich das Gestrüpp beiseite und zwänge mich hindurch. Die Äste und Dornen piksen mich durch den dicken Pulli, aber schließlich habe ich die Latten des Zauns vor mir.

Das Loch, durch das wir früher immer geschlüpft sind, ist noch da, aber als ich es abtaste, schätze ich, dass es nicht einmal einen halben Meter breit ist.

Da passe ich doch nie im Leben hindurch!

Zum Glück fällt mir in dem Moment auf, dass mir der Zaun gerade mal bis zum Bauchnabel reicht, deshalb hebe ich den Fuß und stelle ihn vorsichtig auf die untere Querleiste. Der Zaun gerät ins Wanken. Als ich wieder im Gleichgewicht bin, schwinge ich behutsam mein Bein darüber, während ich mein Gesicht gleichzeitig vor den dornigen Trieben schützen muss, und mühe mich auf die andere Seite.

Wieder festen Boden unter den Füßen, befreie ich meine Jacke und meine Haare von den Ranken und stolpere mit wenigen Schritten eine erdige Böschung hinauf.

Von dort oben blicke ich heftig atmend über das brachliegende Feld, das von Bäumen gesäumt ist.

Und jetzt?

Mein Smartphone ist stumm geschaltet, und auch die Helligkeit des Displays habe ich zur Sicherheit auf die schwächste Stufe eingestellt. Als die kühle Nachtluft das Laub in den Bäumen rascheln lässt, muss ich ein Zittern unterdrücken.

Als Nächstes ist im nahen Gebüsch ein Knacken zu hören. Die Haare auf meinen Unterarmen stellen sich auf, ein Schauder rieselt über meinen Körper.

Hat mich etwa einer der Journalisten entdeckt?

Ich weiche einen Schritt zurück, schlinge die Arme um meinen Oberkörper und mache mich bereit, notfalls die Beine in die Hand zu nehmen und so schnell wie möglich zurück zum Cottage zu flitzen. Eine dunkle Gestalt taucht auf der Lichtung auf. Sie will weitergehen, flucht dann aber lautstark, weil sich eins ihrer Hosenbeine in den Dornen verfangen hat.

„Bist du das?“, flüstere ich mit verhaltener Stimme.

„Lily?“, höre ich Chris sagen.

Ich atme erleichtert auf. „Ja!“

Im Licht des Mondes sehe ich, wie ein Lächeln auf Chris’ Gesicht tritt. „Können wir los?“, fragt er.

Ich bemühe mich, sein Lächeln zu erwidern, doch bei dem Gedanken, wir könnten erwischt werden, verspannt sich mein Körper sofort wieder. „Nur wenn uns niemand sieht."

Er nickt. „Das ist der Plan."

Wir schlagen den üblichen Weg Richtung Kirche ein. Mühelos halte ich mit ihm Schritt und marschiere schweigend neben ihm her. Chris berührt kaum merklich meinen Ellbogen und deutet auf ein Schlagloch vor uns. Mein Körper prickelt bei seiner Berührung.

„Hier entlang, da ist es ruhiger", sagt er.

Wir biegen links ab, entfernen uns von der Kirche und halten auf einen überwucherten Pfad zu, der am Fluss entlangführt. Als wir uns auf freiem Feld befinden, blicke ich mich immer wieder verstohlen um, weil ich hinter jedem Busch Fotografen vermute, die jederzeit herausspringen und mir ihre Kameras ins Gesicht halten könnten. Mein Herzschlag beschleunigt sich. Ich kneife ganz fest die Augen zu und versuche, die Gedanken zu verscheuchen, doch die Bilder wirbeln mir unaufhörlich durch den Kopf.

Chris sieht mich durchdringend an.

Ohne ein weiteres Wort legt er mir den Arm behutsam um die Schultern.

Am liebsten würde ich mich mit der Wange an seine Brust schmiegen, aber ich bin wie erstarrt.

Was, wenn jemand uns sieht? Was, wenn auf der anderen Seite dieser Wiese ein Fotograf mit Teleobjektiv lauert und alles minutiös festhält? Widerstrebend mache ich mich von Chris los.

Stirnrunzelnd sieht er mich an und fährt sich mit der Hand durchs Haar, dann richtet er den Blick in die Ferne.

„Sollen wir … ähm?" Ich deute auf eine Ansammlung kleinerer Bäume, zwischen denen wir als Kinder unsere geheime Höhle hatten.

Chris nickt grinsend. Er duckt sich unter den Ästen, schiebt sie beiseite, damit ich hindurchkriechen kann, dann folgt er mir, wobei die Zweige über seinen breiten Rücken wischen.

„Danke“, sage ich leise.

Nachdem wir einige Schritte in geduckter Haltung gelaufen sind, lichtet sich das Dickicht, und man kann gerade so aufrecht sitzen. Ich gehe in die Knie und hocke mich auf den Hintern, während Chris seine langen Beine unbeholfen übereinanderschlägt. Er aktiviert die Taschenlampenfunktion an seinem Handy und legt es mit dem Display nach unten auf den Boden, damit wir etwas sehen können, das Licht uns aber nicht blendet.

Der Schein ist nur schwach, aber trotzdem habe ich Angst und sehe mich immer wieder prüfend um, ob ich irgendwo eine Bewegung ausmache. Wir sind vollständig abgeschirmt durch das Geäst der Bäume, und trotzdem fühle ich mich nicht ganz sicher.

Chris räuspert sich.

„Ich, äh, hab gesehen, was die *Daily Mail* …“ Er hält inne, als er mein gequältes Gesicht sieht. „Wie geht es dir damit?“

„Tja, ich …“ Es gelingt mir nicht, den Satz zu vollenden, weil meine Stimme versagt.

Chris streckt die Hand nach meiner aus und hält sie fest. Sein Daumen streicht ganz zart über meine Handfläche, und sofort schlägt mir das Herz wieder bis zum Hals. Nach einem kurzen Moment des Zögerns rückt er näher und legt mir den Arm um die Schultern.

Ich merke, wie mir wieder einmal die Tränen kommen, deshalb schließe ich die Augen, lehne mich gegen seine warme Brust und berge das Gesicht an seinem Körper.

Ich spüre das Kratzen seiner Bartstoppeln an meiner Stirn.

Im schwachen Licht kommt es mir so vor, als würde sich sein Gesicht dem meinen nähern. Ich habe ein seltsames, flaues Gefühl im Bauch.

Nein.

„Ich … ich kann nicht." Hastig wende ich mich ab.

„Was denn?", will er wissen.

„Ich kann das nicht … Stell dir vor, man sieht uns."

Auf Chris' Zügen geht eine kaum merkliche Veränderung vor. „Was tun, Lily?"

Er nimmt seinen Arm weg, und seine Miene verhärtet sich.

Ein eisiger Wind fährt mir über den Nacken und lässt mich zittern. Ich sehe, wie das Licht von Chris' Handy das Dickicht durchschneidet, und beiße mir auf die Unterlippe.

KAPITEL 54

Melissa

Suze und Abi wechseln einen Blick, als wollten sie sagen: „Sie wusste nichts davon?“, dann legt Suze kaum merklich den Kopf schief.

„D-deine Freundin?“ Meine Stimme klingt mit einem Mal ganz dünn und fiepsig.

„Tja, ich muss, ähm … ich wollte gerade gehen“, sagt Abi mit einem argwöhnischen Blick in meine Richtung.

Mir wird schlagartig heiß und kalt zugleich. Was ist denn das auf einmal? Ich kenne Suze, seit wir fünf Jahre alt waren. Sie hat nie einen Ton gesagt, wenn ich ihr was von irgendwelchen Jungs vorgeschwärmt habe, in die ich verschossen war. Sie hat nie erwähnt, dass sie auf Mädchen steht … Wobei, wenn ich es mir recht überlege, hat sie auch noch nie von einem Jungen gesprochen. Oh Gott! Ich dachte immer, sie wäre bloß schüchtern! Wie konnte mir das nur entgehen?

Unvermittelt muss ich an die Tausende von Kommentaren auf meinem Blog denken, in denen ich als „Schlampe“ beschimpft werde, und sofort treten mir wieder Tränen in die Augen.

Wie konnte ich nur alles so dermaßen falsch verstehen?

Sie ist meine beste Freundin. Warum hat sie mir nie etwas erzählt?

Vermutlich, weil sie nicht mehr meine beste Freundin ist. Wann war eigentlich das letzte Mal, dass wir richtig miteinander gesprochen haben? Was habe ich überhaupt hier zu suchen?

„Ist gut, ich gehe", sage ich und schniefe. Schon kapiert. Suze will mich hier nicht haben, Abi ist ihre Freundin, sie lieben sich. Wie es aussieht, kann sie Abi alles anvertrauen, was sie mir nicht erzählen konnte. Sie braucht niemanden außer ihr. Sie und Abi sind restlos glücklich miteinander. Ich weiß, wann ich nicht erwünscht bin.

Suze sieht mich mit einem gequälten Ausdruck an.

„Nein, bleib. Abi wollte wirklich gerade gehen."

Abi tritt auf Suze zu und drückt ihr einen zärtlichen Kuss auf die Wange, woraufhin diese errötet. Das versetzt mir einen heftigen Stich. Ich glaube nicht, dass Andy mich je so liebevoll geküsst hat.

„Bis bald." Abi nickt mir zum Abschied zu und duckt sich zur Haustür hinaus.

Suze sieht sich in Richtung Küche um, wo sich unsere beiden Mütter immer noch angeregt unterhalten. Sie stößt ein lang gezogenes, lautes Seufzen aus.

„Ich glaube, du kommst besser mit nach oben."

Suze hat ihr Zimmer seit Jahren nicht mehr umdekoriert. Es ist weiß gestrichen, und sie hat immer noch diese rosa Kissen mit den Rosenblüten drauf, die ihre Mum ihr mal gekauft hat. Sie stehen in krassem Gegensatz zu den riesigen, verstaubten prähistorischen Versteinerungen von Muscheln und anderen Sachen, die Suze sammelt – jedes einzelne Stück ist in ihrer schnörkeligen Handschrift mit geschätztem Alter beschriftet. In einer Ecke des

Zimmers stapeln sich Musik- und Notenbücher, und die Klarinette ist gegen ihren Schreibtisch gelehnt. Irgendwie harmoniert dann doch alles.

Suze steht mit verschränkten Armen in einem gewissen Abstand zu mir da und starrt an die gegenüberliegende Wand.

Ich öffne den Mund, bringe aber kein Wort heraus. Verlegen zwirble ich mir einen losen Faden um den Daumen, bis die Fingerkuppe ganz taub ist.

Suze kaut auf der Unterlippe und sieht mich schließlich mit schief gelegtem Kopf an.

„Issa, ich …"

„Suze …"

Ich räuspere mich und stiere betreten zu Boden. Vor Scham schießt mir die Röte in die Wangen.

Suze schiebt die Unterlippe vor.

„Ich wollte nicht, dass du es so erfährst", sagt sie. „Schätze, ich hätte es dir erzählen sollen. Ich wusste nur nicht, wie ich es dir sagen soll."

„Ich weiß, ich …" Mir wird schwarz vor Augen. „Ich habe nicht … Ich war so auf Andy fixiert, dass ich mich überhaupt nicht mehr um dich gekümmert habe. Ich hatte wirklich keine Ahnung."

Zwei nasse Rinnsale strömen über meine Wangen. Meine Lippen beben.

Oh Gott.

„ICH BIN SO EINE BESCHISSENE FREUNDIN!"

Jetzt fange ich hemmungslos zu schluchzen an. Ich weine bittere Tränen, wie ich sie vor Mum niemals vergießen würde. Und eigentlich hätte ich nicht gedacht, dass ich mich je vor irgendeinem Menschen so schwach und verletzlich zeigen würde. Ich werde von tiefen, herzzerreißenden Schluchzern geschüttelt.

Ich hab alles vermasselt.

Denn es ist nicht nur die Sache mit meinem Blog, sondern auch alles andere. Meine beste und einzige Freundin erlebt so einschneidende Dinge in ihrem Leben, und ich habe keinen blassen Dunst. Weil ich komplett auf mich selbst fixiert war. Ich habe keine Sekunde an sie gedacht. Mich hat das alles nicht interessiert.

Während ich den Tränen freien Lauf lasse, spüre ich ihr drahtiges Haar, das mich an der feuchten Wange kitzelt, zwei dünne, weiche Arme legen sich um meine Schultern und ziehen mich an ihre warme Brust.

„Ach, Issa. Wie hättest du es auch ahnen sollen? Ich wusste es ja selbst nicht so genau. Bis ich Abi begegnet bin."

Als ich mich von ihr löse, zerfurcht eine tiefe Sorgenfalte Suzes bleiche Stirn.

„Ich hab versucht, es dir zu sagen, aber es ging nicht … Du hast immer nur von Jungs gesprochen. Ich dachte nicht …"

„Ich bin eine richtig miese Freun…" Ein weiteres Schluchzen zerreißt mir die Kehle.

Suze hebt den Blick zur Decke. „Nein, ich bin die schlechte Freundin. Die ganzen Dinge, die du getan hast … Ich habe deinen Blog gelesen. Ich wusste, was du tust … Das hätte ich verhindern müssen."

Schniefend hänge ich an ihrem Hals. „Ich glaube nicht, dass mich irgendjemand davon hätte abhalten können."

Suze schiebt mich auf Armeslänge von sich und sieht mir unverwandt in die Augen. Die ihren sind so blau, dass sie sich wie zwei Laserstrahlen in mich bohren. Am liebsten würde ich wegschauen.

„Warum hast du das getan?", fragt sie mit leiser, bebender Stimme. „Alle sind überzeugt davon, dass du dieses Foto gefälscht hast, weil du Aufmerksamkeit wolltest. Ich verstehe nur nicht … Warum? Was hast du dir davon erhofft?"

Suzes Stirn ist tief gefurcht. Sie scheint hin- und hergerissen zu sein, ob sie mich nun trösten oder ausschimpfen soll.

„Ich hab dir doch gesagt, dass es so kommen wird, nicht wahr? Ich hab dir gesagt, dass du Andy gar nicht wirklich magst und dass Chloe ein verlogenes Miststück ist."

„Tut mir leid", platzt es aus mir heraus. „Ich war so dumm. Ich weiß auch nicht, warum …"

Wieder legt sie den Kopf leicht schief.

„Ich weiß schon, warum. Weil du eine Idiotin bist", sagt sie mit einem schiefen Grinsen.

„Tut mir wirklich leid. Ich hätte nie was mit Andy anfangen dürfen. Und ich hätte mich auch nicht auf Chloe einlassen sollen. Oder auf Louise."

Suze atmet langsam aus.

„Nein. Ich hätte dir sagen müssen, was mit mir los ist. Du hattest recht. Vielleicht war ich wirklich ein wenig genervt, weil du so viel Zeit mit ihnen verbracht hast. Und als du meintest, ich wäre doch nur eifersüchtig auf Andy …", Suze verzieht das Gesicht, und ihre Augen schimmern feucht, „da … da konnte ich es dir erst recht nicht sagen."

„Ich hätte niemals zulassen dürfen, dass du in diese Situation gerätst", sage ich. Mein Herz fängt an, schmerzhaft zu pochen. „Du hattest recht. Ich und Andy hatten tatsächlich noch nie ein ernsthaftes Gespräch. Oh Gott, wie konnte ich nur so blind sein? Andy, Chloe, du – wie konnte ich nur einer solchen Illusion verfallen …"

Suze unterbricht mich. „Hör zu, ich weiß genau, dass du das alles nicht mit Absicht getan hast. Ich kenne dich seit deinem fünften Lebensjahr. Wir haben uns beide nicht mit Ruhm bekleckert, aber wir sind trotz allem noch Freundinnen. Das kann uns keiner nehmen."

Ich falle Suze noch einmal um den Hals und drücke sie, dabei merke ich, wie plötzlich ein Gefühl inniger Zuneigung zu ihr in mir hochwallt, als sie die Umarmung erwidert.

Alles wird gut.

Im selben Moment spüre ich mein Handy in der Tasche vibrieren. Ich löse mich von Suze, ziehe es heraus und starre aufs Display.

Eine Benachrichtigung von meinem Blog. Bitte nicht noch so ein Hasskommentar.

Jemand, den ich nicht kenne, hat mir auf einem Selfie von mir mittels Photoshop eine graue Baseballmütze verpasst. Quer über dem Bild steht folgender Satz: *Issa unehrlich: Wenn du eigentlich abnehmen solltest, aber dir denkst, Photoshop tut es auch.*

Es ist wie ein Schlag ins Gesicht.

Issa unehrlich: Wenn man dem Lehrer erzählt, der Hund hätte die Hausaufgaben gefressen.

Ich bin zu einem Internetphänomen geworden. Und das nicht im positiven Sinn.

„Issa?" Wie aus weiter Ferne nehme ich wahr, dass Suze an meiner Schulter rüttelt. „Nimm dir das nicht zu sehr zu Herzen", sagt sie mit einem Blick auf das Display.

Dummerweise gelingt es mir nicht, den Blick abzuwenden. Mein Gesicht ist überall im Internet. Und wenn sich eine Sache erst einmal verbreitet hat, verschwindet sie so schnell nicht wieder.

Das Netz verliert nichts.

Was einmal drin ist, bleibt für immer da.

KAPITEL 55

Lily

Endlich haben die Zeitungen unsere einstweilige Verfügung erhalten, die Reporter vor unserem Cottage haben ihre Sachen gepackt und sind wieder abgezogen. Zwar habe ich immer noch zwei Sicherheitsleute bei mir, die draußen auf der Straße auf und ab gehen, aber immerhin können wir jetzt wieder ungestört die Fenster öffnen. Es kehrt ansatzweise wieder so etwas wie Normalität ein.

Im Internet dagegen herrscht immer noch helle Aufregung, und es sieht nicht so aus, als würde sich der Trubel in absehbarer Zeit legen. Ich habe vielmehr den Eindruck, als wäre es noch schlimmer geworden.

Mindy wäre heute Morgen am liebsten zu mir nach Suffolk gekommen, um mit mir zu reden, aber ich habe ihr hoch und heilig versprochen, mir die Vorschläge des Teams anzusehen und den Blogpost noch heute freizugeben.

Jetzt starre ich angestrengt auf die Worte, die meine Leute verfasst haben, bin aber derart müde, dass die Zeilen auf dem Bildschirm vor meinen Augen zu schwarzen Schlieren verschwimmen.

Es fällt mir schwer, die richtigen Worte zu finden, um euch zu sagen, wie leid mir das alles tut. Ich habe euch enttäuscht. Doch zu meiner Verteidigung möchte ich sagen: Niemand ist perfekt. Wirklich niemand. Wir alle machen Fehler – das gehört zum Menschsein dazu. Und ich habe nie das Gegenteil behauptet.

Zu dem Zeitpunkt, als das Foto an die Öffentlichkeit gelangte, hatten Bryan und ich bereits entschieden, uns zu trennen. Wir hatten es nur noch nicht öffentlich bekannt gemacht.

Im Nachhinein schmerzt es mich zutiefst, dass ich euch allen nicht schon viel früher die Wahrheit gesagt habe. Ich wollte nicht, dass die Presse Wind davon kriegt. Nur leider hat die Tatsache, dass wir unsere Trennung geheim gehalten haben, alles nur schlimmer gemacht. Es hatte zur Folge, dass die Geschichte unnötig aufgebauscht wurde und ich nun gezwungen bin, es euch auf diese Weise zu sagen.

Ich fühle mich richtig mies – denn jeder Einzelne von euch bedeutet mir immens viel. Ihr alle seid meine besten Freunde …

Ich halte inne und lese mir die letzte Zeile noch einmal durch: „*Ihr alle seid meine besten Freunde.*“

Irgendetwas an diesem Satz geht mir zutiefst gegen den Strich.

Beste Freunde.

Ich muss an den kranken Typen denken, der nicht aufhören wollte, gegen unsere Haustür zu hämmern, und der mir seine ewige Liebe schwor. Und an Lily, die Zahnärztin, die überzeugt davon war, ich hätte ihre Identität gestohlen. Und an diese Mädchen, die kurz vor der Launch-Party gegen die Scheiben des Taxis schlugen. An die Tausende von wütenden Tweets meiner ehemaligen Fans. An die Journalisten und Fotografen, die in den letzten paar Tagen draußen vor Mums kleinem Cottage ihr Lager aufgeschlagen hatten.

Ihr alle seid meine besten Freunde.

Mir ist speiübel.

Was mache ich? Was mache ich jetzt, verdammt noch mal? Ich kann diese Stellungnahme unmöglich freigeben. Ich fange garantiert nicht wieder damit an, Videos von Bryan und mir auf unseren Streifzügen durch London zu drehen und so zu tun, als wären wir ein glückliches Liebespaar. Ich kann meine Fans unmöglich als meine „besten Freunde" sehen und ihnen gleichzeitig völlig überteuerte Lippenstifte und Tragetaschen mit meinem Namen darauf andrehen.

Ich atme tief durch.

Mein Twitter-Account, meine Instagram-Seite und mein LilyLoves-Markenprofil auf Facebook sind auf meinem Laptop geöffnet.

Auf allen Kanälen finden sich Nachrichten mit heftigsten Beschimpfungen. So gut wie jeder Kommentar beinhaltet das Wort „Schlampe", „Nutte" oder „Hure".

Stirnrunzelnd kopiere ich eine Auswahl der übelsten Anfeindungen und füge sie in einen Blogpost ein. Wenn ich sie so aneinandergereiht sehe, kommt mir eine Idee.

Ich schnappe hastig nach Luft und wähle Mindys Nummer.

„Hallo? Bist du einverstanden mit dem Blogbeitrag? Wir stellen ihn gleich online und melden das der Presse." Ihre Worte durchdringen meine Gedanken.

„Ich … Nein", sage ich, selbst ein wenig überrascht, wie fest meine Stimme klingt.

„Welche Änderungen sollen wir denn vornehmen? Wir können dir auch einen neuen Entwurf schicken, wenn es sein muss, aber wir müssen wirklich so schnell wie möglich ein Statement abgeben. Die Leute von BeautyCult und Wendy's Wishes sind kurz davor, einen Rückzieher zu machen."

„Sag ihnen, sie können die Verträge gerne kündigen. Ich brauche sie nicht mehr als Sponsoren", erkläre ich leise.

Am anderen Ende der Leitung herrscht Stille.

„Kündigen? Was meinst du damit?", will Mindy wissen.

„Ich kooperiere nicht mehr mit Marken."

„Darf ich dich daran erinnern, dass fünfundsechzig Prozent deiner für dieses Jahr erwarteten Einnahmen aus Sponsorenverträgen stammen? Unser Werbeteam hat monatelang daran gearbeitet, diese Deals für dich auszuhandeln. Und jetzt willst du die Verträge kündigen?"

„So ist es."

Mindy senkt drohend die Stimme. „Dürfte ich fragen, warum?"

Ich hole tief Luft, und dann weihe ich sie in meinen Plan ein.

KAPITEL 56

Melissa

Ich will nicht zur Schule gehen. Nie wieder!

Bevor ich da wieder hingehe, sterbe ich lieber. Am liebsten würde ich im Boden versinken.

Als ich auf dem Weg in die erste Stunde durch die Flure gehe, halte ich den Blick fest auf den Boden gerichtet. Aus allen Richtungen ist verhaltenes Gelächter zu hören. Mein Herz rast, und ich schäme mich in Grund und Boden.

Eine Gruppe Achtklässler fängt an zu tuscheln, als sie mich sehen, und ziehen ihre Handys heraus.

Ich wage es nicht, sie anzuschauen. Stattdessen versuche ich so zu tun, als würde ich von den Blicken und den Lästereien hinter vorgehaltener Hand nichts mitkriegen. Vielleicht übertreibe ich total und leide unter Verfolgungswahn. Ich meine, mal ehrlich, warum sollten sich die Leute für einen bescheuerten Blog wie meinen interessieren?

Suze hat mir strengstens verboten, meinen Namen zu googlen, aber gestern Abend bin ich schwach geworden und habe einen Artikel mit dem Titel „IssaAdores – daran erkennt man, dass der Blog ein Fake ist" entdeckt. Er wurde über 3.000-mal geteilt.

Der Text machte mich dermaßen wütend, dass ich ihn nicht zu Ende lesen konnte. Suze hat mich außerdem gezwungen, meinen Blog zu löschen, nur leider sind die Posts immer noch zu finden. Man muss nur „IssaAdores" bei Google eintippen und auf Bildersuche gehen, und schon erhält man Hunderte von Screenshots von den einzelnen Beiträgen. Jede verdammte Lüge, die ich je verbreitet habe, ist für immer im Netz zu finden.

Mit hängenden Schultern betrete ich das Klassenzimmer.

Chloe und Louise sitzen bereits an ihren Plätzen. Ich versuche so zu tun, als hätte ich sie nicht gesehen. Doch kaum bemerken sie mich, senken sie die Stimmen zu einem aufgeregten Flüstern.

Ich lasse mich auf den Stuhl neben Suze fallen und schlage mein Hausaufgabenbuch auf. Meine Finger zittern so heftig, dass es mir nicht gelingen will, die Seiten umzublättern.

Von der anderen Seite des Zimmers höre ich jemanden prusten. Offenbar hat Chloe gerade etwas gesagt, denn jetzt gucken mich die Mädchen aus ihrer Clique an und wenden dann kichernd die Köpfe ab.

Tränen treten mir in die Augen. Ich ertrage das nicht. Nicht jetzt.

Hätte ich doch nie mit diesem Blog angefangen. Ich wünschte, ich hätte LilyLoves nie für mich entdeckt.

Der Tisch vor mir fängt an, sich zu drehen.

Chloe sagt wieder etwas. „Issa!", zischt sie, und von ihrer Clique kommt höhnisches Gelächter.

Wie ein glühender Schürhaken bohrt sich die Schande in meine Brust.

Ich spüre einen leichten Lufthauch an der Schulter. Es dauert einige Sekunden, bis ich merke, dass Suze aufgestanden ist. Sie hat ihr kleines Näschen hoch erhoben und steht kerzengerade da.

Was zum …

„Suze!“, fauche ich und wedle hektisch mit den Händen, um ihr zu bedeuten, dass sie sich wieder hinsetzen soll.

Vielleicht hat sie nicht mitbekommen, was los ist?

Ohne auf mich zu achten, macht Suze einen Schritt auf die anderen zu.

„Chloe“, sagt sie mit ihrer zarten Stimme.

Dann, noch einmal, diesmal etwas lauter.

„Chloe.“

Das Gelächter verstummt.

Und auf einmal richten sich sämtliche Blicke auf sie.

KAPITEL 57
Melissa

Chloe zieht argwöhnisch eine Augenbraue hoch. Suze steht immer noch da, die Ärmel ihres weiten Pullovers bauschen sich um ihre Finger, aus ihrem blonden Haarknoten haben sich einzelne korkenzieherartige Strähnen gelöst und hängen ihr ins Gesicht.

„Ja, was ist?“, fragt Chloe und sieht sie abschätzig an.

„Schon gut, ehrlich. Setz dich!“, zische ich und zupfe Suze am Ärmel.

Ich bin mir nicht sicher, ob Suze mich hört, jedenfalls macht sie keinerlei Anstalten, sich zu setzen.

„Wir alle machen Fehler“, sagt Suze schließlich mit leiser, aber kristallklarer Stimme.

Mein Puls beschleunigt sich.

„Keiner von uns ist immer absolut ehrlich, das solltest vor allem du wissen. Und deswegen hat jeder eine zweite Chance verdient.“

Oh Mann, worauf will sie hinaus?

Louise sieht sich empört über die Schulter um und schnaubt. Doch Chloe zeigt keine Regung. Sie schleudert ihr Haar zurück, beugt sich vor und schnalzt tadelnd mit der Zunge.

„Weißt du was, Suze? Du bist ein nettes Mädchen, deswegen will ich nachsichtig sein“, meint sie. „Ich habe nie – und ich meine wirklich *nie* – das Foto eines Jungen ohne seine Zustimmung im Internet verbreitet. Ich habe nie die Presse belogen und Falschnachrichten in die Welt gesetzt, nur um Aufmerksamkeit zu erregen. So krank bin ich nicht. Und ich bezweifle, dass irgendjemand von uns hier im Raum je etwas Vergleichbares getan hat.“ Ihr Blick zuckt für den Bruchteil einer Sekunde zu mir.

„Ich habe nicht …“, will ich sagen, doch die Worte bleiben mir im Hals stecken.

Chloe hebt herausfordernd das Kinn. „So mies bin ich nicht“, erklärt sie.

Jetzt mischt Louise sich ein, um ihr beizupflichten. „Genau, und mit solchen Menschen sollte man sich auch nicht abgeben. Das ist einfach nicht in Ordnung. Ehrlich, würdest *du* auf die Idee kommen, solche Lügen zu verbreiten?“

Die Tischplatte vor mir verschwimmt. Ich will keiner von ihnen in die Augen sehen.

Oh Mann, hätte Suze nicht die Klappe halten können?

Denn Chloe und Louise haben recht, das lässt sich nicht bestreiten.

„Siehst du?“, sagt Chloe in selbstgefälligem Ton. Dann lächelt sie affektiert. „Aber mach dir nichts draus. Wir sind alle auf sie reingefallen.“

„Bist *du* denn immer ganz ehrlich?“, macht Suze unbeirrt weiter.

„Was sagst du?“, fragt Chloe und wirft erneut ihr Haar zurück.

„Bist du im Netz immer absolut aufrichtig?“

Chloe schnaubt entrüstet. „Also bitte, natürlich bin ich das, Suze. Was willst du damit andeuten?“

Suze holt tief Luft. „Wir alle beschönigen Dinge. Wir alle benutzen irgendwelche Filter."

Chloe braucht einen Moment, um ihre Gesichtszüge wieder unter Kontrolle zu bekommen, dann rollt sie mit den Augen. „Oh Mann. Das ist doch nicht das Gleiche. Issa hat sich als eine ganz andere ausgegeben."

„Und du etwa nicht?", hakt Suze beharrlich nach.

Das Herz klopft mir bis zum Hals. Ich werfe Chloe einen verwunderten Blick zu. Die hält mit offenem Mund Suzes Blick stand, bis sich ihre Wangen leicht rötlich verfärben.

Rebecca, die hinter Louise sitzt, tippt sie an. „Du hast doch diese App benutzt, um deine Nase auf Selfies schmaler wirken zu lassen!", sagt sie.

Louise wird kreidebleich. „Na ja, schon. Aber nur, weil ich sie hässlich finde." Sie wirbelt herum und starrt Rebecca an. Dann zückt sie ihr Telefon. „Und denk bloß nicht, dass wir nicht Bescheid wissen. Du hast dir diese Wimpern doch auch mit Photoshop verpasst!"

Die ganze Zeit über hat mein Herz wie wild geschlagen, jetzt beruhigt sich mein Puls allmählich. Ich wage es, aufzublicken und die Mädchen nacheinander anzusehen. Vorhin waren noch alle Augen auf mich und Suze gerichtet, aber jetzt liegen sich plötzlich alle in den Haaren und vergleichen Selfies.

Suze starrt Chloe wortlos an.

Die sagt keinen Ton. Offenbar hat es ihr die Sprache verschlagen.

Langsam zieht Suze hinter ihrer Brille eine hellblonde Augenbraue nach oben, kommt zurück an unseren Tisch und setzt sich wieder neben mich.

Im selben Moment kommt Mrs Brown ins Klassenzimmer gestürmt und bringt die Klasse mit einer scharfen Ermahnung zum Schweigen, damit sie die Anwesenheit überprüfen kann.

Suzes Hände ruhen unter dem Tisch auf ihrem Schoß. Möglichst unauffällig greife ich nach ihnen und drücke sie. Sie fühlen sich klein und warm an.

„Danke“, forme ich lautlos mit den Lippen und schlucke die Tränen hinunter, als sie mich ansieht.

Und dann erwidert sie die Geste.

KAPITEL 58

Lily

Hallo zusammen. Heute werdet ihr eine etwas andere Seite von mir zu sehen bekommen als die, die ihr gewöhnt seid. Die meisten von euch kennen mich als Lily, die auf Make-up und Instagram und Twitter steht und Videos dreht. Was ihr aber vermutlich nicht wisst, ist, dass das Leben, das ich hatte – und damit meine ich das, welches ich euch auf YouTube vorgelebt habe –, gar nicht wirklich meins war.

Das mag vielleicht so klingen, als hätte ich irgendein krankes Alter Ego, aber das will ich damit nicht andeuten, keine Sorge. Ich habe nicht vor, euch irgendein schrecklich düsteres Geheimnis anzuvertrauen – ich möchte nur … Es ist etwas sehr Persönliches. Und es fällt mir schwer, das in Worte zu fassen … Okay, jetzt kommt's: Wer sich meine Videos ansieht, bekommt vielleicht den Eindruck, mein Leben sei perfekt, nur weil ich mich im Alltag filme und das für Millionen Menschen öffentlich ins Netz stelle. Es muss so aussehen, als wäre ich immer glücklich und zufrieden, würde die tollsten Urlaube und Reisen machen und eine perfekte Beziehung führen. Aber wenn ich absolut ehrlich bin, könnte nichts weiter von der Wahrheit entfernt sein.

Mein Leben ist alles andere als perfekt; nicht annähernd. Ich und Bryan waren nie das ideale Paar, aber woher hättet ihr das wissen sollen? Im Grunde ist das alles allein meine Schuld. Ich habe solche hohen Erwartungen selbst geschürt, habe euch diesen Lebensstil vorgegaukelt, der euch allen so zu gefallen schien. Ich wollte dieses Idealbild zu meinem Leben machen, aber das war es in Wirklichkeit nicht.

Niemand führt ein Leben, das rund um die Uhr instagramtauglich ist. Das ist die Wahrheit.

Deshalb will ich von heute an – und habt bitte ein wenig Nachsicht mit mir – nur noch ich selbst sein, so wie ich wirklich bin, auch hier im Netz … na ja, zumindest möchte ich so echt sein, wie es irgend geht. Ich habe vor, mich auf Frauenthemen zu konzentrieren, und ich möchte meine Plattform dazu nutzen, denen zu helfen, die in Not sind.

Wenn ich ganz ehrlich sein soll, waren die letzten Tage für mich extrem hart. Aber mir ist klar geworden, dass ich nicht die einzige Person bin, der es so geht. Ich kann nicht die einzige Frau sein, die in unzähligen Hasskommentaren als „Hure“ oder „Schlampe“ beschimpft wird. Und das, ohne dass die Leute die ganze Wahrheit kennen. Ich bin mir sicher, dass auch andere Mädchen und Frauen Beschimpfungen im Netz ausgesetzt waren und sind. Prominente Persönlichkeiten, von denen Nacktfotos an die Öffentlichkeit gelangt sind. Schülerinnen und Schüler, die im Internet gemobbt, gehackt oder gar erpresst werden. Das, was mir in den vergangenen Wochen widerfahren ist, hat mich zu der Erkenntnis geführt, dass wir alle uns dringend ändern und endlich aufhören müssen, uns gegenseitig fertigzumachen.

Eines solltet ihr wissen: Es ist nichts Verwerfliches daran, sich schlecht zu fühlen – jeder macht schwierige Phasen durch. Aber es gibt Hilfe, und ich möchte mit euch darüber reden, wie wir alle einander unterstützen können.

Mir ist absolut bewusst, dass mein neustes Video nicht nach jedermanns Geschmack sein wird, und auch das ist absolut in Ordnung. Aber denjenigen unter euch, die mir weiter treu bleiben wollen, möchte ich sagen: Bleibt dran. Wer das nicht möchte, auch okay …

Ich verkneife es mir, den Browser zum x-ten Mal heute Morgen zu aktualisieren, um mir die neusten Kommentare zu meinem Video anzusehen. Es trägt den Titel „LilyLoves: Warum ich meine Stimme gegen Online-Mobbing erhebe."

Stattdessen beiße ich mir auf die Unterlippe, wechsle auf meine neuste Blogseite und aktualisiere den Browser, weil ich mir die Statistik anschauen will.

156.568 Besucher, Tendenz steigend.

Langsam atme ich aus.

Neben dem Video habe ich eine Schlagwortwolke angelegt, aus allen Kommentaren, die nach dem Fremdgeh-Skandal über mich hereingebrochen sind. Aus den Tausenden von Nachrichten, in denen man mir mit Vergewaltigung gedroht oder mich als Schlampe oder Hure beschimpft hat. Dann habe ich einen Designer engagiert, der mir helfen sollte, eine anschauliche Grafik aus diesen Beschimpfungen zu erstellen. Ich habe mich mit einer wohltätigen Organisation für Online-Sicherheit zusammengetan und Frauen interviewt, von denen ohne ihr Wissen intime Fotos ins Internet gelangt sind oder deren Leben durch die sozialen Netzwerke zerstört wurde.

Das Video endete mit einer kleinen Ansprache von mir vor laufender Kamera, in der ich ganz offen über meine eigenen Erfahrungen mit dem Internet rede, wie unglaublich alles war, aber auch, unter welch großem Druck ich wegen der Ereignisse stand.

Ich kann nicht mehr aufhören, die Seite zu aktualisieren. Diese Sache liegt mir wirklich sehr am Herzen, und gleichzeitig bin ich tierisch aufgeregt und nervös, als wäre es das erste Video, das ich je gedreht habe.

Die ersten Reaktionen sind bereits eingegangen. Aber diesmal sind es keine Kommentare zu meinem Make-up oder zu meinem Aussehen generell. Vielmehr gehen die Leute ganz offen und ehrlich auf das ein, was ich in dem Video sage. Manche gestehen mir, sie hätten geweint, als sie es sich angesehen haben. Andere versichern mir, es sei ihnen genauso ergangen wie mir.

Es ist fast wie bei der Launch-Party, als ich endlich einmal Gelegenheit hatte, mich ganz persönlich mit meinen Fans auszutauschen. Ich war so glücklich, habe mich diesen Menschen so verbunden gefühlt. Als wären wir eine große Gemeinschaft.

Gebannt sehe ich zu, wie ein Kommentar nach dem anderen eintrudelt, und wie schon so oft überkommt mich ein angenehmes Prickeln.

Dafür liebe ich YouTube. *Das* ist es, was für mich zählt.

Ich will unbedingt damit weitermachen. Nur dass es diesmal ganz auf mich allein ankommt, ich habe es in der Hand. Ich werde mich nicht mit irgendwelchen Sponsoren und Marken zusammentun. Ich werde nichts verkaufen. Was ich will, ist, Videos zu drehen, wie und wann immer ich will, über Dinge zu reden, die mir wichtig sind. Ein Publikum hätte ich schon, da draußen sind offensichtlich Leute, die bereit sind mir zuzuhören. Jetzt brauche ich nur noch die entsprechenden Ideen.

Ich senke den Blick auf die leere Seite vor mir auf dem Bildschirm … und im nächsten Moment fange ich an zu tippen.

Mum will heute Abend mit mir zum Essen ins Crowns, unseren Dorfpub, gehen. Einerseits, um den Relaunch meines Kanals zu feiern, aber vor allen Dingen, damit ich nicht permanent nur in meinem Zimmer hocke und wie eine Besessene die Kommentare zu meinem Video lese.

„Nein, das lässt du schön zu Hause“, sagt sie und knöpft mir das Telefon ab, um es auf den Tisch zu legen.

Ich öffne den Mund und will protestieren, weil ich mich ohne mein Smartphone komplett nackt fühle, aber dann fällt mir wieder ein, was ich erst kürzlich beschlossen habe: Ich will mir von heute an jeden Tag eine gewisse Zeit offline gönnen.

Kaum hat Mum die Cottagetür geöffnet, dringt die warme Abendluft mit ihrem herrlichen Duft ins Wohnzimmer. Wir haken uns unter und marschieren durch die niedrige Haustür hinaus in die Dämmerung.

Wenn ich ehrlich sein soll, habe ich keine Vorstellung, wie die Leute auf lange Sicht auf meine neuen Videos reagieren werden. Die Zahl meiner Abonnenten ist nicht länger rückläufig, bei ungefähr 1,9 Millionen hat sie stagniert, und jetzt klettert sie bereits wieder in die Höhe. Ich habe vor, mich mit einer Reihe von wohltätigen Organisationen zusammenzutun, die sich Themen verschrieben haben, die mir wichtig sind, aber ich kann nicht sagen, ob die Leute Interesse daran zeigen werden.

Einkommenstechnisch werde ich auf jeden Fall ziemliche Einbußen hinnehmen müssen. Das ist mir bewusst. Meine einzige, vergleichsweise magere Einkommensquelle sind ein paar Werbeverträge, allerdings denke ich bereits über ein paar neue Produktlinien nach. Fünfzig Prozent meiner Einkünfte will ich für wohltätige Zwecke spenden.

Zum ersten Mal seit Jahren freue ich mich richtig darauf, viele weitere Videos zu drehen. Und ich bin nervös, richtig nervös, weil ich nicht sagen kann, wie die Leute reagieren werden. Was sie wohl davon halten? Eine Liste mit möglichen Themen habe ich jedenfalls schon zusammengestellt. Ich werde zum Beispiel einen Beitrag zum Thema Online-Mobbing und zum Umgang damit bringen. Mindy hat bereits die ersten Interviews arrangiert, ich werde mich mit

Opfern und einigen Beratungszentren unterhalten. Und ich will über die Darstellung der Frau in den Medien und auf Instagram sprechen sowie über die Tatsache, dass man ganz bestimmte Ansprüche an uns stellt hinsichtlich unseres Aussehens und unseres Auftretens.

Mir ist bewusst, dass nicht alle diese ernsthaftere LilyLoves gutheißen werden, aber damit komme ich klar. Wenn die Leute getäuscht werden und ein inszeniertes, für die Öffentlichkeit optimiertes Leben präsentiert bekommen wollen, ist das in Ordnung, davon gibt es im Netz wahrlich mehr als genug. Aber das, was ich vorhabe, ist leider immer noch die Ausnahme.

Sehr lange Zeit habe ich mich bei dem, was ich getan habe, eingeschränkt gefühlt. Nicht zu Beginn, als ich die Videos nur für mich allein gedreht habe. Aber seit ich diese riesige Fangemeinde habe, lebe ich mit einer ständigen Unsicherheit. Viele haben mich als großes Vorbild gesehen, deshalb wollte ich allen gefallen. Aber das kann kein Mensch leisten, nicht wahr? Man kann es nicht immer allen recht machen, und wenn man es doch versucht, geht das so was von nach hinten los. Wie man an meinem Beispiel sehr gut sieht.

Ich hätte niemals so tun dürfen, als wäre in meinem Leben alles eitel Sonnenschein: Es hat nicht nur mir selbst geschadet, sondern auch vielen anderen Leuten.

Im Pub angekommen marschiere ich geradewegs zur Bar, um Drinks für uns zu bestellen. Während ich warte, lasse ich den Blick durch das gemütliche Lokal mit den uralten Balken schweifen, als mir eine Gruppe junger Männer ins Auge fällt, die an einem Tisch gleich beim Kamin sitzen.

Moment mal, das ist doch …

Mein Herz gerät für einen kurzen Moment ins Stolpern. Denn dort in der Ecke ist Chris mit ein paar von unseren früheren

Freunden, die ich hin und wieder noch im Dorf sehe. Mir klappt die Kinnlade herunter. Er blickt lächelnd auf sein Bier, das Flackern des Feuers wirft ein warmes Licht auf sein Gesicht mit dem Dreitagebart.

Was hat er denn hier zu suchen?

Er wirft mir einen verstohlenen Blick zu, richtet seine Augen dann aber auf eine Stelle zu meiner Linken. Auf einmal steht Mum neben mir an der Bar und lächelt Chris zu. Fragend sehe ich sie an.

„Er ist hier", sagt sie leise und stößt mich unauffällig in die Seite. „Geh doch rüber zu ihm und sag Hallo."

„Was? Nein, das geht nicht. Es ist … Es ist vorbei", zischle ich ihr zu.

Mum verdreht die Augen. „Du liebe Güte, jetzt mach schon, was deine Mutter dir sagt, und geh zu ihm!" Sie verpasst mir einen unsanften Stoß und wendet sich dann dem Barmann zu, um unsere Essensbestellung aufzugeben.

Nach einigen zaghaften Schritten in Richtung Chris und seiner Freunde wird mir bewusst, was für eine bescheuerte Idee das ist. Das funktioniert doch niemals. Ich lebe in London. Und er hier. Außerdem, nach allem, was geschehen ist, nachdem unser Foto in allen Zeitungen war … es wäre einfach nicht richtig.

„Ey! Lily, der Internetstar, bist du das?"

Die Hitze schießt mir in die Wangen, ich werde knallrot. Diese Worte kommen von einem von Chris' Freunden, und er denkt nicht daran, das diskret zu äußern, sondern ruft es mir quer durch den Pub zu, sodass alle Anwesenden es hören.

„Hab ich euch beide nicht zusammen in der Zeitung gesehen?" Er deutet auf Chris, auf dessen Stirn sich eine tiefe Furche abzeichnet.

„Oh, äh, ja, hey." Zögernd gehe ich auf die Gruppe zu, worauf sein Blick für einen Sekundenbruchteil zu mir hochschießt. Allerdings gibt seine Miene keinerlei Regung preis.

„Hey", sagt er nur.

Die folgenden Minuten sind einfach nur peinlich, seine Freunde unterhalten sich lautstark darüber, dass wir ja wohl jetzt berühmt seien. Ich fange Chris' Blick ein, und plötzlich herrscht für einen Moment Stille.

„Tja, ich muss wieder zurück. Bin mit meiner Mum hier." Unsicher deute ich auf den Tisch hinter mir.

„Klar, kein Problem, ich wollte ohnehin gerade gehen", erklärt Chris, ehe er sein Bier in einem Zug leer trinkt, aufsteht und schweigend den Pub verlässt. Auf die Rufe seiner Freunde achtet er nicht mehr.

Kaum ist die Tür hinter ihm zugefallen, verspüre ich ein Ziehen in der Brust, das ich nicht recht deuten kann.

KAPITEL 59

Melissa

Der heutige Tag hätte eigentlich als der schlimmste in meinem Leben in die Geschichte eingehen sollen. Alle in der Schule kennen jetzt meinen Blog. Alle halten mich für eine geistesgestörte Spinnerin.

Aber eigenartigerweise geht es mir zusehends besser damit.

Ich und Suze waren den ganzen Tag zusammen, sie wollte mir nicht von der Seite weichen – nicht einmal, um aufs Klo zu gehen. Es war fast so, als wären wir wieder fünf Jahre alt.

Das, was sie zu Chloe gesagt hat, machte rasend schnell die Runde, und in der Mittagspause haben uns ein paar von den schrägen Typen aus ihrer Swing-Band doch tatsächlich mit High Fives abgeklatscht. Ich bin dann mit zur Bandprobe gegangen und habe Abi endlich richtig kennengelernt. Sie spielt in einer Rockband und ist tatsächlich irrsinnig cool.

Die einzigen Leute, denen ich schon länger nicht mehr über den Weg gelaufen bin, sind Rish und Andy.

Beim Gedanken an meinen Ex-Freund ist mein Magen wie zugeschnürt, weil ich heftige Schuldgefühle ihm gegenüber habe.

Suze hatte natürlich vollkommen recht: Wir alle bearbeiten unsere Selfies, doch was Andy betrifft, lag Chloe richtig. Ich hätte niemals Fotos mit ihm machen dürfen. Wenn ich mir vorstelle, irgendjemand würde heimlich Fotos von mir knipsen und sie im Internet posten … Ich würde mich in Grund und Boden schämen und wäre gleichzeitig stinksauer. Wahrscheinlich würde ich mich … genauso fühlen wie jetzt.

Das hat Andy wirklich nicht verdient.

Mein Rucksack prallt auf dem Heimweg von der Schule rhythmisch gegen meine Schulter. Ich bin allein unterwegs und fange aus Langeweile an, den losen Faden an meinem Ärmel um meinen Zeigefinger zu wickeln, bis er mir die Blutzufuhr abschnürt und der Finger taub wird. Gerade tippe ich mit dem Zeigefinger der anderen Hand gegen die gefühllose, bereits lila verfärbte Fingerkuppe, als mich plötzlich jemand an der linken Schulter anrempelt. Ich gerate ins Straucheln und kann mich gerade noch fangen, indem ich ein Bein nach vorn stelle, sonst wäre ich der Länge nach hingeknallt.

„Aaaaah!"

Wütend wirble ich herum. Mit schweißnassem Gesicht und viel zu dicht steht Rish vor mir. Ein heißer, moschusartiger Geruch geht von ihm aus. Ich versteife mich am ganzen Körper.

Bitte nicht.

Ich will ihn nicht sehen. Weil ich seine schlechten Scherze jetzt einfach nicht ertrage. Wenn er doch nur von der Erdoberfläche verschwinden und mich für immer in Ruhe lassen würde.

Ich hole tief Luft, richte den Blick stur geradeaus und gehe weiter.

Sofort holt Rish mich wieder ein. „Hey!" Er tippt mir unsanft auf die Schulter. „Hey!", ruft er wieder.

„Was denn?" Missmutig fahre ich zu ihm herum. „Was willst du von mir? Willst du mir Screenshots von meinem Blog unter die

Nase halten? Mich ‚Issa unehrlich' nennen? Danke, aber ich habe keine Lust auf ein Gespräch mit dir."

Rish runzelt die Stirn, sodass seine dunklen Augenbrauen beinahe zu einer durchgängigen Linie verschmelzen. „Nein. Issa, warte!"

Ich halte inne. Rish nutzt die Gelegenheit und fällt in mein Schritttempo mit ein. Einige Augenblicke gehen wir schweigend nebeneinanderher.

Bis Rish schließlich den Kopf schüttelt. „Ach, herrje", sagt er mit sanfter Stimme und sieht mich von der Seite her an.

Ich starre weiter stur geradeaus. „Das kannst du laut sagen."

Jetzt grinst er. „Weißt du, du bist wirklich verrückt."

Ich wende den Kopf ab, spüre aber, dass er mich immer noch fixiert.

„Willst du mir nicht endlich sagen, warum du es getan hast?"

Mir wird schwer ums Herz. Ich will diese Frage nicht beantworten, habe aber das Gefühl, dass ich es ihm schuldig bin. Wobei, nicht unbedingt Rish, sondern Andy. Aber ich kann mich darauf verlassen, dass er es ihm brühwarm weitererzählen wird.

„Ich weiß es nicht. Ich denke … Irgendwie habe ich wohl selbst daran geglaubt." Verlegen stoße ich die Schuhspitze in einen Blätterhaufen. „Ich … hab einfach nicht nachgedacht."

Soeben gehen wir an einer uralten Eiche vorüber, die sich gefährlich über den Gehsteig neigt. Plötzlich stellt Rish sich vor mich hin und verbaut mir den Weg. „Verstehe. Ich brauche dir wohl nicht zu sagen, dass das alles ganz großer Mist war. Hast du wenigstens mal mit Andy gesprochen?"

Die Röte kriecht mir in die Wangen.

Rish sieht mich mit hochgezogenen Augenbrauen an, dann zuckt er die Schultern. „Egal. Mit dir alles in Ordnung?"

Sein großes, rundes Gesicht rührt mich in diesem Moment so, dass ich am liebsten losheulen würde. Was ich natürlich nicht tue. Stattdessen lächle ich schief, stiere zu Boden und verpasse ihm einen spielerischen Stoß gegen die Brust.

„Mir geht's gut. Ich muss mich wohl bei Andy entschuldigen", murmle ich.

Rish sieht mich mit schief gelegtem Kopf an, dann verzieht sein Mund sich zu einem breiten Grinsen. „Hat aber ganz schön lange gedauert, bis du das geschnallt hast."

Ich seufze.

Aus irgendeinem Grund starrt Rish mich immer noch an. „Komm schon, ich weiß, wo er steckt."

Vor Schreck bin ich wie erstarrt. „Was, jetzt?"

„Klar jetzt."

Der Blick, mit dem er mich ansieht, lässt mir gar keine andere Wahl.

Er biegt in eine Seitenstraße ab, in die ich ihm widerstrebend folge.

Rish wirft mir einen sonderbaren Seitenblick zu. „Du hast unser Gespräch doch nicht etwa heimlich aufgezeichnet? Ich habe nämlich keine Lust, das nächste Mal, wenn ich Facebook aufmache, festzustellen, dass dein neuer Freund Mack heißt, klar?"

Lachend ramme ich ihm den Ellbogen in die Seite.

„Was denn?", protestiert er in gespielter Empörung und lacht ebenfalls.

Wir nähern uns Andy, der mit einer Gruppe von mehreren Jungs im Park steht und mit einem entspannten Lächeln im Gesicht völlig unbeschwert an einer Dose Bier nippt. Mir schnürt es den Magen zu.

Oh Gott, bitte nicht.

Noch haben sie mich nicht gesehen. Meine Hände fangen an zu zittern. Es ist alles wieder so wie bei unserer ersten Begegnung, ich bin irrsinnig aufgeregt, total bescheuert.

Und ich bin an allem selbst schuld.

Rish bildet mit den Händen einen Trichter um den Mund. „ANDY!", brüllt er unüberhörbar.

Blitzschnell dreht Andy sich zu uns um. Ich betrachte sein hübsches Gesicht, als er sich mit leicht zusammengekniffenen Augen umsieht. Seine Haare wehen sanft im Wind.

Meine Kehle ist staubtrocken.

Ich schaffe das nicht.

Wie soll ich ihm unter die Augen treten, nach allem, was ich ihm angetan habe? Das ist alles so megapeinlich!

Als Andy mich entdeckt, zuckt eine seiner Augenbrauen nach oben. Doch als wir uns ihm nähern, ignoriert er mich und schaut über meinen Kopf hinweg zu Rish.

„Alles klar?", fragt er.

„Alles klar, Mann. Ich hab dir deine Stalkerin mitgebracht."

Meine Wangen glühen vor Scham.

Andy nippt an seinem Bier und richtet den Blick nun blinzelnd auf mich. Dann huschen seine Augen zurück zu Rish, und er verzieht das Gesicht.

Rish klopft mir und Andy kameradschaftlich auf den Rücken, dann fixiert er mich.

„Hey, Brett, hast du für mich auch noch eine Dose übrig?", ruft Rish und lässt Andy und mich einfach stehen, um sich zum Rest der Gruppe zu gesellen.

Mein Puls beschleunigt sich. Andy hat sein Handy herausgeholt und tut so, als hätte er eine Nachricht erhalten.

„Tja … ich gehe dann mal besser …" Er deutet mit dem Kinn auf seine Clique.

Verlegen beiße ich mir auf die Unterlippe.

„Okay", nuschle ich nur, dann fasse ich mir plötzlich doch ein Herz. „Nein, ähm, Andy. Ich hab was mit dir zu bereden."

Andy macht nicht den Eindruck, als hätte er großes Interesse an dem, was ich zu sagen habe.

„Ich ..." Meine Kehle ist wie zugeschnürt. „Tut mir leid, dass ich diese Fotos von dir ins Netz gestellt habe. Und entschuldige bitte, dass ich dich ...", ich verziehe gequält das Gesicht, „dass ich dich Jack genannt habe. Das war total daneben."

Endlich atme ich aus.

Dann hebe ich vorsichtig den Blick und erwarte eigentlich, dass Andy aufgebracht oder wütend ist – oder dass er zumindest *irgendeine* Regung zeigt. Aber stattdessen sieht er mich nur mit ausdrucksloser Miene an.

„Äh, welche Fotos?" Er nimmt das Bier in die andere Hand. „Ach so, das – schon gut. Ich meine, klar, das war schon schräg. Aber ist kein Riesending." Dann wird seine Stimme kurz etwas lauter. „Du hast sie doch aus dem Netz genommen, oder?"

„Ja, natürlich! Sie sind alle weg. Der ganze Blog ist weg. Tut mir echt leid."

Er verzieht spöttisch den Mund. „Ja, schon okay, alles halb so wild."

Ich merke, wie eine Woge der Erleichterung über mich hinwegschwappt.

„Tja, ich geh dann besser mal ..." Wieder deutet er mit einem Nicken auf seine Freunde.

„Klar, äh, tschüss."

Er sieht sich unsicher über die Schulter um und schaut mich dann noch einmal mit schief gelegtem Kopf an, bis ich mich umdrehe und gehe.

Kurz werfe ich noch einen Blick zu Rish und überlege, ob ich mich von ihm auch verabschieden soll, aber er ist gerade in ein lebhaftes Gespräch mit den Jungs vertieft, deshalb senke ich den Kopf und marschiere los, um mich auf den Heimweg zu machen.

Die Sonne geht bereits über den Wiesen unter, der Park ist in ein wunderschönes, goldenes Licht getaucht. Einen Moment genieße ich den Anblick, mein Smartphone in der Hand. Es ist wirklich umwerfend schön – aber mit dem richtigen Filter würde es noch besser aussehen.

Entschlossen aktiviere ich die Tastensperre und lasse das Handy in der Tasche verschwinden.

KAPITEL 60

Lily

Die sanfte Abendbrise weht den schwachen Duft nach Geißblatt heran. Die Blütenpollen kitzeln mich in der Nase. Ich bin auf dem Weg zur Tankstelle am Dorfrand, um für Mum Milch zu besorgen. Über allem liegt eine friedliche Stille.

Ich kann kaum glauben, dass diese Landstraße noch vor wenigen Tagen vor Journalisten nur so wimmelte und ich mit Mum bei zugezogenen Vorhängen in unserem Cottage festsaß. Wenn ich daran denke, überkommt mich erneut ein Schauder.

Seit ich meinen Kanal neu an den Start gebracht habe, ist alles anders. Mein Einkommen hat sich zwar mehr als halbiert, genauso wie die Zahl meiner Abonnenten, aber trotzdem habe ich das gute Gefühl, wieder ganz am Anfang zu stehen, wie damals, als ich mit den YouTube-Videos angefangen habe. Endlich bin ich wieder ganz ich selbst. Am Wegesrand bemerke ich ein kleines Rinnsal, das sich über die Böschung ergießt. Ein leises, beruhigendes Muhen ist etwas weiter entfernt zu hören. Aus einer plötzlichen Laune heraus beschließe ich, einen kleinen Umweg zu gehen. Es ist schon so lange her, dass ich durch das Dorf spaziert bin, dass ich die ganzen vertrauten Häuser gesehen habe. Das alles schien mir in den vergangenen Jahren so weit entfernt.

Ich überquere den Fluss, erinnere mich, wie ich auf dem gemeinsamen Heimweg von der Schule mit Chris hier entlanggelaufen bin. An einer Straßengabelung biege ich instinktiv nach links ab und folge dem Feldweg.

Irgendwann öffnet sich der schmale Pfad zu einem Gehöft hin. Felder erstrecken sich bis zum Horizont, unterteilt in Flächen, die bepflanzt sind, und solche, auf denen Schafe und Kühe grasen. Ein schlammbespritzter roter Traktor steht neben einer der Scheunen geparkt.

Ein prickelndes Gefühl kriecht meinen Nacken empor.

Warum bin ich hier?

Ich weiß noch gut, wie ich als Kind immer die Tiere des Hofs besucht habe. Ich habe die Hühner mit Körnern gefüttert und die kleinen, flauschigen Küken gestreichelt.

Jetzt stütze ich mich mit den Unterarmen auf den Zaun neben mir und lasse den Blick über die Felder und Wiesen schweifen. Hier draußen wirkt alles so friedlich.

Von der anderen Seite der Weide her ist ein Bellen zu hören. Ein schwarzer Border Collie mit grauen Flecken kommt auf mich zugesprungen. Die Hündin berührt mit der Schnauze meine Knie, ich beuge mich zu ihr herunter, um sie zu streicheln.

Sie hechelt, während ich ihr das weiche Fell am Kopf kraule.

Mit funkelnden Augen sieht sie mich treuherzig an.

Sonnenlicht streift meine Wangen und kitzelt mich in der Nase. Ein warmes Gefühl macht sich in mir breit.

Der Hund leckt mir die Finger. Ich bin so versunken in diesen Moment, dass ich einen Augenblick brauche, um den Schatten zu bemerken, der sich über uns gelegt hat.

Ich spüre ein Flattern in der Magengegend.

„Sie erinnert sich an dich." Er lächelt und deutet mit dem Kinn auf den Hund.

„Sie erinnert sich an mich?"

Er geht in die Hocke, um sie ebenfalls zu streicheln. „Molly."

Ich richte den Blick auf den Hund und öffne ungläubig den Mund. „*Das* ist Molly?"

Kurz bevor er die Schule gewechselt hat, hat Chris einen kleinen Welpen geschenkt bekommen, den er auf den Namen Molly getauft hat. Ich fand das kleine Hündchen einfach toll. Staunend streichle ich Mollys inzwischen ergrautes Fell.

Chris hat ein Lächeln auf den Lippen, die beiden senkrechten Linien in seinen Wangen wirken im warmen Sonnenlicht viel weicher.

„Chris …", setze ich an, unterbreche mich aber.

Er fängt meinen Blick ein, und wieder verspüre ich dieses Flattern im Bauch.

„Mhm?" Mit hochgezogenen Augenbrauen mustert er mich.

„Möchtest du …? Ich war gerade auf dem Weg zur Tankstelle, möchtest du mich begleiten?"

Chris' Miene zeigt keinerlei Regung. Für einen Sekundenbruchteil habe ich Angst, er könnte anmerken, dass seine Farm ja wohl überhaupt nicht auf dem Weg zur Tankstelle liegt, und mich fragen, was mich in diese Gegend verschlägt, aber stattdessen legt er nur den Kopf schief.

„Klar. Ich wollte ohnehin was besorgen."

Mit jedem Schritt wird mir flauer.

Immer wieder werde ich daran erinnert, wie wir als Kinder diesen Weg entlanggelaufen sind. Damals reichten unsere Köpfe noch nicht einmal bis hinauf zur Hecke, und wir redeten unterwegs immer ohne Punkt und Komma, über den Unterricht oder irgendwelche Fantasiespiele, mit denen wir uns in den Pausen die Zeit vertrieben. Zwischendurch hielten wir an, um am Wegesrand Beeren zu pflücken oder eine Süßigkeit aus der Tüte zu holen, die wir nach der Schule gekauft hatten. Chris war immer ganz scharf auf die Brombeeren, die ich ihm gerne überließ, sofern er mir dafür einen von seinen Lollys abgab.

Mittlerweile überragen wir die Hecke um ein ganzes Stück. Es fühlt sich nicht an, als wären wir noch dieselben wie damals. Wortlos gehen wir nebeneinanderher. Dabei denke ich an all die Dinge, die in letzter Zeit passiert sind, und zucke innerlich zusammen. Unser Foto in den Zeitungen. Die Reporter.

Es hat unser beider Leben verändert. Verstohlen werfe ich einen Blick zu ihm hinüber und bemerke einen Klumpen Dreck in seinen Haaren. Tja, manche Dinge ändern sich wohl nie.

Chris' Blick verliert sich in der Ferne. Unvermittelt bleibt er stehen und streckt die Hand nach der Hecke am Wegesrand aus.

„Was tust du da?", frage ich.

„Da sind Brombeeren." Er lässt ein paar in seinem Mund verschwinden. „Willst du auch eine?", fragt er und hält mir die offene Hand hin.

Ein Lächeln tritt auf meine angespannten Züge. Vorsichtig nehme ich mir mit spitzen Fingern eine Beere und beiße ein winziges Stück ab. Der Geschmack ist überraschend sauer und gleichzeitig süß. Ich fühle mich wieder, als wäre ich das kleine Mädchen von damals.

„Hmm, lecker. Früher hast du mir nie welche abgegeben", beschwere ich mich.

Er legt den Kopf leicht schief und sieht plötzlich wieder ganz aus wie der alte Chris.

„Tja, und du hast mir immer die ganzen Lollys weggefuttert."

Ich grinse verschmitzt.

Dann räuspert er sich. „Jetzt mal was ganz anderes, ich weiß ja, dass wir die Sache irgendwie auf Eis gelegt haben, aber …"

Er fasst sich verlegen in den Nacken und blickt dann hinaus über das Feld zu unserer Linken.

Die Brombeere in meinem Mund ist zu Matsch geworden. Ich schlucke. „Äh, ich … Es tut mir leid", stammle ich.

Stirnrunzelnd nickt er. „Ich habe unser Foto in der *Daily Mail* gesehen."

Unwillkürlich beiße ich mir auf die Unterlippe.

Daran bin ganz allein ich schuld.

Chris zuckt mit den Schultern. „Keine Sorge, ist doch nicht schlimm. Eigentlich gefällt es mir ganz gut, mit einem Schlag berühmt zu sein."

Verwundert blicke ich zu ihm auf. Ehrlich, kein Mensch kann es ernsthaft gut finden, wenn er plötzlich so in der Öffentlichkeit steht. Aber dann bemerke ich sein Grinsen.

Lachend schüttle ich den Kopf.

„Das ist alles meine Schuld. Die ganzen Kommentare zu uns im Internet. Diese Journalisten, die dich auf der Straße verfolgt haben. Das tut mir alles so unendlich leid. Ich hätte dich warnen sollen. Ich hätte dich vorwarnen müssen, weil es im Grunde abzusehen war. Ich …"

Meine Stimme bricht, und zu meinem großen Entsetzen kommen mir jetzt auch noch die Tränen.

Eigentlich hätte ich erwartet, dass Chris peinlich berührt reagieren würde, aber als ich den Blick hebe, sehe ich, dass ihn das, was ich gesagt habe, gar nicht zu interessieren scheint. Plötzlich steht er vornübergebeugt da und kratzt sich einen Klumpen Dreck von den Schuhen.

Als er ihn endlich abbekommen hat, lächelt er milde.

„Na und?" Er schüttelt seinen Stiefel und sieht mich an.

Verwundert blinzle ich. „Na und? Ich habe dich in eine fürchterliche Situation …"

„Nein, nein, das meine ich nicht. Ich meine, wen interessieren diese Kommentare? Diese Leute kennen dich doch gar nicht. Sie haben dich noch nie im Leben getroffen."

„Trotzdem kennen sie mich. Aus meinen Videos. Sie denken …"

Chris schüttelt unwirsch den Kopf. „Sie kennen dich nicht", erklärt er in einem Ton, der keinen Widerspruch duldet. „Lily, YouTube ist dein Job; nicht dein Leben."

Ich starre hinaus über die Felder und Wiesen. Wenn ich hier draußen auf dem Land bin, kommt es mir tatsächlich so vor, als würde das alles gar nicht existieren. Als wären die Millionen von Abonnenten meines Kanals nur ein Produkt meiner Fantasie.

„Sie kennen dich nicht. Deshalb spielt ihre Meinung auch keine Rolle", sagt er, diesmal mit leicht gesenkter Stimme.

Ich blicke auf in sein sonnengebräuntes Gesicht.

Ein eigenartiges Gefühl steigt in mir auf und schnürt mir die Brust zu. Groß und breitschultrig ragt er vor dem Hintergrund der Wiesen und Felder auf. Mir schießt alles gleichzeitig durch den Kopf: Wie er zu uns nach Hause gekommen ist, wie er auf Bryan losgegangen ist, als der mich am Arm gepackt hat, wie wir uns heimlich hinter dem Cottage getroffen haben, dass wir als Kinder unzertrennlich waren und die Gegend unsicher gemacht haben, händchenhaltend herumgerannt sind, gelacht, gespielt haben …

Das Herz klopft mir bis zum Hals.

Vorsichtig strecke ich den Arm aus und greife nach seiner Hand.

Chris wirft mir einen verunsicherten Blick zu und zieht überrascht eine Augenbraue nach oben.

Ich spüre seine große Hand, die sich warm um meine schließt, und sofort schlägt mein Magen einen Purzelbaum. Seine Hände sind schmutzig, seine Handflächen fühlen sich rau und schwielig an, und er hat Dreck unter den Fingernägeln. Aber das alles schreckt mich nicht im Geringsten.

Ich muss daran denken, wie Bryan Woche für Woche seine Fingernägel über dem Waschbecken im Badezimmer gekürzt hat. Für Bryan ist der äußere Schein alles, was zählt. Ich habe mich die letzten Jahre oft schon morgens beim Aufwachen gefragt, ob ich wohl kameratauglich aussehe und wann ich mir ein wenig Zeit freischaufeln kann, um zwischendurch ein Video zu drehen. Ich habe mich immer nur um mein Aussehen gekümmert und war besessen von den sozialen Netzwerken.

Chris' hellbraune Augen blitzen im Sonnenlicht. Seine dichten, buschigen Augenbrauen und der lässige Dreitagebart sind das genaue Gegenteil von Bryans gewollt unordentlichem Look.

Der Duft der warmen Luft sorgt dafür, dass sich mein Körper entspannt. Chris macht sich nichts aus der Meinung der Leute, es kümmert ihn nicht, was sie über uns denken, wie er aussieht, wie ich aussehe – und ich muss sagen, ich finde das ziemlich erfrischend.

Und er hat natürlich recht. Dass Bryan und ich unser Leben allein für andere Menschen geführt haben, war grundverkehrt. Ich habe es völlig versiebt.

Ich hebe den Blick zu Chris. Sonderbarerweise habe ich das Gefühl, als würde mein Körper mit einem Mal zum Leben erwachen. Und plötzlich weiß ich genau, was ich will.

Ohne lange nachzudenken, schließe ich die Augen und presse meinen Mund auf seinen. Es dauert einen kurzen Moment, ehe er auf den Kuss reagiert, doch dann drängen sich seine heißen, weichen Lippen gegen meine, und schon machen seine Hände sich auf Wanderschaft von meinen Schultern über die Arme immer weiter abwärts. Genussvoll drücke ich den Rücken durch und lege den Kopf in den Nacken.

Ein wunderbar prickelndes Gefühl kriecht meine Wirbelsäule empor bis zum Scheitel.

Gierig dränge ich mich an ihn, kann nicht genug bekommen von seinen Berührungen. In diesem Moment kümmert es mich nicht im Geringsten, dass jemand uns sehen könnte.

Als wir schließlich träge die Lippen voneinander lösen, stelle ich mich auf die Zehenspitzen und flüstere ihm ein leises „Danke" ins Ohr.

Zärtlich streicht er mit der Daumenkuppe über meine Handfläche.

„Wofür denn? Ich habe doch nichts getan."

„Dafür, dass dank dir mein Leben wieder echt ist."

KAPITEL 61

Melissa

Suze hat heute Abend ein Date mit Abi. Davor ist sie nach der Schule noch bei mir vorbeigekommen. Stundenlang habe ich versucht, ihr zu zeigen, wie sie auf ihre helle Haut Rouge auflegt, die Augen mit Kajal umrandet und welcher Lippenstift am besten zu ihr passt. Als wir fertig waren, sah sie beinahe aus wie ein Model.

Jetzt liege ich auf meinem Bett in die Decke gekuschelt und habe mein Handy auf meinem Schoß. Erst schicke ich Suze eine kurze WhatsApp, um zu fragen, wie ihr Date läuft, ehe ich aus einer Laune heraus meinen leeren Blog besuche.

Suze und ich haben gemeinsam alles gelöscht. Die ursprüngliche Quelle für Lilys Kussfoto existiert nicht mehr. Es gibt keine manipulierten Fotos, keine geklauten Bilder mehr.

Nichts.

Als ich aufsehe, fällt mein Blick auf mein ungeschminktes Gesicht im Spiegel.

Unwillkürlich rümpfe ich die Nase.

Schon seltsam. Als ich meinen Blog noch hatte, brauchte ich mir nur die Fotos dort anzusehen, und ich erkannte mich darauf. Ich war zufrieden mit meinem Körper, wenn ich mir das Bild von diesem Victoria's-Secret-Model in dem engen schwarzen Kleid ansah. Mich durchfuhr ein angenehmer Schauder, wenn ich meine klar hervortretenden Wangenknochen auf meinen Selfies betrachtete, dabei hatte ich sie selbst bearbeitet, bis sie so aussahen.

Ich rutsche vom Bett herunter und trete vor den Spiegel, um mein Gesicht aus der Nähe zu inspizieren.

Ich sehe ganz anders aus, als ich dachte – oder als ich gerne aussehen würde. Ohne Mascara wirken meine Wimpern recht kurz, und mein Kinn ist voller winziger roter Pickelchen.

Allerdings sehe ich auch nicht richtig schlecht aus. Zwar nicht umwerfend wie ein Instagram-Model. Aber ich sehe … nett aus.

Ich neige den Kopf zur Seite, streiche mit den Handflächen an meinem Körper abwärts und fühle die weiche Haut unter meinem Oberteil. Langsam ziehe ich den Pullover und mein Poloshirt aus. Mein nackter Bauch starrt mir entgegen.

Ich knöpfe meine Hose auf und streife sie bedächtig ab, bis ich nur noch in Unterwäsche vor dem Spiegel stehe.

Mein Körper sieht ganz und gar nicht nach Model aus. Meine Hüften sind viel zu breit und meine Brüste zu klein. Trotzdem fühle ich mich nicht unwohl mit diesem Wissen.

Ich betrachte mich. Nicht mein Ich auf Instagram, sondern mein wahres Ich. Und ich finde, ich sehe okay aus.

Nicht schön. Nicht hässlich. Nicht dünn. Nicht dick. Einfach nur okay.

Aber irgendwie auch nicht einfach nur okay. Sondern … wie *ich* eben.

Ich betrachte mein Spiegelbild mit einer Grimasse im Gesicht und muss beinahe lachen.

Vielleicht brauche ich ja gar nicht auszusehen wie all diese Mädchen auf Instagram. Vielleicht brauche ich nicht unbedingt dünn zu sein und große Brüste, volle Lippen und einen runden Hintern zu haben. Vielleicht ist es überhaupt nicht nötig, dass ich so toll aussehe wie Lily.

Lilys Leben war schließlich auch nicht perfekt, oder?

Natürlich ist meins das auch nicht, aber das braucht es auch nicht zu sein. Denn ich habe Suze. Und Mum, Dad und Aidy. Und sogar Rish ist mittlerweile eine Art Freund für mich.

Im selben Moment fängt Aidy an, gegen meine Zimmertür zu hämmern.

„Warte!", rufe ich, springe auf und ziehe mir hastig meine Klamotten über.

Kaum habe ich die Hose hochgezogen und zugeknöpft, kommt er in mein Zimmer gestürmt.

„Issssa!", jault er, schmeißt sich aufs Bett und hüpft auf meinen Schoß.

Ich versuche, ihn von mir herunterzuschieben, doch er fängt sofort an, ausgelassen zu kichern. Widerstrebend heben meine Mundwinkel sich zu einem Lächeln. Abermals versuche ich, ihn wegzustoßen, doch er rollt herum, umklammert meine Knie und strahlt mich von unten her an.

„Na schön. Das war's, kleiner Mann!"

Ich packe seine Zehen, halte sie fest und kitzle seine Fußsohle.

„Aufhören!", kreischt er vergnügt und krümmt sich vor Lachen. „Aufhören!"

Im selben Moment höre ich mein Handy piepsen, eine neue Nachricht. Ich lasse meinen kleinen Bruder los.

„Dein Handy!", schreit er, springt auf und stürmt zum Zimmer hinaus.

Als ich sehe, von wem die Nachricht kommt, muss ich lächeln.

Suze hat geschrieben. Sie hat mir ein Foto von einem riesigen Eisbecher geschickt, den sie sich mit Abi zusammen gegönnt hat, mit Erdbeersoße und bunten Streuseln darauf.

S: Siehst du! Ich kann auch instagramtaugliche Bilder machen. ;)

Als Antwort schicke ich ihr einen Smiley mit Lachtränen in den Augen.

I: Hab nie das Gegenteil behauptet! Aber nur zu deiner Info: Das hier ist WhatsApp, nicht Instagram …

Während ich das Handy entsperre, merke ich, dass ich eine neue Nachricht auf dem Facebook-Messenger habe.

Hm, wer schreibt mir denn auf Facebook? Chloe oder Louise vielleicht? Was könnten die denn wollen?

Ich hole tief Luft und öffne die Chatbox.

Die Nachricht ist von Rish.

R: Nett von dir, dass du dich verabschiedet hast.

Ein Geräusch ertönt, und eine weitere Nachricht trifft ein.

R: Hast du Lust, morgen mit mir zusammen zu Mittag zu essen?

I: Entschuldige!! Nein. Ich bin mittags bei der Probe der Swingband.

R: Du? Bei einer Swingband?

Ich starre einen Augenblick auf die Nachricht, ehe ich antworte.

I: Ja :) Ich gehe mit Suze hin.

Rish schickt als Antwort den erhobenen Daumen.

Ich wechsle zurück zu WhatsApp, um mir das Foto von Suzes Eisbecher anzusehen. Der Aufnahmewinkel ist alles andere als perfekt, man sieht nur die Hälfte des Bechers und erkennt genau, dass sie keine Ahnung hat, wie man die Helligkeit korrekt justiert. Das Vanilleeis ist nicht richtig weiß, die bunten Streusel sind nicht gut zu erkennen, und die Erdbeersoße sieht auch nicht besonders verlockend aus.

Aber irgendwie finde ich es auch nicht schlecht – auf seine ganz eigene Art und Weise ist das Foto sogar gut.

Genau wie ich auch. Nicht perfekt, aber trotzdem okay.

EIN JAHR
SPÄTER

KAPITEL 62

Lily

Der Wind bringt das Glockenspiel, das an dem kleinen Vordach zu dem alten Steincottage hängt, zum Klingen. Die Haustür ist mit grünen Weinreben und rosa Malvenblüten geschmückt. Chris flucht, als ihm eine antike Glocke aus einer der beiden Kisten, die er auf der Schulter balanciert, direkt auf den nackten Fuß fällt.

Ich fange an zu kichern.

„Was bin ich froh, dass wenigstens du darüber lachen kannst", sagt er in sarkastischem Tonfall und geht in die Hocke, um die Glocke aufzuheben. Er blinzelt gegen das Sonnenlicht und sieht mich an.

Ich lächle ihm zu, hebe ein paar weitere Kisten aus dem Sprinter und schleppe sie über den Pflasterweg zum Cottage. Nach der Hälfte der Strecke muss ich meine Last kurz auf den Knien abstellen und reibe mir die schmerzenden Glieder.

Wir sind schon den ganzen Tag mit Umziehen beschäftigt und schaffen Kiste für Kiste in mein neues Zuhause. Es ist eins von meinen eigenen Häusern, das ich bisher vermietet hatte, es befindet sich in der nächsten Ortschaft, nicht weit von unserem Dorf entfernt. Das Paar, das darin gewohnt hat, wollte den Mietvertrag nicht verlängern, deshalb habe ich kurzerhand beschlossen, selbst einzuziehen.

An der Haustür bleibe ich kurz stehen, um durchzuatmen, und merke jetzt schon, dass ich dieses Haus lieben werde. Ich habe mich schon verliebt, als ich es vor einigen Jahren kaufte. Es ist ein wenig altmodisch, die Inneneinrichtung ist eher bieder und geschmacklos, aber ich habe vor, es mit Mums Hilfe komplett im Landhausstil auszustatten.

Ich streiche mit den Fingern über den dicken Balken, der nicht allzu hoch über dem Esstisch hängt. Chris tritt hinter mich und legt mir die Arme um die Hüften, dann fängt er an, meinen Nacken zu küssen.

„Was hast du denn mit denen vor? Ist doch nur nutzloses Papier“, murmelt er in mein Haar und deutet mit dem Kinn auf einen Stapel Kisten auf einem durchgesessenen geblümten Sessel.

Ich kneife Chris zärtlich in die Wange und befreie mich aus seiner Umarmung, um mir die Kisten näher anzusehen.

Ich hatte Bryan gebeten, mir meine Post weiterzuleiten, die gelegentlich noch in London landet; ich nehme an, das ist sie. Die Kisten sind voller Rechnungen, Schreiben vom Finanzamt, Kontoauszüge, alles monatealt.

„Das brauche ich alles nicht mehr“, sage ich milde lächelnd und greife mir zufällig einen Umschlag heraus.

„Okay, dann wandert das direkt in den Papiermüll“, witzelt Chris, und schon hievt er sich die Kisten auf die Schulter.

Dabei fällt ein Stapel Briefe heraus und verteilt sich über den Boden.

„Mist“, flucht er und verdreht die Augen. Er geht auf die Knie, um sie aufzusammeln.

„Komm her, ich helfe dir.“

Gerade als ich die Umschläge zurück in die Kiste werfen will, fällt mein Blick auf ein farbenprächtiges Flugblatt, das jemand bei Bryan eingeworfen haben muss. Vorn drauf ist ein Foto von einem strahlenden braunhaarigen Mädchen im Teeniealter zu sehen, das mir vage bekannt vorkommt, und quer über ihr Gesicht ist das Wort LÜGNERIN gedruckt. Ganz unten auf dem Blatt steht eine handgeschriebene Notiz mit folgendem Wortlaut:

Ich wusste von Anfang an, dass Melissa Davies lügt! Ich habe nie an dir gezweifelt, Lily!

In Liebe, dein größter Fan,

Keely Thorpe

xoxoxox

Melissa Davies? Warum kommt mir der Name so bekannt vor?

Ich runzle die Stirn. Moment mal … das Mädchen auf dem Bild. Ich kenne sie! Sie war es, die das Foto von mir und Chris gemacht hat, nicht wahr?

Ist das möglich?

Ich entsperre mein Smartphone und tippe „LilyLoves Kussfoto Mädchen“ bei der Google-Bildersuche ein. Der Bildschirm füllt sich mit Screenshots von ihr, mit diversen Beschimpfungen versehen.

Oh mein Gott. Ihr ist es wie mir ergangen. Wie schrecklich, das hat kein Mensch verdient …

Fieberhaft fange ich an zu recherchieren, ob ich irgendwie mit ihr in Kontakt treten kann, aber es scheint fast so, als hätte sie alles, was mit ihr zu tun hat, aus dem Internet gelöscht. Ihr Blog existiert nicht mehr. Es gibt keine Facebook-Seite, kein Instagram- und kein Twitter-Profil. Sie ist nur auf den Screenshots von anderen Leuten zu finden.

Ich kaue auf der Unterlippe, öffne meinen E-Mail-Account und tippe in einem allerletzten Versuch „Melissa Davies" in die Suchleiste ein.

Eine einzelne ungelesene E-Mail mit dem Titel „Tut mir leid" ploppt auf.

Während meine Augen über die Seite fliegen, beugt Chris sich über mich und drückt mir einen Kuss in den Nacken.

„Sekunde, ich muss das hier noch fertig machen."

Und schon mache ich mich daran, auf die Nachricht zu antworten.

Liebe Melissa,

ich wollte dir nur sagen, dass du dich für nichts zu entschuldigen brauchst. Das war alles nicht deine Schuld. Wenn, dann sollte ich dich um Verzeihung bitten.

Ich wollte dich nur wissen lassen, dass mir das alles ziemlich über den Kopf gewachsen ist – YouTube, Bryan, einfach alles. Ich habe gerade erst zufällig gesehen, was man mit dir im Internet gemacht hat. Du musstest (wie ich auch) erfahren, was es heißt, wenn Millionen Menschen sich über einen das Maul zerreißen. Ich wünschte, dir wäre diese Erfahrung erspart geblieben, aber du sollst wissen, dass es auch wieder besser wird.

Ich bedaure wirklich sehr, dass ich dich enttäuscht habe. Mir ist bewusst, dass ich ehrlicher hätte sein müssen, was meine Beziehung zu Bryan betraf – wie eigentlich in allem.

Ich hoffe, du verstehst mich, aber selbst wenn nicht, möchte ich, dass du weißt, dass es mir von ganzem Herzen leidtut.

Das gilt für alle 3.054.263 von euch.

Lily x

KAPITEL 63

Melissa

In der Eingangshalle der Schule ist es seltsam still. Man hört sogar das langsame Ticken der Uhr über dem Durchgang zum Hauptflur. Jetzt sitze ich über einen Tisch im Oberstufentrakt gebeugt und habe einen Haufen Karteikarten vor mir ausgebreitet, um zu lernen. Auch wenn ich keine große Künstlerin bin, habe ich jede einzelne Karteikarte mit simplen Zeichnungen und bunten Aufklebern dekoriert, damit ich weiß, was ich da lerne.

Rish fährt sich mit beiden Händen durch die Haare und entfernt sich vom Tisch.

„Ich halte das nicht mehr aus. Wir müssen unbedingt hier raus."

Verwundert sehe ich zu ihm auf. Suze hat die nötige Punktzahl erreicht, um auf die Oberschule zu wechseln, deshalb sehe ich sie nur noch am Wochenende, während Rish und ich dieselben Freistunden haben und uns bis zu den Prüfungen fast jeden Tag treffen, um gemeinsam fürs Abi zu büffeln. Das ist alles wahnsinnig anstrengend.

Ich werfe einen Blick auf mein Handy. „Wir haben ungefähr noch eine halbe Stunde bis zum nächsten Unterricht."

Rish haut mit der flachen Hand auf den Tisch, dass er wackelt. „Na schön. Gehen wir."

Es fühlt sich so unendlich befreiend an, das Schulgebäude zu verlassen. Dass Rish die Strecke zum Park fröhlich hopsend bestreitet, bringt mich zum Kichern. Unten am Fluss hilft er mir auf den Steinquader, auf dem wir immer sitzen, und dann starren wir beide hinaus aufs Wasser und beobachten die Enten.

„Was meinst du, sind Herr und Frau Ente glücklich verheiratet?", fragt Rish und deutet auf ein vorüberschwimmendes Pärchen. „Oder glaubst du, dass Frau Ente eine Affäre mit diesem Kerl da drüben hat? Ich glaube, Herr Ente hat bereits Verdacht geschöpft."

Blinzelnd betrachte ich die Tiere.

„Hmm … ich schätze, dieses kleine Entchen da weiß über die Affäre Bescheid, hält aber dicht."

Rish zieht eine Augenbraue nach oben.

„Aber es hat den anderen Entchen davon erzählt, sieh nur."

Eins von den kleinen Küken fängt an zu quaken und stupst die anderen an. Mit einem Mal kommt Bewegung in den Schwarm, sie flattern wild durcheinander, ein einziges Gewirr aus flauschigem Gefieder. Verwirrt dreht die Entenmama sich nach ihren Küken um.

Ich und Rish prusten gleichzeitig los.

„Mann, wir waren eindeutig zu lange da drinnen eingesperrt. Dass wir jetzt schon über Enten lachen", sagt er.

Lächelnd blicke ich auf mein Handy, um auf die Uhr zu schauen. Ich habe überhaupt keine Lust, wieder reinzugehen und weiter die Eckdaten zum Nationalsozialismus auswendig zu lernen.

Mein Display leuchtet auf, offenbar ist eine neue E-Mail eingegangen. Seltsam. Alle meine Freunde schreiben mir auf WhatsApp. Wer schickt mir denn eine E-Mail? Ich öffne sie mit einem Klick.

Oh mein Gott!

Die Nachricht kommt von LilyLoves!

Einen Augenblick starre ich wie benommen auf mein Handy. Ich finde ihre neuen Videos richtig toll, noch besser als die von früher. Ich habe sehr mit ihr gelitten, wegen des Mobbings im Internet, dem sie ausgesetzt war, wegen der Trolle. Das alles kam mir nur allzu bekannt vor, deshalb habe ich sogar echte Tränen vergossen, als ich mir diese neue Lily das erste Mal angesehen habe.

Im Grunde hat mir das die Augen geöffnet und mir bewusst gemacht, dass Lily auch nur ein Mensch ist, genau wie ich. Keine echte Freundin, aber jemand, der sich aktiv im Internet dafür einsetzt, anderen zu helfen.

Ich halte mein Smartphone hoch und linse mit zusammengekniffenen Augen auf das Display.

„Was tust du da, drehst du ein Video für sie?", will Rish wissen und deutet mit dem Kinn auf die Enten. „Als Nächstes landen sie noch auf Instagram, mit einem Filter auf unkenntliche Flecken reduziert."

Ich weiß, dass er nur Witze macht, aber ich spüre, wie mir trotzdem die Röte in die Wangen steigt. Kaum zu glauben, dass er immer wieder darauf herumreitet.

„Halt die Klappe!" Ich verpasse ihm einen Rempler gegen die Schulter.

Rish lacht lauthals.

Ich denke zurück an meinen Blog, und sofort zieht sich mir der Magen zusammen. Rish weiß genau, dass ich kein Instagram-Konto und auch keinen Blog mehr habe. Ich kann mich nicht mal erinnern, wann ich das letzte Mal ein Selfie gemacht habe.

„Oh bitte, erinnere mich nicht daran."

„Schön, schön", meint er grinsend.

Ich blicke hinaus über den Fluss und sehe auf der anderen Seite auf einer Parkbank eine Frau mit einem Kleinkind sitzen. Ihre Lippen bilden eine schmale Linie, sie hat schon erste Fältchen im Gesicht, und sie trägt einen sehr weiten Pulli. Trotzdem lacht sie, als das Kind kleine Brotkrumen in Richtung der Enten wirft und die sich schnatternd darum streiten. Ihr Gesicht sieht aus wie ein Gemälde. Sie anzusehen zaubert mir ein Lächeln auf die Lippen.

Ohne lange darüber nachzudenken, lasse ich das Handy wieder in der Tasche verschwinden.

Ich lese das später. Lily kann warten.

Die Enten quaken aufgeregt. Zwei der etwas helleren männlichen Enten schnappen mit den Schnäbeln nach den Schwanzfedern des jeweils anderen.

Rish beugt sich vor. „Oh-oh, Herr Ente ist ihm auf die Schliche gekommen“, sagt er leise.

Sein warmer Atem streicht über meine Wange und kitzelt mich, ein Prickeln kriecht über meinen Nacken bis in die Ohren und die Wangen. Überrascht blicke ich zu seinem großen, runden Gesicht auf.

Ächzend lässt er sich auf den Stein zurückfallen. „Ich will nicht wieder da reingehen und büffeln.“

Entspannt lege ich den Kopf in den Nacken, blicke hinauf in die Sonne und schließe die Augen. Ich fühle den groben Stein unter meinen Fingerkuppen, lasse die Beine baumeln und lausche dem sanften Plätschern des Wassers und dem Lachen von Kindern, die Vögeln hinterherjagen.

Und das Beste daran ist: Es ist alles echt.

DANKSAGUNG

Dieses Buch widme ich meiner besten Freundin, nämlich meiner Mum, die meine Texte immer schon als Erste zu lesen bekommen hat. Du hast mir das Selbstvertrauen gegeben, meine eigenen Geschichten zu schreiben, und mir durch dein großes Einfühlungsvermögen und deine freundliche Art beigebracht, wie man sich am besten in andere Menschen hineinversetzt. Dieses Buch wäre nicht möglich gewesen ohne dich.

Auch dir, Dad, möchte ich von Herzen danken. Weil du mir alle deine Second-Hand-Bücher vermacht und mich gelehrt hast, niemals aufzugeben. Ich erinnere mich noch gut, wie du in meiner Kindheit nach Dienstschluss als Telefontechniker immer bis tief in die Nacht geschuftet hast, um den verfallenen, mit Brettern vernagelten Pub zu renovieren, in dem wir damals lebten. Wenn ich jetzt daran zurückdenke, bin ich mir nicht sicher, ob du zwischendurch auch mal geschlafen hast. Aber wenn ich mir dich und Mum so ansehe, bin ich überzeugt davon, dass alles möglich ist.

Ein riesiges Dankeschön auch an meinen Lebensgefährten (und wenn du das liest, wahrscheinlich schon Ehemann) David. Ich will keine großen Worte verlieren, du weißt, dass ich dafür nicht der Typ bin, aber deine Unterstützung bedeutet mir alles. Du hast mich auf Schritt und Tritt begleitet und bist mir in allem, was ich tue, eine unverzichtbare Stütze.

Außerdem will ich meinem genialen Lektor, George Lester, danken. Jeder einzelne deiner Vorschläge hat maßgeblich zur Verbesserung des Buches beigetragen. Durch deine feinfühligen Veränderungen hast du die Geschichte erst richtig zum Leben erweckt – ich bin wirklich dankbar, dich zum Lektor zu haben.

Danke auch meinen Brüdern James und George. Dir, James, dafür, dass du mir so viel über die Menschen und das Leben beigebracht hast. Und dir, George, weil du so ein beängstigend spitzfindiger Erstleser warst und (mit deinen siebzehn) schon schlauer bist, als ich es je sein werde.

Danke auch Martin Williams, der erste echte Autor mit Buchvertrag, den ich je getroffen habe. Deine Anmerkungen zu den ersten Kapiteln waren genau die Ermunterung, die ich gebraucht habe, um das Buch zu Ende zu bringen.

Und zu guter Letzt danke ich dem wunderbaren Jugendbuch-Team bei Macmillan, meiner Agentin Annette Green, die von Anfang an an das Buch geglaubt hat, Poppy Simmons, die eine meiner ersten Leserinnen war. Und allen meinen engsten Freunden (ihr wisst, wer gemeint ist), ohne die diese Geschichte nur halb so lustig geworden wäre.

Aber vor allen Dingen möchte ich euch danken, dafür, dass ihr mein Buch lest. In den vielen Monaten, die ich mit dem Schreiben der Geschichte beschäftigt war, habe ich mir nur eins gewünscht: dass wenigstens ein Mensch sie liest und für gut befindet.

Danke euch.

Charlotte x